GRIEF COTTAGE
Gail Godwin

悲伤小屋

[美] 盖尔·戈德温 著

王梦莹 译

广西师范大学出版社
GUANGXI NORMAL UNIVERSITY PRESS
·桂林·

悲伤小屋
BEISHANG XIAOWU

GRIEF COTTAGE
by Gail Godwin
Copyright © 2017 by Gail Godwin
Published by arrangement with Author c/o John Hawkins & Associates, Inc.
through Bardon-Chinese Media Agency
Simplified Chinese translation copyright © 2020
by Guangxi Normal University Press Group Co., Ltd.
ALL RIGHTS RESERVED
著作权合同登记号桂图登字：20-2018-133 号

图书在版编目（CIP）数据

悲伤小屋 /（美）盖尔·戈德温著；王梦莹译. —桂林：广西师范大学出版社，2020.6
书名原文：Grief Cottage
ISBN 978-7-5598-0496-9

Ⅰ.①悲… Ⅱ.①盖…②王… Ⅲ.①长篇小说－美国－现代 Ⅳ.①I712.45

中国版本图书馆 CIP 数据核字（2020）第 067662 号

广西师范大学出版社出版发行
（广西桂林市五里店路9号　邮政编码：541004）
（网址：http://www.bbtpress.com）
出版人：黄轩庄
全国新华书店经销
广西民族印刷包装集团有限公司印刷
（南宁市高新区高新三路1号　邮政编码：530007）
开本：787 mm × 1 092 mm　1/32
印张：10.625　　字数：212 千
2020 年 6 月第 1 版　　2020 年 6 月第 1 次印刷
定价：58.00 元

如发现印装质量问题，影响阅读，请与出版社发行部门联系调换。

献给

侄子特雷·米兰德、卡姆·米兰德、贾斯汀·科尔

侄孙马修·米兰德

要活着，走过艰难旅途，才能慢慢成长

1

从前,有一个小男孩,他 11 岁 5 个月零 4 天大的时候,失去了妈妈。大概半夜里,州警察来到了他家。小男孩想,如果能知道妈妈的车车胎打滑、翻倒在路边的确切时间,也许就能传递一些力量给她,让她坚持住了。坚持住啊,妈妈,我只有你了。妈妈听到他的声音,或许就能坚持住了。妈妈出去买比萨,准备在家看一部不错的老电影——亚历克·吉尼斯和小偷同伙假扮音乐家的那部电影①。这些小偷在一位和蔼的老太太家租了间房,关上房门,用留声机放上弦乐四重奏,就开始做坏事。而老太太毫不知情,到最后,她甚至还糊里糊涂地帮着他们搬偷来的金条。小男孩和妈妈曾经读过一篇文章,文中写道,亚历克·吉尼斯从不知道自己的父亲是谁,母亲也一直不告诉他,但不管怎样,他长大了,成名了。对小男孩和妈妈而言,亚历克·吉尼斯的故事有着特殊的意义。

---

① 译注:1951 年亚历克·吉尼斯(Alec Guinness)主演的电影《械劫装甲车》(*The Laudio-videoender Hill Mob*)。

夏洛特姥姥是我妈妈的姨妈，也就是我的姨姥姥，我叫她夏洛特姥姥。搬去与她同住之前，我只零星听过几个关于她的故事。她很早就离开了家，结婚离婚，又结婚又离婚，然后孤身一人住在小岛上。后来，她学会了画画，成了当地有名的画家。她不爱写信，但只要妈妈给她去信，她就会回寄一张带画的明信片，写几句寒暄的话。写到我的时候，又总是直呼我的大名。妈妈把那些明信片都贴在冰箱上，有的画着乌云密布的大海、橙光闪闪的浪花，还有的画着年久失修、破败不堪的海滨小屋。每一张明信片都有它们自己的名字，如"风暴将至""落日余晖""废弃小屋"，等等。我妈妈的妈妈已经去世了，在生前提到夏洛特姥姥的时候，总是叫她"疯子夏洛特"，或是"我那放荡不羁的小妹"。夏洛特姥姥的笔名是"夏洛特·李"。妈妈说："'李'可能是她某个丈夫的姓，但也可能是她自己编的。"

等法律手续都办完，已经是春末夏初了，我才去找夏洛特姥姥。妈妈出事那天晚上，有一位做社会服务的工作人员陪我，帮我打包行李，还问我有什么亲人。看到妈妈的寿险单，她说："得尽快给你找个监护人，找个在法庭上替你说话的人。"我问她有什么法律问题吗，她答道："得确定永久监护人，确定怎么处置你的财产。"我问她我有什么财产吗，她又答道："这份保单就是财产。"家里的东西都收了起来，我被送到了寄养家庭，在那儿上完七年级。因为我跳过了六年级，所以比同学们要小一岁。在寄养家庭里，我和另一个小男孩住在一起。他也是单亲家庭的孩子，妈妈再婚，继父粗暴。妈妈外出工作的时候，继父把他的左半边脸揍扁了。从右侧看，他跟其他小男孩没什么两样，但从正面和左侧看，他的脸像是被烧化了，要做很多整形手术。可到了晚上，我能听到他在被子底下"打飞机"的声音。

　　威廉成了我的诉讼监护人，他挺讨人喜欢的。他带我去医院太平间见了妈妈最后一面，还帮我筹备葬礼的一切事宜。威廉留着长长的黑胡子，谢了顶的脑袋亮堂堂的。他个头很高，一般的门廊得弯腰才能过去，几乎可以扮演林肯总统的替身了。他从小生活在北卡罗来纳州西部的高海拔山区，说起话来口音很重，有点搞笑。

　　每天晚上，寄养家庭的爸爸妈妈都会让我们学《圣经》，并搞成竞答类的"寓言①派对"。孩子们都能引用福音里的句子，很快，我也信手拈来了。我学得快、记得准，也享受这种智力挑战。记得以前，我曾和妈妈一起大声朗读钦定版《圣经》，所以在故事和语言方面的基础都不错。有时候，遇事不知该如何做选择，我们就把《圣经》拿过来，随手翻开

---

① 译注：parable，与道德或宗教相关的寓言，尤指《圣经》中耶稣所讲的故事。

一页，让上帝帮忙做决定。可在寄养家庭里，几乎一切事情都是这样解决的。

忽然有一天，他们让我收拾行李，说法律问题都解决了，我将飞往南卡罗来纳州，去小岛上跟夏洛特姥姥同住。寄养家庭的妈妈还说："马可，你是个幸运的孩子。"

那是我第一次坐飞机，威廉一直在登机口陪我，直到我戴上名牌，在一名空乘的指引下登了机。威廉最后对我说了句"保重"，我们还对彼此做了《星际迷航》斯波克的祈福手势。

夏洛特姥姥就在门口等着。她穿着宽松的白色长裤和白色上衣，跋着磨旧了的棕色凉鞋，留着酷酷的短发，鬓角泛白，五官分明，神情严肃。那时她57岁，但看上去要老一些。她比我姥姥小6岁，来看我和我妈妈的时候，都是又时髦又讲究的样子。带我登机的空乘检查了她的证件，就把我交给了她，还祝我好运。我已经准备好硬着头皮接受寄养家庭的妈妈那种夸张的拥抱了，还有那种姥姥们特有的表情，但她只是简单握了一下我的手，说："马可，你到啦。"

然后去取行李。她说，其他箱子已经寄到了，就放在车库里，随时可以过去收拾。过了一会儿我才反应过来，她说的是我原来家里被收走的那堆东西。

机场外酷热难耐，她让我把行李搬到一辆旧奔驰的后备厢里。我们上了车，皮质座椅滚烫，可她说过一会儿就凉快了。她话不多，问我："你饿吗？喜欢吃虾吗？我带你去一个地方，那里能吃各种各样的虾。"

那里的虾非常小，是裹着面糊炸过的，我吃了整整三份，外加几个甜甜的油炸玉米团子。夏洛特姥姥吃了几口沙拉，喝了两杯红酒。一个叫唐娜的女服务员一直笑眯眯地让我再去盛点儿吃的，她无比温柔，有点儿像妈妈。我想让她多笑几下，就忍不住跑去盛了三回。夏洛特姥姥的脸上却没有一丝笑容。到后来回想，我才意识到，姨姥姥一定也是忧心忡忡的。而我，可能那天也没笑过。

回家路上，我在夏洛特姥姥的车里吐了。她停下车，对我说："没事儿，椅子是皮的，下面都有橡胶垫。"她从后备厢里拿出一瓶200毫升的汽水，一卷纸巾，还有一桶接近4升的挡风玻璃清洗液。她说，夏天多雨，所以车里随时备着清洗液。"你用汽水擦擦衣服，再用清洗液冲冲其他地方。"说完就去长满青草的路边待着了——似乎要研究路况。柏油马路上热浪滚滚，我望向她瘦削的白色身形，感觉四周的空气仿佛都在波动。天热也有天热的好处，我还没擦完车，衣服就干了，但还是有味儿。再次上路后，我说实在抱歉车里还有味儿，她却说只闻到了清洗液的味道。

开过长长的堤道，就到了小岛上。我们在一个加油站前停下来，买了一些东西当晚饭。收银员问要不要来点儿现捕的虾，她却回答："我甥外孙今天吃的虾够多啦。"

5

2

　　夏洛特姥姥独居多年，宝贵的清静日子忽然被一个既不讨人喜欢也没什么前途的小男孩打乱，竟然还能容忍他在身边，简直是不可思议。每当我回想过去，都会有这种感觉。她好像不擅长闲聊，绝无一句废话。"你饿吗？就算没太阳，也得抹防晒霜。有急事就敲我画室的门。"简洁如是。

　　关于"李"这个姓，妈妈猜得对，是夏洛特姥姥自己编的。她说："对这儿的人来说，南北战争是一场梦魇，是北方挑起的侵略战争。而罗伯特·李①将军备受尊崇，所以他的姓当然是不二之选。如果我也姓李，就能更好地融入进来了。"

　　夏洛特姥姥和妈妈都是在西弗吉尼亚长大的。西弗吉尼亚从弗吉尼亚州独立出来，后追随南方邦联参与内战。但南方人都把它叫作"叛徒州"。西弗吉尼亚人说话时没什么口音，但英美音分不太清楚。我妈妈说话时声情并茂，相比之

---

① 译注：Robert E. Lee，美国南北战争中的南方军总司令。

下，夏洛特姥姥就显得平心静气多了。妈妈会根据情况说点好听的话，逗逗别人或是安慰几句，而夏洛特姥姥即使是破天荒地心情好一次，跟谁开个玩笑，语气也总是粗粝粝、硬邦邦的。

我们的日常活动逐渐定型，其实主要就是在做任何事情之前，都小心翼翼地绕开对方的隐私。然后，我们严肃地谈论了钱和信任的问题。那天，夏洛特姥姥邀请我去她的画室。她抽出一把椅子，把上面的书和纸挪开，让我坐下。房间里有一股松香和猪油混合的味道，好像还有人在独自做活。直到今天，我还能联想到那种美好的画面。那间画室正对着海滩北角，有着乳白色的光线，虽然没有昏黄的光那般温暖，但也恰到好处。夏洛特姥姥就睡在画室里的一张帘子后面。

过了好久我才意识到，她把唯一一间卧室腾给了我。她坐在一把高脚凳上，身后竖着一个巨大的带轮画架，上面溅满了颜料。画架上挂着一张巨大的画布，用另一层布盖着。"我一直在工作，"夏洛特姥姥开口说道，"自从16岁离开家，我就开始工作了。我结过几次婚，却总是遇人不淑。我拼命干活，养着第一个丈夫，又拼命干活，养活后面两个懒汉。我绝对发不了财，靠着这点儿意外获得的才能安身立命。好像大家都想要一幅海边的画。我的画比较粗糙，但莫名其妙地成了优点。到现在为止，我这大半辈子都是一个人过的，靠画画过活，也挺合适。"她注视着我，措辞小心翼翼。我知道，她在试图了解我的想法。"二月你妈妈出事之后，他们找到我，说我是你唯一在世的亲人。我也问了你爸爸那边是不是还有人，但保单上只写了我的名字。你知道她买了寿险吗？"

"嗯，我们担心有万一。"我和妈妈曾经想过，万一她得了绝症，就会丢下我孤零零一个人。但没想到，冬天晚上开车两三公里去买比萨这样稀松平常的事，也会让我们走到这一步。

"我只见过你妈妈一次。那时她还是个高中生，你姥姥带着她到这儿来看我。我挺喜欢她的，觉得她跟我很像。但那段记忆不是特别美好。她跟你提过吗？"

"她跟我说过您的海滨小屋。她躺在床上，耳畔传来阵阵海浪声，感觉非常舒服。她还说，指不定有一天还能再来看您。当然，那就不住这儿了，要住酒店。"

"如果来了，随时都欢迎你们住在家里。那次都怪我姐，老是让人下不来台。她受不了我这种生活方式，不过她带你妈来，或许就是想警告她别跟我学吧。但布伦达毕竟是你姥姥啊，你应该是爱她的。一千个人眼中就有一千个哈姆雷特，是不是挺有意思？对了，你想上哪所学校？堤道那头有一所公立学校，一些个什么学院，还有寄宿学校。钱是够用的，你知道吧？"

"那钱得一直用到大学毕业呢。"我说。

"能用到大学毕业的，没问题。在你养活自己之前，日常开销也得靠它。作为你的监护人，我每月都能从里面拿一份丰厚的津贴。你明白吧？所以，我希望我们能把事情都说开。"

我点点头。虽然后来我明白她那种坚持把事情都说开的态度是很可贵的，但对那时的我而言，心中却非常苦涩。所以，她收留我，不过是为了钱。如果没有那份"丰厚的津贴"，她可能永远都不会舍弃宝贵的独居生活。接下来，她解释说，那笔基金放在查尔斯顿市某家在某方面非常专业的律所里。每月，我们都会收到对账单，了解每笔钱的用处及基金的管理状况。那种感觉就像是，如果你有一笔钱，就可以指望钱生钱。"马可，你可以随时检查对账单。"

但我说："暂时还是您负责吧。"

关于那场谈话，我能记起的只有这么多了。我原本以为只有纯粹的关心，所以心中充满了美好的期待，但"丰厚的津贴"短短五个字却打破了我所有的幻想。不过，我也很庆幸地发现，她不太了解我的过去。她说："我也问了你爸爸那边是不是还有人，但保单上只写了我的名字。"那时我就意识到，她见我姓哈肖，就以为我爸也姓哈肖——其实早在我出生前两年，妈妈就跟哈肖先生分道扬镳了。既然夏洛特姥姥不太了解我的过去，那么就不必担心她知道我的"恶行"了。妈妈曾在北卡罗来纳州平原地区的福斯特家具厂有一份不错的工作，但我差点害福斯特的孙子没了命，妈妈就被迫辞了职。但她说："马可，你要这样想……等到了一个新城市，就可以只告诉大家我们想让他们知道的事，而那些事就会成为我们全部的过去。"

为了掩饰内心的情感波动，我问夏洛特姥姥在画什么。她有些难为情地说，自己只是靠画画谋生而已，然后把遮布掀开，露出画布。在画布上，她勾勒了一栋巨大的海滨别墅，还有深蓝色的棕榈树。她说是比照别墅主人提供的一张彩色照片画的。"我已经不写生了。环境太糟糕，别说沙子会落进颜料里，旁边总围着爱看热闹、指手画脚的人，就不太舒服。这栋别墅就在海滩南边，是目前岛上唯一一座三层别墅，还建了一个假的圆顶塔。认认真真画画的时候，我会去小岛北边，那里都是建在沙丘后面的老房子。其中有一栋房子，我至少已经画过 50 遍了，但还是不断有人指名要它的画。我也在线上接单，但自从做上网络生意，它的画就供不应求了。现在画它，我一般就是看着自己拍的照片画。"

"什么叫假的圆顶塔？"

"圆顶塔就是塔楼，可以上去看风景。但他家那个圆顶塔只是用来装点门面的，没法儿进去。"

"为什么大家都想要那栋房子的画？"

"那是一栋非常老的木屋，建于 1804 年，是小岛北端唯一的建筑。那里是一片废墟，却似乎有强大的磁场，让人过目难忘。我还不能很好地画出那种感觉。你可以去那儿亲眼看看。岛民们都叫它'悲伤小屋'。镇委委员们一直迫不及待地想拆了它，但历史协会认为小屋历史久远，坚决不同意。啊，我得再去拍点照片，万一历史协会败下阵来，那就来不及了。"

"为什么叫它悲伤小屋？"

"过去，岛上经历过黑兹尔飓风。飓风袭来的时候，有一家三口走失了。夫妻二人发现儿子不在，就心急火燎地出门去找，结果也失踪了。大家说，指不定当时小男孩就在小木屋里待着呢。但他们最后都不见了，小屋南边还起了大火。所以一些岛民猜，夫妻二人找不到孩子的时候，小男孩可能正在屋里偷偷抽烟呢，最后还不小心酿成了火灾。可是，在小屋里没有发现尸体。还有一些岛民猜，小男孩发现爸妈出门寻人之后，也跟着冲了出去，却被大浪卷进了海里。可是，在海边也没有发现尸体。"

"或许还能找到。"

"不会吧，毕竟已经过去 50 年了。你到电脑这儿来，看看最新一幅悲伤小屋的画。等我画完手头这栋豪宅，就带你参观一下我的线上画廊。但现在，趁着天色还亮，我得挣点儿面包钱啦。"

3

听了夏洛特姥姥的话,我下午涂上防晒霜,就去悲伤小屋探险了。从海边出发,沿着一条摇摇晃晃的木栈道,越过许多沙丘,就可以走到小屋那里。出发之前,我跟前几天一样,停下来看了看家门口用绳子圈起来的那块地方。沙地旁边立着一个大大的红色倒三角形警示标志,上面写着"此处为红海龟栖息地,龟蛋、幼龟、成年龟及海龟尸体均受国家及联邦法律保护"。

沙丘里埋着红海龟的蛋,它们还没孵出来,就已经渡过了一次劫难。五月中旬我还没来的时候,有些人来海边度假,租了夏洛特姥姥家右边的小屋。他们在附近打羽毛球,但打完后老是不把沙地整平。有天晚上,一只海龟妈妈错把一个鼓起的小沙堆当成了沙丘,在那儿下了蛋就爬走了——110个蛋呢。海龟巡逻队不得不把那一窝蛋挖出来,小心翼翼地装进铺了湿沙的桶里,再埋到适合海龟蛋孵化的地方。巡逻队了解夏洛特姥姥,相信她的小屋门口会是安全的,可以让小海龟自由自在地孵化。

我一直穿着运动鞋。走多了沙滩路,我总结出来,橡胶鞋更方便。夏洛特姥姥没说悲伤小屋离家多远,但肯定也不会太远,否则不会让我走着去的。

来小岛之前,我从没见过大海。以前,我和妈妈先是住在北卡罗来纳州山麓地区,离海边很远,她辞去家具厂的工作后,我们搬到了西部山区,离海边就更远了。我在游泳池里游得还不错,但一下海就紧张。有一次被海浪拍倒了20多次,咸咸的海水灌进鼻子,细腻的沙子冲到眼睛里,难受得不行,于是我就搁置了"乘风破浪"的计划,只在海滩上散散步。在海边,每天都有新发现。遇到的每样东西似乎都在向我传递某种信息,有好的,也有坏的。海浪在沙滩上冲刷出各式各样的图案,随着潮起潮落,图案也不断变化。只要时光的齿轮不停,就永远没有尽头。姿态高贵的鹈鹕鸟排成一排,向鸟窝飞去;易受惊吓的海鸥则飞成Z字形,一边尖叫,一边挥动翅膀。落潮时,会有一些甲壳动物留在岸上。它们疯了似的往湿沙里钻,免得成为海鸟的腹中物,但还是有死有伤。我感受最深刻的是,等七月中旬小海龟破壳而出,奔向大海的时候,眼前这些海鸟、所有昼伏夜出的螃蟹,都会摩拳擦掌,本能地捕捉毫无招架之力的美味,把它们一一卷入腹中。

在七年级的科学课上,我知道了潮涨潮落的原因。我也知道,人出生时,体内78%都是水,但除了大脑的水含量会维持在80%以外,随着年龄增长,身体其他部分的水含量会降到60%左右。在大脑中最古老的部分，存储着数百万年前人类的原始记忆。母亲子宫的羊水孕育了我们，在学会爬行和行走之前，我们先学会的是游泳。

有一群小孩子在浅水域玩耍嬉戏。他们在妈妈的看护下，夸张地尖叫着。海边的沙滩椅上坐着一位年轻妈妈，戴着草帽和大号太阳镜，嘴上抹了亮丽的唇彩，涂着鲜艳的脚指甲。她的孩子差不多三岁大，兴冲冲地从海里舀了一铲水，小心翼翼地端过来，想要泼在妈妈脚上。可还没到，水就洒光了。到了妈妈脚边，他还是一脸天真地把铲子翻过来。隔着太阳镜，我看到他的妈妈扬了扬眉毛，嘴角露出一抹别具意味的笑，似乎是在说：下次好运哦。一股让人心安的暖流在母子二人之间流动。但我站在那儿，心痛如绞。

走着走着，就到了长着小草的沙丘。从这里开始，沙丘上等距离地放着一个个黄色的垃圾桶。之前散步，我最多只走到第四个垃圾桶那么远。一眼望去，前面还有好多，在视野前方越来越小，一直排到最北端。

但今天，我还没走到第三个垃圾桶，就发生了一件可怕的事。我忽然感觉内心忐忑不安，被一片恐惧紧紧包围，不敢再往前踏出一步。我的心跳得飞快，更糟糕的是，我竟然发现自己不会走路了！还坐在了地上！屁股似乎是猛地摔下来的，一阵阵的刺痛。一对穿着泳衣的情侣从我身边走过，男的朝我望了望，向我挥手示意。我也予以回应，然后迅速解开了鞋带，假装是鞋里进了石子。我把运动鞋翻了个个儿，夸张地抖搂起来。但当我重新穿上鞋的时候，却发现自己不会系鞋带了！我不由得想起寄养家庭里那个被继父暴打的小男孩，他总是到处吹嘘自己的记忆一下子被抹掉了，有好几周都想不起来过去的事情。我不会也这样吧？不过，我也可能是疯了。

在福斯特维尔①的家具厂里，妈妈也遇到过这种事。有一天，一个女打磨工忽然"丢了魂"，一下摔在地上，怎么都好不了，只得由两个男人把她抬起来，送去精神病院。妈妈说，如果有人无法忍受生活，或是脑子忽然乱了套，这种事就会发生。

对我而言，我觉得不是生活有问题——夏洛特姥姥家比寄养家庭好多了。在寄养家庭里，谁都没有隐私，也没有片刻清静。但在夏洛特姥姥家，我有好多自己的时间，不用听"不管发生什么坏事，都是上帝的安排"这种陈词滥调，也不用跟晚上偷偷摸摸"打飞机"的那个男孩一起住。在这里，我有自己的房间，晚上在海浪的声音中入睡，感受妈妈的过去。

难道是我脑子里乱套了？那会发生什么？最不济的是，有人在沙滩上发现了一个什么都不记得、鞋带都不会系的疯子，然后叫辆救护车把他送到精神病院去。可如果我脑子恢复正常，顺利到家，还会发生什么吗？如果我把这种恐慌告

---

① 译注：福斯特维尔（Fosterville）是一个地名，前文出现的家具厂名称为"福斯特"（Foster）。

诉夏洛特姥姥，她可能会再联系一位心理医生，帮我好好排解悲伤，鼓励我在新环境里重新开始。指不定我必须去治疗，但夏洛特姥姥不喜欢开车，而我也不想浪费基金里的钱。

忽然，暴雨如注，噗噜噜地打在脑门上，我才幡然明白，既然我还能想清楚疯了的后果，那就说明我还没疯。人们纷纷跑开，找伞避雨，那对母子也不见了踪影。我低头看看自己的脚，竟发现两副鞋带都系得好好的！我冒着大雨往家走去，心里暗自决定，什么都不可以告诉夏洛特姥姥。

"下午出门就这点不好，"夏洛特姥姥说，"这个季节一定会下雨。探险之旅泡汤了，还是有点可惜的。换好衣服啦？挺好。我今天下午还行，豪宅上方的天空已经画完了，明天可以按设计图把灌木搞定。"

"要不我明天早晨再去一次吧。"

"走过去挺远的。不过你也年轻……我很久没去过了，上次拍照片还是开车去的。沿着滨海路一路向北，在拐弯处停下，然后步行穿过沙丘草和丝兰，费不少工夫才能看到悲伤小屋。"

"丝兰是什么？"

"一种非常刺儿的植物，看上去像是立在地上的植物刺刀。坐不得，更别摔在上头。"

一日三餐，我和夏洛特姥姥只在一起吃晚饭。我不介意。我喜欢给自己做早饭，中午往门廊上一坐，啃个三明治就好。过去，因为妈妈要上班，排班也不固定，所以我们也不是顿顿饭都在一起吃。夏洛特姥姥不喜欢做饭，也不想做饭。可在寄养家庭里的那位妈妈特别看重做饭和烘焙，每顿饭都要大家围在一起吃，还得轮流做祷告，分享一下当天学到的东西。我也跟妈妈一起做过饭。意大利面酱是她的拿手菜，撒上丁香粉，香味扑鼻。她还会用自创的配方从瓶瓶罐罐里变出超级美味的浓汤。而我会煎汉堡、炒鸡蛋，还能炖手撕猪肉。除此之外，我们就吃点熟食，或叫个比萨。

夏洛特姥姥白天就吃点香蕉、饼干，喝一小盒酸奶，晚上也吃不多，只是一杯接一杯地喝酒——难怪她那么瘦。小岛商店里设有熟食柜台，供应沙拉和冷肉，还有一天到晚都让人垂涎欲滴的烤鸡。那次之后，我们再也没去吃过虾，我也不想主动提起来。

一起吃饭的时候，夏洛特姥姥总会兴致勃勃地聊起往事。我能感受到，她一般不愿窥探我的过去。但几杯酒下肚，她就有点儿放松了。她自己一个人吃完饭的时候会干什么？厨房里有台旧电视，或许她会看电视吧，或许只是舒舒服服地坐着，小口喝酒，享受孤独。

后来，她发现我盯着电视看，就说道："我只看老电影和几个频道，跟你和你妈妈爱看的可能不太一样。要不要订几个有线频道？邻居们都有，但我就是没弄。"

"我俩没看过有线电视。寄养家庭里有，毕竟是政府掏钱嘛。我还记得有个坐秋千椅的两岁小男孩，一天到晚地在那儿看。"

"那，订是不订？"

"您想看就订。"说完，我感觉似乎有点儿不礼貌，于是又说，"我是说，如果您不看，我也不看。"就这样，又省了一份钱。

"马可，是这样，咱俩还都不太习惯这样的生活。如果家里缺什么，或是你想做点什么打发时间，就告诉我。否则我也不会知道。我猜不透你的心思。那些箱子就在车库里放着，你想现在收拾还是晚点儿再说？"

"晚点儿再说吧。"

"那好，等你想好了再说。八月底开学你就有小伙伴了，不会一直这样的。虽然有时候很难说服自己，但不管怎样，一切都会过去的。"

4

夜晚，海浪一下接一下地冲刷着海岸，唰——唰——唰——，像是全世界的水都在耳边均匀地呼吸，连节奏都跟千百年前小红海龟破壳而出，奔向大海时一模一样，对此，我永不会厌倦。海龟巡逻队的一位老队员——艾德·博尔顿曾跟我说："大海是它们的诺曼底哦。"

妈妈也在这个房间里住过。跟我一样，她躺在床上，聆听不远处海浪的声音。那么，"挑三拣四"的布伦达姥姥住在哪儿呢？应该是跟妈妈一起住吧，夏洛特姥姥则睡在画室里。以前，妈妈跟我说过，躺在海滨小屋里听着涛声阵阵，感觉特别美好。她每次这么说，我都以为她一个人睡。但现在看来，她回忆过去的时候，是做了小小的篡改吧。从小到大，我一直都跟妈妈睡在一张床上，所以可以感同身受。我每次跟好朋友威瑟描述昨夜的梦，脑海里都是我独自躺在床上的画面。威瑟有自己的房间，这样他也可以感同身受。

直到那天——那倒霉的一天，他来我家，发现了事情的真相。

早上出门前，我确认系好了鞋带，然后像一只直来直去的鹈鹕，一心一意地朝目的地走去。我在双肩包里装了午饭和一瓶矿泉水。夏洛特姥姥估计，如果我按正常步速走，单程大概需要40分钟。

"我刚搬来的时候，有一种获得自由的狂喜——不会有人教育我该怎么生活，也不会再有人批评我、伤害我了。刚来岛上那年，我几乎都在水里泡着。那时我才30岁出头，虽然你可能觉得30岁已经很老了，但那时确实是我全身精力的巅峰期。我用全部积蓄买下了这栋小屋，买的时候连洗手间都没有。它以前还被叫作'流氓小屋'呢，会有纨绔子弟们在这里聚会，一醉方休。"

"什么……弟？"

"纨绔子弟。就是生活优渥、手握特权的孩子。拼英文单词的时候，S后面还有个C，S-C-I-O-N。[①] 那时，我每天都去小岛北端转一圈，单程40分钟。那段距离不长不短，恰好能让我走出自我、休憩片刻。一步一步，不知不觉就走到了荒凉的小屋跟前。小屋带着所有的秘密，孤独地沉陷在那里。没有什么比那儿更适合整理记忆的碎片了。"

"去的路上走出自我，那回来的路上呢？"

"享受空虚。有时候就只是庆祝那一片刻的逃离。"

"逃离什么？您方便说吗……"

---

① 译注：夏洛特姥姥用了scion表示纨绔子弟，马可听成syon并读了出来。

"逃离那种禁锢的生活。是另外一码事。马可，你知道吗，悲伤小屋就是我的绘画启蒙。一般情况下，只有我去那儿，但有一次，我看到了其他人。那人在沙地里支了一个画架，在悲伤小屋前写生。一开始我以为是个男人，但走近些发现竟然是个戴帽子、穿长裤的女人。她似乎很快乐，待的时间也不长。她调起色来，也让我感觉如痴如醉。那是一幅挺好的小画，只是没能画出小屋周遭的气氛。尽管如此，我还是能想象到画挂在墙上赏心悦目的样子。我想，我也可以画啊，于是买了一些颜料、画板和《风景画入门指南》。最初，我先自学最基本的绘画技巧，后来又从图书馆借书，揣摩大师笔下的天空。过了很久，才搞明白如何表现那种气氛。康斯太勃尔会花好几个小时勾勒云朵、描绘天空，还把这个过程叫作'绘天'。"

"康斯太勃尔？"

"约翰·康斯太勃尔。他是18世纪晚期到19世纪早期的英国画家，特别喜欢风雨欲来时的场景。仔细看看他笔下的天空，就能看出云层没有轮廓。他由内而外地尽情挥洒，以云为笔勾勒出其他物体。康斯太勃尔就是云之王。"

出门后我发现，潮水已经涨了起来，淹没了昨天下午那对母子所在的地方。但黄昏时就该落潮了，或许他们会再回来吧。但不知道他们的假期安排是怎样的，可能今天就在沙丘那边的某栋海滨别墅里待着吧。有爸爸跟着吗？爸爸来了吗？还是说，他的爸爸也是个秘密？

潮水又涌上来了，我朝沙丘一侧走了走。一辆干干净净的白色垃圾车停在我身边，一个晒得黝黑、穿着短裤的工人从车里跳出来，一串熟练的动作，就把黄色垃圾桶里的垃圾倒进了车厢。"可恶心了！"他用比海浪声还大的声音冲我喊道，"什么人呢，什么东西都往里扔！"还没等我回应，他就问我要去哪儿。一听说我要去小岛北端，他就说："要不我载你一程吧。不过这是违反规定的，我可能会被开除。"

"没事儿，我想走走。"

"那好吧，小伙子，"他一边说一边打量我，"建议你悠着点儿啊，要不然回来就累得不成样子了。"他伸出黝黑的胳膊，把空桶放回水泥地面上。他的 T 恤已经浸湿了，一抬手，便有一股刺鼻的味道从腋下冲了出来。"玩得开心！"他扭过头来对我大声说道，然后就跳进卡车里，驶向下一个黄色垃圾桶了。

我已经走得有点累了，可还没到昨天惊慌失措掉头回家的地方。我得继续往前走，这样等他收完一圈垃圾回来，就还能看到我。

妈妈从家具厂离职之后，我们搬到了一个叫朱厄尔的山城，我开始上五年级。那年年底，老师跟妈妈说，如果她不反对跳级，我能直接上七年级了。妈妈不仅不反对，还很骄傲。来朱厄尔的第一年，我们没什么朋友，总是两个人待着,她就教我读书,我成绩突出也有这个原因。妈妈问我是什么想法,我说这样挺合适的,只是七年级的孩子比我大,一定把我当成怪胎,一定觉得这小孩个头不高,倒是每次回答问题都对答如流呢。一开始,他们叫我"书呆子宝宝"。后来我开始长肉了,他们又叫我"墩子"。他们会奚落我说:"天哪,墩子真是把'减价午餐项目'[①]用到了极致啊!"

在福斯特维尔的时候,我的好朋友是谢尔比。他哮喘严重,所以大家给他起了一个可爱的外号——"威瑟"[②]。可我当时没有这种外号,就只叫马可。

"那段距离不长不短,恰好能让我走出自我。"夏洛特姥姥是这样说的。她要从怎样的自我中走出来?她记忆里到底有什么碎片需要整理?她30多岁来到岛上,是我年龄的三倍,所以她的记忆碎片是否也是我的三倍?我真想知道。

一步又一步。海水近一点儿,我就离目标近一点儿。

那辆小小的白色卡车似乎在一颠一颠地向我驶来。我是出现幻觉了吗?不是,就是他。他一路向南,伸出黝黑的胳膊跟我打招呼:"小伙子,还有很远哪!"我低头确认一下,涌上来的潮水离我更近了,我没丢人。

可是……我怎么只看到一栋破破烂烂、无比丑陋的小

[①] 译注:Reduced Price Lunch Program,美国政府对贫穷家庭儿童提供的减价午餐项目。
[②] 译注:wheeze 的意思是"呼哧呼哧地喘气",wheezer(威瑟)可译作"不断喘气的人"。

屋?!一定不是夏洛特姥姥说的那栋吧!但这已经是小岛的最北端了啊,不可能还有其他选项了。怪不得镇委委员想把这碍眼的东西从美妙的海景中拿掉。夏洛特姥姥第一次来这儿的时候,小屋一定还没这么破败不堪。不管怎么样,至少还有好心情的游客为它画过画。后来还有夏洛特姥姥自学绘画,一遍遍地把它搬到画布上。慢慢地,破烂小屋也成了要付费游览的美好废墟。

在小屋四周,守卫着刺刀般无比尖锐的丝兰——夏洛特姥姥警告过我要小心它们,还围了一圈铁丝网,上面挂着"房屋危险请勿进入"的标志。如果有"僵尸小屋"这种说法,那眼前这个阴沉灰暗的屋架子绝对可以算一个。可竟然还有50多个人愿意花钱找夏洛特姥姥买画!还把画挂在家里的墙上!小屋南边的门廊已经塌了,一面临时屋墙上钉着几块木板。我不禁想,这门廊,就是烟蒂烧毁的那个吗?

再走近一点儿,就能从正前方看到小屋的其他部分。中午的阳光火辣辣地照在坑坑洼洼的屋顶上,毫不留情地投进没门的门厅,也透过破破烂烂的窗户照进屋内。或许在晚上,这里还能勉强算作一处美好的废墟。但这个样子挂在墙上,差不多也就是个剪影。

我热,也很渴。视线可及之处,僵尸小屋是唯一一处有阴凉的地方。于是,我无视"请勿进入"的标志,扭着身子从铁丝网底下钻了进去,铁丝网还钩住了我的双肩包、划伤了我的胳膊。我小心翼翼地踏上摇摇欲坠的楼梯,来到歪歪斜斜的门廊处。屋顶虽然坑坑洼洼，但至少撑起了一片阴凉，我也可以跟夏洛特姥姥说自己"几乎算是"进屋了。

我把双肩包当枕头，懒洋洋地躺在门廊上休息。因为门廊斜向大海，像是有人故意为之，但倾斜程度却不足以把我抛进海里。衣服上的汗已经干了，我不紧不慢地喝了几口水，吃了块三明治，出神地望着高高的浪头。如果这会儿遇见那个垃圾工，我就不会难为情了。当然，他可能会从职业角度出发，要求我离开这栋小屋："小伙子，你要是不走，我工作就丢了。"

我把包装袋叠起来，塞进双肩包里。这是我上学时用的双肩包，那时妈妈还在。我抱起来闻了闻，想知道是不是还有公寓生活的味道，但只有一丝三明治味、门廊地板上的盐咸味、老木头味和腐朽的味道。大海离我很近，似乎都有水珠洒过来。我感觉快睡着了，但心想也没关系，走得这么累，我可以在回家之前休息一下。等我回家那会儿，正是夏洛特姥姥忙碌的时候，她肯定希望我也能干点活儿。

我迷迷糊糊地做了个梦，梦到垃圾工站在小屋门厅处，微微斜靠在门框上，注视着睡梦中的我。我知道，我不能转身去看，否则肯定会醒过来，这种感觉也会消失。梦里，我俩能读懂对方的心思，一直在无声地对话。我问他："您是不是进去过？"他回答："有时候会进屋看看东西坏到什么程度了。""什么程度?""可以拆了。""我能不能进去看看?""我就是为这个来的,不能让你进去。""为什么不能让我进去?""马可,只要你进去了,就可能出不来了。""您怎么知道我的名字?""因为我需要知道。"

这会儿落潮了,海浪的声音远了一些。我已经醒了,一直蜷缩在门廊上,感觉那个垃圾工也已经离开很久了。

但身后还有东西。我整个背上都有一种过电般的感觉,浑身上下一点儿劲都没有,还有一种冰冷刺骨的恐惧感。无论如何,我都没胆量转身朝门厅望一望。

但不管身后是什么东西,它都没像垃圾工一样注视着我,更像是在打量一个外星人。如果有什么外来生物不经意地出现在视野里,蜷缩着背对着我,我一定也会如此打量它、暗自揣摩它。从感觉上来说,那不是一种大哥哥式的保护欲,而是强烈到略显莽撞的好奇,它还在等着看我做何反应。

我不确定我背身坐了多久,也可能没几分钟吧——时针似乎停止了转动,把我困在无边无际的恐惧中。后来,我不知怎么强迫自己站了起来,直挺挺地站在歪歪斜斜的门廊上,一动不动地背对门厅。背上还有那种过电般的刺痛感,心脏扑通扑通地跳着,似乎都盖过了海浪的声音,膝盖也抖得非常厉害,想站稳都很费劲。我一把抓起双肩包,大步跃下了破败的楼梯。

我从铁丝网底下钻出来,往南走去。但脖子以下还是僵硬的。我知道,自己没胆量再转身朝小屋那边望一眼。

5

"您最近一次去那儿,有挂着'房屋危险请勿进入'标志的铁丝网吗?"

"有一段时间了,"夏洛特姥姥说,"我的照片里就拍到了,但跟其他海景画上一样,我把它们画成了好看的木篱笆。所以,小屋怎么样?"

"已经坏得不成样子了,情况一定比您上次去的时候更糟,简直就是一栋僵尸小屋。有没有人说过里面闹鬼?"

"没有吧。怎么了?"

"您说大家叫它悲伤小屋,所以我就想……"

"你的意思是,那个男孩的爸妈回来找他了?无法安息什么的?不会的,传言只是说他们一家三口都走丢了,没有其他故事了。"

"或许是那个男孩呢。"

"他怎么了?"

"他无法安息吧。"

"那我得想想。这儿有两本关于小岛历史的书,其中一本里面提到了悲伤小屋，但我忘了是哪一本了。我都没读完过，每次试着读一读，都气不打一处来。怎么了？你在那儿有什么特殊的感觉吗？"

"我只在门廊那儿待着。"

"你连门廊都不该去。唉，可又有哪个小男孩忍得住呢？"

"您为什么会生气啊？"

"那些书？怎么说呢……从海龟蛋开始说吧，但我需要回想一下。写书的那两个女人祖祖辈辈都来这儿度假。我也不知道具体为什么生气，可能是她们纵情享受时那副理所当然的做派，也可能是她们那副自私自利、漠视一切的嘴脸。就拿海龟蛋来说。你现在也知道了吧，海龟下蛋这事儿是很神圣的。到了晚上，我们必须把门廊上的灯关掉，这样海龟妈妈才能到沙丘上安安静静地下蛋。然后大家就倒计时等着小海龟孵出来了。我们家的红围栏和警示牌旁边就有一窝蛋。想不起来是哪本书里，她们中的一个说，'过去有些好日子，大家一大早去挖龟蛋来做早饭，特别特别有趣。一般的龟蛋跟乒乓球差不多大，煮熟的蛋清软软嫩嫩，蛋黄是可以整个吸出来的，美不可言。诚然，海龟蛋是极少数人才能享用的美味。'"

"书里能这么写？"

"是啊，还有呢。两本书都是1970年代出版的，那时还没有海龟巡逻队。你拿去看看吧，还能读一读飓风中人失踪的故事。至于鬼魂嘛，风传飓风来临前海滩边出现了一个穿灰衣服的男人。有人说那是南部联盟军的制服，也有人说不过是普通衣物。还说，如果他直盯着哪栋房子看，哪栋房子就不会被海浪冲走；但如果他不看哪栋，里面的人就最好赶紧搬走。"

"有人见过他吗？"

"马可，这得你自己判断。人总是看到自己想要看到的东西，或是幻想着自己看到了。还有人说是看到了，其实只是想让人觉得自己有特异功能、自己与众不同。我对鬼魂没什么兴趣，现实生活中已经有一大堆糟心事要操心了。"

当天晚上，按照之前说的，夏洛特姥姥带我参观了她的线上画廊。我们肩并肩在笔记本电脑前坐下，她点开一幅幅画，放大后给我看。我最喜欢其中一张悲伤小屋的画，也就是印在明信片上的那张。

这小屋跟我白天看到的一样，可又不完全一样。如果把它挂在我房间的墙上，光是看着它就会让我难过，每次经过都会觉得毛骨悚然。但正是因为这样，我更忍不住一次又一次地看它、从它旁边走过。奇怪的是，尽管整幅画气氛黯淡，却并非夜晚的景象。夏洛特姥姥是从正面画的，只是没画南半边。在废墟般的小屋上方，悬挂着柔软的蓝天和纯白的云；在一片荒凉之中，遍布海草和丝兰的沙丘也是纯白洁净的。这种鲜明的对比强化了画面中的不安感。小屋在门廊前洒下一片阴影，却被灿烂的阳光打破了。虽然阳光明媚，但不知怎么，夏洛特姥姥把这些一画出来，就像是在提醒，一切事物都是稍纵即逝的，即使是天气晴朗，也可能有蛰伏的暴风雨。

"您真的抓住了那种气氛。"我说。

"哪种气氛？"

我反复挑选，终于在脑海里搜到一个合适的词，"孤寂。"

"孤寂，这词我喜欢！可惜在电脑上你看不清我的绘画，否则一定会更感孤寂。"

夏洛特姥姥心情愉悦，粗哑的嗓音也柔和了下来。"画的实物挺小，大概只有 25 厘米长、20 厘米宽。如果裱上深色的画框，再搭配合适的灯光，效果会更好。"

第二天，岛上就进入了雨季。"我本以为今年的雨季会早点来呢，"晚上，夏洛特姥姥说道，"六月雨水最多。希望你能找到一些好玩的事做，马可。"

这两天，我还没准备好再去小屋一趟，所以雨水简直是一份大礼。一下雨，我就不用假扮大人眼中喜欢在海边玩耍的小孩了，简简单单在屋里待着，摆出一副自娱自乐的样子就好了，所以长舒一口气。我躺在门廊上的吊床里，看着潮水涌上来又落下去。那天从小屋走回来，整条腿都隐隐作痛，我怀疑自己这辈子都没走过这么远的路。可是，那种痛提醒我，我做到了，所以又心生雀跃。那个垃圾工朝我竖起大拇指，然后开着白色小卡车向南边驶去的场景，也让我反复回味。下雨的时候，我也能看到那辆卡车一颠一颠地在海边徘徊，但看不清开车的是谁。这样的天气，可能也没多少垃圾吧。我偶尔会想，不知他有没有想起我，但又会想到，他对我了解不多啊，不过是见过我要去小岛北端，感觉我当时状态不好，又知道我超乎想象地坚持走了很久。可他不知道，我并非停留一天的背包客，而是岛上的常驻民。

我拿到了那两本书，一本叫《传奇小岛大事记》，另一本叫《小岛的过去与现在》。书就放在吊床上，夏洛特姥姥隔三岔五上洗手间或去冰箱拿点酸奶、开瓶红酒的时候，我就翻翻书。虽然背对着房间，但我知道她会透过窗户观察我的动静。就像那天在悲伤小屋门廊上躺着，我感觉有什么东西在后面打量我一样。唯一不同的是，一种司空见惯，另一种则不合常理。不过，或许只是一个孤单小男孩的天马行空罢了，就像威瑟说的，为了让人觉得自己有特异功能或与众不同而已。

一开始我只是大概看看插图，两本书里都有许多老地图，还印着一些老式笔体写就的文字记载和房屋契据，大多可追溯到19世纪。早在1791年，小岛上就有房产转让。两本书里都有一幅小岛的简略地图，上面画了一些编着号的方格，代表最初建有房屋的地方，方格里是房屋主人的名字。地图上写着地图的来源——南卡罗来纳州历史协会。

小岛最北端编号为1的方格里写着"哈斯尔"的名字。《小岛的过去与现在》中还有一张地图，标记了悲伤小屋后面几任房主的名字。根据那张地图，哈斯尔将房子转卖给沃瑟姆，沃瑟姆又将房子转卖给了巴伯。但编号1旁边还有一颗星，指向这样一条脚注：黑兹尔飓风之后，该处房产损毁，"已确定拆除"。

《小岛的过去与现在》是1970年代出版的。也就是说，在那个时候，政府就已经打算把小屋拆掉了。而夏洛特姥姥也是70年代末到岛上来的。书里常出现一些老房子的照片，但只是家庭照片的背景。比如，在其中一张照片里，几个女人正在"日出小屋"的门廊上挑虾；在另一张照片里，一群戴帽子的男人站在T形车旁，望着穿裙装泳衣的女人和穿着长裤泳衣的男人朝海边走去。除此之外，书里还频繁出现一个黑人的摆拍，他有时戴着围裙，有时穿着工装，还有些时候是停下手头的活，冲镜头咧着嘴笑。

可是，书中没有悲伤小屋的照片。唯一一处提到悲伤小屋的地方，是在《传奇小岛大事记》中《狂风暴雨》这一章的末尾。作者一页又一页详尽地描述了1822年和1893年飓风袭来时的场景。飓风中，一栋又一栋房屋被冲进大海，人们挣扎着爬到树上，却又一个接一个地掉进海浪翻涌的深渊，无论身份贵贱、地位高低，无一幸免。还有一段专门写黑兹尔飓风，称它是"1893年以来最具破坏力的暴风"，无情地席卷了小岛。那是1954年，"岛民们还没有电话的年代"。多亏了"高效的邻居警报系统",大多数仓皇失措的岛民都逃到了大陆上的安全地带。飓风过后,只有三人失踪了——一个14岁的小男孩和他的父母。没人知道他们的下落,也没人见到他们的尸体。他们不是本地人,夏季过后才搬来巴伯的小屋。在《传奇小岛大事记》中,这被描述成外地人低估了飓风杀伤力的悲惨故事,书里写道:夫妻二人冲进狂风暴雨里去找孩子,但谁知那时,孩子可能也在外面找自己的爸爸妈妈。那栋小屋是岛上最古老的建筑,它安全地立在沙丘后面,熬过了这场暴风雨。不过,小屋南侧的门廊被一场不知何时燃起的大火烧毁了。从那以后,小屋就一直空着,自生自灭,渐渐成为岛民口中的"悲伤小屋"。

我兴高采烈地向夏洛特姥姥汇报了新发现:"那家人不是本地人,但书里没写他们的名字,也没提抽烟的事。"

"我也是从别人那儿听说的吧。关于这家人,两本书里都写了吗?"

"没,只有一本写了。就是写海龟蛋的那本。"

"我敢说,两本书都是那个南部联盟军的'鬼兵'搞出来的。"

"嗯,两本书里都有他在海边散步的那幅画。"

"那幅画已经做成产业了。客人能订各种尺寸的,能做镶框版的、金属版的,还能做油画版的。

"什么是金属版的?"

"就是把画复制到一层薄薄的铝片上,制成之后极具光泽,非常适合挂在办公室的大墙上。"

"但不管什么样,都不是原版啊。大部分艺术家又不会像您一样反复重画。"

"他也做不到。1930年代,才画完没多久,这位才华横溢的风景画家就去世了。可直到现在,他的后人们还在靠那一幅画敛财。我去过当地为他举办的一场回顾展。在那幅画里,他唯一一次把人画了进去。如果得知他画的灰衣男子让他声名鹊起,他会做何感想?"

"您想过要出名吗?"

"就像我说的,马可,侥幸拥有这点儿才华,我已经很感恩了。我靠画画养家糊口,也享受画画的过程。每当我拿起画笔,就忘记了过去的痛苦。闻到颜料中那股特殊的味道,时间也仿佛失去了意义。"

雨下个不停,堆在车库里的箱子似乎在呼唤我。我不想让夏洛特姥姥觉得我无所事事。如果她发现我在到处溜达,可能会担心自己有哪里做得不好,然后开始内疚,而一旦内疚多了,就会成为怨恨。从福斯特维尔搬到朱厄尔之后,妈妈就在这样的心路历程中挣扎过。在朱厄尔那间惨不忍睹的公寓里,我们被禁锢了许久,生活也越来越糟。

我和妈妈一直睡在同一间卧室的同一张床上。我从没多想什么,直到那天威瑟去了我家,情况才发生了变化。虽然在福斯特维尔,我家也只有一间单人卧室,但跟后来朱厄尔的公寓相比,还是要好很多。我是不情愿邀请威瑟到家里来的，去他家玩的感觉要好多了。威瑟有自己的房间，奶奶负责做家务，还会送给我们特殊的小礼物。他父亲在全州各处售卖福斯特的家具，早已疏远的妈妈则生活在美国佛罗里达州东南部的棕榈滩，打理女子高尔夫锦标赛的事情。威瑟曾向我透露，他是个"意外"。他妈妈一度很想让大儿子德鲁出去读大学，"但德鲁18岁的时候，她和我爸喝醉了，结果就生了我"。德鲁在夏洛特市的一个会计师事务所工作，年纪都可以当威瑟的父亲了。他周末经常回家，要么趁天气不错在后院晒太阳，要么就把自己关在卧室里听爵士乐和布鲁斯乐，只在吃饭的时候才出来。

威瑟非常羡慕我和妈妈之间的亲密关系，也很好奇我和他的家庭生活在"社会经济"方面有什么不同。但也许他太过好奇了。如果任由他幻想我过着狄更斯笔下那种节俭但不粗鄙的家庭生活，情况或许还好一些，但他执意要对细节刨根问底。一个星期六，妈妈说既然我去过他奶奶家那么多次，就应该礼尚往来，趁她休班邀请威瑟来家里做客，到了中午她可以出去买比萨。如果我没邀请威瑟来我家，生活或许会很不一样吧。买比萨似乎也成了诅咒，第一次给我带来了灾难。

"等会儿，"威瑟参观卧室时，纳闷地问道，"你和你妈妈睡一张床？""要不然我睡哪儿？"我不假思索地回答道，"在一些穷人家里，还有四个人睡一张床的呢。"听我这样说，他就不吱声了。可接下来，我犯了个致命的错误——给他看了一张本不该给任何人看的男人的照片。那是一个小小的木质相框,被妈妈藏在抽屉底的一个马口铁罐里,她说等时机成熟才会跟我讲关于他的事情。可当时,被威瑟那么一问,我就着急了,想赶紧把他的注意力转移到一个新鲜的秘密话题上来。我默默地走到衣柜那儿,拉出最下层的抽屉,打开那个马口铁罐,取出了照片。

"这是我亲爸爸,"我说,"但你不能告诉别人。他已经死了。等我再大点儿,妈妈会把一切都告诉我。"急切之下,威瑟一把从我手里抢走了照片。他正着看,反着看,又摇了摇相框,细致地检查一遍,然后才还给我。他充满敌意地看了我一眼,说道:"这是从某本书里剪下来的,说不好是谁。你和你妈都疯了吧!我可得走了。"说完这些话,他就离开了。这也是他对我说的最后几句话。等妈妈带着比萨回来,发现威瑟不在,我就撒谎说他忽然犯了哮喘,跑回家吃药了。

星期一课间休息时,他等我走近,故意跟其他小男孩说:"你们知道吗?马可现在还和他妈妈一起睡呢,简直是他妈妈的小丈夫!"

我气疯了,一把薅住他精修过的头发,拽着他的头就往后面的石墙上撞,撞得血迹斑斑。他大口喘着气,忽然一下没上来,断了呼吸。所有人——包括我——都以为他死了。但如果不是有人拉着我,我还在不停地揍他的脸。他的一只眼被我揍得几乎失明。妈妈被迫辞职。我看完精神医生,然后我们就搬走了。后来，当我听说他的眼睛已无大碍的时候，心里还是有些释然的。但在内心深处，在对错分明的界限之下，我都没想到自己竟能有这么深的愤怒，发这么大的脾气。

医生问我打威瑟时有什么感觉，我说"脑子一片空白"。但这不是事实。我真正的感受是，把他的头撞破、把他的脸揍扁、让他无法呼吸是我做过的最了不起的事。揍完他之后，我内心得意扬扬，感觉把生活里所有的坏事都通过拳脚发泄出来了。可我不笨，知道这不能说。如果照实说了，肯定会被送到精神病院里去。当然，我也可以以一种局外人的口吻说，得知他伤得那么重，我心里特别不舒服，倍感震惊。

夏洛特姥姥没跟我提过箱子的事。那几天阴雨连绵，丝毫没有要停的意思，我就从车库里搬了一个出来。我把箱子挪到房间里，扫了一眼就知道，很多东西不必留了。我从餐厅拿了一个黑色垃圾袋，便开始整理。煲锅留下吧，我可以做一顿手撕猪肉让夏洛特姥姥开开眼界。但像阿司匹林、棉签这些东西就都扔了。箱子可能是还在实习期的社工收拾的，连用旧了的牙刷和缺了口的马克杯都还在，它们当然通通进了垃圾袋。"这个男孩没妈妈了，得送去寄养，"他们的主管可能是这么说的，"所有东西都得打包，看上去不值钱的也要，别最后惹上什么官司。"

6

在那些雨水浸泡的日子里，我梦到自己被垃圾工骑着摩托接走了。他说垃圾车在店里，今天就只负责沿着海边检查一下垃圾桶满没满。

海风阵阵，我坐在他身后，感觉棒极了。我得跳下车挨个检查垃圾桶，有时特别倒霉，"呃，你绝对不想知道刚才那个垃圾桶里有什么，恶心死了"。听我这么一说，他就哈哈大笑起来，笑得背都抖了。渐渐地，我们就来到了悲伤小屋门口。"那个没必要看，算了吧。"我说。

"为什么不看？"

"因为，因为黑兹尔飓风过后就没人来这儿了。"

"那是你自己的想法，"他说，"我去看看吧。"

"我果然猜对了，"他一边往回走一边说道，"马可，你得听话，记了我叮嘱你的吗，不能进去。"

"垃圾桶里有什么？"

"我可以告诉你，"他冷笑着说，"但那之后，我会杀了你。"

雨点不停地打在夏洛特姥姥家的铁皮屋顶上，甚至淹没了海浪的声音。几天前吃晚饭时，夏洛特姥姥说那幅豪宅的画再过几天就可以画完了，我告诉她我也已经开始收拾箱子了。她回应道："这么说来，下雨还是有点好处的。"每次去洗手间，我用完洗脸盆都会洗一洗，然后用自己的毛巾擦干净。这是妈妈兼职做清洁工时教给我的。她说，这些小细节会让人特别满意。擦干的洗脸盆、洁净的餐具、锃亮的水龙头，都是这个道理。但如果浴盆里出现哪怕一根头发，整体效果就毁于一旦了。我也总记得把马桶盖放下去——只忘过一次，夏洛特姥姥没怎么在意，干巴巴地说了句跟男性共用洗手间就是会这样什么的。

后来，我又搬了一个箱子来收拾，但往里瞥了一眼就退缩了。那是一个装满忧伤的箱子。上面放着我小时候看的书，有《晚安太阳》《幸运夫人》《小熊维尼》《小熊维尼的房子》……下面是妈妈的冬外套、运动裤、家居上衣、鞋、睡衣、内衣、弹力长筒袜（她有静脉曲张，但上班时总要站着，所以要靠弹力袜支撑）、写着"部门经理"的工作铭牌（在福斯特家具厂工作时她会开心地戴上它），还有化妆品、保湿霜、半盒丹碧丝卫生棉。收拾这些东西时，社会服务工作实习生给主管打电话问过了吗？"私人物品是直接扔掉还是怎样？外套虽然有点旧，但指不定可以给善念①呢。其他东西怎么处理？"但就算真问了又能怎样，主管肯定只是简单重复了一遍关于惹官司的套话。

整个箱子里的东西——包括那件外套（让善念找其他旧衣服去吧）——通通都进了黑色垃圾袋。我一边翻看着《晚安太阳》一边回想过去，心里特别难过，就把书也都扔了。可扔了之后又非常后悔，于是赶紧把维尼小熊的书救了回来。那是妈妈趁书店打折的时候买的。记得她还兴高采烈地说："除了《小熊维尼的房子》里有几页被小孩用蜡笔涂花了，其他的都跟新的一样哦。"我暗暗思忖，还是快点把箱子收拾好吧，如果它们一个比一个让人难过，那该怎么办？

收拾完，我又重新拿起充满优越感的女人们写的那两本关于小岛的书，就连里面那自私无情的句子都让我感觉好受了一些。雨下得没那么大了，大海的咆哮淹没了雨滴的声音。我走到门廊上，看到海龟巡逻员穿着雨衣、戴着雨帽在家门口巡逻，还有小小的白色卡车，往南驶来，向北开去。

我翻开《传奇小岛大事记》，继续读《狂风暴雨》这一章。读着读着，不由想起上学的时候，虽然同学们都叫我跳级的书呆子、矮矮的小胖子，但我的研究报告是最优秀的。虽然周围全是异样的眼光，但老师特别喜欢我，讲课时经常看我，还告诉我写报告之前不要着急动笔，要先带着一种找

---

① 译注：Goodwill，美国一家非营利性的旧物回收二手商店，并为弱势群体提供工作岗位。

线索、解谜题的感觉把材料通读几遍。每通读一遍，都能有新发现。可这一章读到最后，才只有一段写到了黑兹尔飓风，这里面会有什么破解谜题的线索呢？

在这一章的开头部分，作者记录了1822年和1893年时被飓风夺走的生命，被淹死的家庭成员和用人，甚至是游客和陌生人，名字都一一记录在册，虽然有些名字还不完整。（"150年前，在那个恐怖的夜晚，许多人溺水身亡，包括沃伦·博茨福德先生的侄子博茨福德·钱宁、临时到访的建筑师怀斯上校、从北卡罗来纳州夏洛特市来的维恩博士，还有一位塞特怀特小姐、一位德维尔先生……"）

可就是没有1954年10月15日黑兹尔飓风那天失踪人员的名字。1954年，岛上还没有电话，但多亏了"高效的邻居警报系统"，大多数仓皇失措的岛民都逃到了大陆上的安全地带。

失踪的是一个14岁的小男孩和他的父母。他们是外地人，夏季过后才搬来岛上，住在巴伯的小屋里。他们很可能不了解飓风，低估了它的破坏力，所以酿成了一系列灾难。阿特·霍尼韦尔是一位从岛上成功撤离的岛民，他对记者们说，自己在海滨大道上开着卡车，就被一对神色慌张的夫妇拦住了，他们徒步去寻找儿子，却一直没打听到任何消息。有人推测，他后来掉头回去找过那对夫妇，但因为始终没发现尸体，所以他们可能被卷进海里去了。岛上那栋最古老的小屋挺过了暴风雨，只是南边的门廊被火烧毁了。后来，小屋转售了,新主人就让它闲置着,任其自生自灭。小屋的命运似乎有些悲惨,岛民们也就渐渐开始叫它"悲伤小屋"。

"高效的邻居警报系统"到底是什么?只有岛上居民可以收到警报吗?其他人呢?尤其是那些不了解飓风、低估飓风能量的外地人。为什么阿特·霍尼韦尔先生没跟那对夫妇说"上车,我们一起去找他"?"14 岁"是从哪儿来的?是不是夫妇二人告诉霍尼韦尔先生的?"我们在找儿子,他14岁……"他为什么没在学校里?已经是十月了,这家人为什么还在海边住着?大概是贪恋便宜的房租吧。毕竟,如果我和妈妈去海边,应该也会选择淡季。

可这不是课堂作业,对此我都感到有点可惜了。我知道,我肯定能从这些充满优越感的字里行间发掘尽可能多的信息。"小书呆子"肯定能出色地完成作业——当然了,也能收获更多鄙夷。

如果这是一篇研究报告,题目就用"谁是我的邻居?"。在《圣经》里,有一个志在必得的律师试探着问耶稣:"谁是我的邻居?"① 耶稣用"好撒玛利亚人"的故事轻松回击。

---

① 译注:在《新约圣经·路加福音》中,一位律师试探地问耶稣怎样才可以获得永生。耶稣问他律法上是怎么写的,他回答说:"你要爱你的邻居如同爱你自己。"然后又问耶稣:"谁是我的邻居?"耶稣面临试探,耐心地用好撒玛利亚人的故事解释,并建议律法师那样去做。"好撒玛利亚人"也就用来指既没有法定义务也没有约定义务而出于内心的道德要求无偿对他人进行救助的人。

(如果寄养家庭的小伙伴看到这个题目,一定会疯狂地喊出来:《路加福音》第10章!第29节!)

去年,妈妈开始幻想我们的未来。未来,她会通过高中学力考试,然后就可以跟我"一起上大学了"。可是,她越激动,我就越抵触。我开始扳指头,从七年级上到十二年级,幸好还有几年。心想,我不会跟威瑟说的一样,真成了妈妈的"小丈夫"吧……

妈妈经常说:"我买不起最好的,但我知道什么是最好的。"可我担心的正是这个:她带我去一家对儿童免费但不接待成人的最好的牙科诊所,却从不在意自己的牙齿问题;她一年挣的不到24000美元,却坚持每月花24美元为我做最好的人寿保险。妈妈去世之后,我梦见过她几次,可梦里的她要么跟平常不太一样,要么就是急匆匆地从我身边躲开。我多么想好好地梦见她一次啊。

奇怪的是,我也经常梦见威瑟,他还住在福斯特维尔。在梦里,我叫他的大名谢尔比,他跟以前一模一样。有时,我会梦见他瞎了一只眼,戴着眼罩,像是在说:"可恶,看看你干的好事!"可他似乎原谅了我。梦里的我们比以往更加亲密,我们一起探索世界,一起慢慢成长。

7

我从 11 岁开始跟夏洛特姥姥一起住。她过着隐居式的生活，虽然也用现代设备，却离群索居。即使我来了以后，她依然在很多事情上独来独往。她会用座机打电话订东西，但从不接打来的电话，任由电话被转到语音信箱里，偶尔收条留言。但就算有留言，她也不常听。就这样，日子一天天过着。她用笔记本电脑搜资料、查天气、"看看世界是否还在"，不用的时候就关好，端端正正地摆在厨台上。她的大部分交易都是在网上完成的，也通过网站与潜在客户联系。她还与当地画廊和线上画廊有联系。画廊把她介绍给潜在买家，然后收取一些费用。如果不是我，她到现在都不会买有线电视频道。住了很久，我都没见她开过那台老电视。一般情况下，吃完晚饭没多久，她就拿着酒杯和酒瓶回画室了，睡在用帘子隔出来的一块地方。

家里发生的大多数紧急情况她都能应付，比如灯坏了换保险丝、龙头漏水换垫圈、马桶坏了修马桶、给电气开关接线、清理下水道、地板烂了换地板，等等。在海边，地板总是会腐烂。买了这栋小屋之后,她请专业人员来加盖了房间,包括她的画室、我现在住的卧室,还有一个室内洗手间。但大多数善后工作都是她自己做的,就像自学画风景画一样,看着书一项项地琢磨。她甚至还会基础的木工活,做了画具架和搁板桌。

她没有正儿八经的宗教信仰,不向上帝或者耶稣祈祷,也不发誓。如果想知道她信仰什么,那应该是画画吧。如果想知道她善不善良,那想想我就明白了。当然,收留我有一笔"丰厚的津贴"。一开始,她选择"把事都说开",我还以为她只是为了钱。但很快,这种想法就烟消云散了。我相信,就算妈妈没买保单,一旦夏洛特姥姥知道自己是我唯一的亲人,无论如何也都会让我来这里的。

在机场见她的第一眼,她头发泛白,剪得短短的。后来的2004年,这种短发在女性之间流行起来,女权主义者、癌症患者、宣布"出柜"的、觉得短发酷的,纷纷剪去了长发。短头发的夏洛特姥姥看上去像一位来自罗马的百夫长,好看的头颅轮廓鲜明。后来我知道,那是她自己剪的。

在感情方面,男女她都不感兴趣。她结过三次婚,有过三个"一无是处"的老公,逐渐变得对感情生活全然没了兴趣。可是,她刚到岛上时才30出头,每天与木工、水管工和电工们相处,应该也谈过恋爱吧?生我的时候,妈妈已经28岁了,一直到她去世之前都有追求者。对于每个约会对象,她都只是见几面就算了,而且每次回家都会向我"汇报"她的"约会"情况。"我再也不去了。"她可能会这么说。也可能说:"他人挺善良的。像我这么大的人,就很看重这个了。"但因为她知道什么是最好的,曾经爱过的那个人也是最好的,所以后来没有一段感情可以持续。仅仅是跟我爸在一起的回忆,就能让其他追求者黯然失色。她很喜欢丁尼生悼念挚友的一首长诗:"爱过,又失去爱,好过从未爱过。"丁尼生失去挚友之后,花了17年的时间才放下一切,走出这段伤痛。

小屋改造完之后,夏洛特姥姥也一直有男同事。她先是在岛上的一家兽医院做前台,后来又在大陆的一间进口车修理店做前台。"我还会换机油,如果客户不在,那些淑女们不会干的修理活儿我也干。"修车店的店主叫拉希科特·海斯,是当地人,家境也不错。他俩后来合伙做了出租车生意,轮流开着老爷车去接人送人。夏洛特姥姥说,他们有一段时间开1935年款的劳斯莱斯,直到拉希科特得到一个极好的报价才把车卖了。最后,他们把出租车生意也卖了,挣了些钱。开始画画之前,夏洛特姥姥就靠分到的那一半钱过活。

雨过天晴的第一天,夏洛特姥姥的豪宅也画好了。"时间刚刚好,"她说道,"终于能在自然光下看看它了。马可,你也到画室来,我想听听你的意见。"

"噢。"当时我就站在画前面。

"噢,怎么了?"

"跟我想象中不太一样。"

"你想象中是什么样?"

"你说这不是诚心之作,只是想挣钱买吃的。但我感觉画得很真诚啊。"

她站在我身后,所以我看不到她的表情。但我听到她深吸了一口气,还闻到一股红酒发酵的味道。我能感觉到,她真的非常渴望知道我的看法。那幅画跟我想象中的确实不太一样,里面有一些让我一见倾心的东西。说实话,我觉得画得很棒,但"棒"这个词未免太过老套。于是我说:"有您的心境在里面。"

"我的心境?"她想让我继续说下去。

"嗯。在您画的天空里,也在您画的房子里。您不仅画了豪宅,还表达了生命的含义。……我找不到更好的说法了。"

"已经很好了。这幅画有什么生命的含义?"

"您知道这幅画是什么效果吗?目光一落在画上,就能立马想到生活中的种种悲伤。豪宅的那种悲伤不猛烈,而是一点一点逐渐把人紧紧包围。它被画成这样,就好像是在说:'我很新,也很大,我的话也一定很肤浅。但我没办法,我没办法改变自己。'"

话音刚落,姥姥紧紧抓住了我的肩膀,然后迅速放开。她是不喜欢肢体接触的。

"唔,"她一边说,一边走到我跟前,"希望斯特克沃思不要看出这么多东西啊。但我真的特别喜欢画里的天空,画得恰如其分。我同意你的说法,豪宅确实带着一种独特的悲伤,带着一丝'无常'的感觉。可这一切,只有想看的人才能看出来。"

"他们会拒绝收画、拒绝付钱吗?"

"我还没遇到过这种事。但也有可能。接单之前,我会先收些定金,不退的那种。这幅画这么大,光是颜料就花了很多钱。我还有另外一层保险——'欲擒故纵',让大家觉得我也不一定就会接他们的单;或是发'排号单',让他们排队订画。到目前为止,我的名声还不错,大家都想要一幅夏洛特·李的画,也愿意排号。对了,我得在斯特克沃思来之前打扫一下房间。虽然大家认为艺术家的画室应该有一种职业性的杂乱,但我这样似乎有点过分了。"

"我能帮忙。我知道怎么打扫。"

"嗯,我发现了,你用完洗手间总是收拾得干干净净。你妈妈教育得不错啊。"

"妈妈做过清洁工,打工贴补家用。她也教过我一些讨人喜欢的小技巧。"

"好啊,那你也教我一些吧。"

"你妈妈,她一定很勇敢,"第二天一起打扫厨房的时候,夏洛特姥姥说道,"单亲妈妈都不容易。我一定能跟她合得来。我们指不定还有很多相像之处呢。那年你姥姥带她来的时候，她还是个小女孩，我挺喜欢她的。相处的机会少，没办法更多地了解彼此，真的很可惜。但就算有机会相处，你姥姥也很可能捣乱，警告你妈离我这个嬉皮士姨妈远一点。我曾经觉得自己是个嬉皮士。但我一辈子又都在工作，也永远不会停下来。"

"你们确实有很多相像之处，"我说，"你们都在年轻的时候离家出走。妈妈还没上完高中就离家出走了。"

"这我不知道。她为什么走？"

"因为我姥姥的爸爸。他要来跟他们一起住，但妈妈宁死也不愿意。"

"那是你妈妈的姥爷，也就是我爸。我是16岁的时候离开那个家的。污点都能成为家庭传统，是不是他妈的很神奇？为什么要让那个禽兽来跟她一起住呢？"

"姥爷去世之后，姥姥想让他来帮忙经营木厂的生意。妈妈听说这个消息之后，就跟厂里一个年龄大点的工头私奔了。在她的坚持下，他娶了她。然后他们搬到北卡罗来纳州，在家具厂里找了工作。妈妈说爸爸很善良，工作也优秀，跟他在一起有安全感。没拿到高中毕业证书，妈妈的心都碎了。但家里情况更糟，她不得不离开。"

"没错，"夏洛特姥姥跪在厨房地面上说着，"就算离家出走误了学业、毁了生活，但只要家里不好，就留不得。马可，把那个硬毛刷给我。"

"我刷吧,我还不累呢。"

"你就给我,我得往死里刷,这要是个人,非死了不可!"

她一把从我手里把刷子抢了过去,打着圈儿地使劲刷瓷砖,刷出好多肥皂泡。"你到海滩上玩去吧!"

"但是——"

"马可,赶紧走,别让我再说一遍啊。"

8

晚饭前，我喜欢待在房间里，或到吊床上玩一会儿，可那天晚上，夏洛特姥姥却让我出去玩。既然雨也停了，那我就去海边吧。可她为什么忽然不高兴了呢？之前一直相处得很好啊。听我说她的画画得好，她甚至都抓住了我的肩膀。打扫卫生前，家里还需要一些清洁用品，我们一起开车去了小岛商店。我从货架上找到了需要的东西，一一搬回家，然后配合着她清扫、擦洗。厨房地砖最后才清理，这样，第二天斯特克沃思到的时候，地板还能是锃亮锃亮的。

我说错什么话了吗？我们一直在说我妈的事情，说她跟夏洛特姥姥可能会成为朋友。那是我第一次听人说妈妈是一个勇敢的女人，想到她很勇敢，我就很自豪。就这样，一切都非常顺利。

我在埋着红海龟蛋的那个沙丘前停了下来。红海龟的拉丁学名是 *Caretta caretta*，意思是世界上体形最大的硬壳龟。成年龟身长 0.9 米到 2.5 米，体重 140 千克到 450 千克，寿命长达 100 岁。但直到 30 多岁，红海龟的性器官才能发育成熟。"仔细想来，这也不是什么坏事。"把幼龟冲向大海比作"反向的诺曼底登陆"的艾德·博尔顿说道。他说，早在 4000 万年前，红海龟就已经这样生存繁衍了，但现代智人的历史才不过 20 万年。

我沿着海边慢慢走，仔细查看潮水退去后在沙滩上留下的图案。但周围都是小孩，他们不停地尖叫着，让我倍感烦躁。今天太晚了，不能去找垃圾工了，白色小卡车早在中午前就消失不见。剩下的大半天他会做什么？岛上还有其他垃圾要清理吗？他还有其他工作吗？

如果夏洛特姥姥不想再跟别人一起住了，那该怎么办？"我试过了，他也是个好孩子，但独居了那么久，我还是更习惯那种生活。"她会把我送到其他地方去吗？"他是个好孩子，总能帮上忙。虽然津贴不错，但我这一辈子都会不停地工作，自己能挣钱。我的画也不错，毕竟大家都想要一幅夏洛特·李的画啊，甚至还愿意排号等。"

到了第四个黄色垃圾桶，我就转身往家走了。我在家门口木栈道的台阶上坐了下来，打算跟海龟蛋待一会儿。我经常觉得，夏洛特姥姥是一个生活自理没问题的老人，但她跪在地上拼命擦地的样子，却像是一个惊慌愤怒的小女孩。

太晚了，白色卡车不会来了。但我可以一边往北走，一边幻想跟垃圾工的对话。

看我还在岛上，他一定会大吃一惊。

"是你？怎么还在海边？"

"我跟我姨姥姥住在这儿。"

"住哪儿？"

"就在那边。那栋带深蓝色装饰的灰瓦房。姨姥姥买它的时候，还是个小破屋，后来改建成这样的。她画画。"

"粉刷匠还是艺术家什么的？"

"艺术家。她挺有名的。她画海滩和民房，岛上所有的画廊里都有她的画。她还有一个网站。有一幅画最火，她画了50遍呢。您知道小岛北端的僵尸屋吗，就是大家说的悲伤小屋？"

"'僵尸屋'这名字太合适了！那地方早晚会出事的。真搞不明白为什么还不拆了它。"

"屋子确实很破了。我还在它的门廊上吃过午饭呢，不过没进去。"

"别再去门廊上了，整个屋架都完全腐烂了。"

"一个小男孩和他的家人都从那个小屋消失了。他们是旅游淡季才来的，对飓风也不了解。黑兹尔袭来的时候，他们被海浪冲走了。但一直没找到尸体。"

"那是很久以前的事情了，"垃圾工说道，"那时我还没出生，更别提你了。小伙子，这也就是个让人感兴趣的老故事，你最好离小屋远点，那里不是进去了就能出得来的。"

9

我还没见过斯特克沃思家那样的人。他们迟到了半个小时，把夏洛特姥姥气得不行。

"听听他们有什么借口吧。"她说着，大步穿过擦得亮堂堂的厨房，"听他们有什么借口，就大概能知道是什么样的人。"

"怎么说？"

"好人就简简单单地道歉。但其他那种想给你留下特殊印象的人，就会说自己的确是遇到了某件重要的事儿，有种想让别人找清自己位置的感觉。"

"具体是什么重要的事？"

"噢，我的好朋友——州长正好顺道来看我；我刚才见了做参议员的叔叔；我打算在家里安一个27米的大浴缸，没想到管道工人忽然就来了，诸如此类。"

斯特克沃思一家还没进门，理由就来了：林木公司要在他家的奥林匹克标准泳池四周种一片近10米高、生长成熟的棕榈树，测量人员忽然就来了，所以耽误了时间。听到这话,我和夏洛特姥姥都只好憋着笑。

来的人是罗恩·斯特克沃思和丽塔·斯特克沃思,皮肤晒成红褐色,脖子上都戴着大金链子。他们进了门,就在门口的厨房那儿站着,一五一十地向我俩介绍豪宅的修建过程。罗恩和丽塔像二重奏演员一样,一个负责讲演房间、楼梯和树木的测量过程,一个负责表现与建筑师、承包商、园艺师之间的小摩擦。"装饰那块的问题就更多啦。"丽塔哀叹道。

这是在示意姨姥姥说话了。她接上话头:"好,咱们去画室吧,看看你们 12 米乘 15 米大的……"

我从门厅那儿观望,十分紧张。如果他们看了画一眼就异口同声地说"天哪!这根本不是我们想要的样子!",那夏洛特姥姥就只能拿到定金了。还有一种情况是,如果他俩有人问了一个愚蠢的问题,姥姥肯定会刻薄地反击回去,羞愧之中,他俩肯定也会找个方法报复,在已经谈妥的价格上斤斤计较,或是要求修改已经完工的画。

"罗尼[①]!看!"这是丽塔的第一反应,"咱们的美洲蒲葵已经画进去了!"

"如果现实生活中能有这么简单就好了,"罗恩对姥姥眨了眨眼,"您是不是没画过这么大的画?"

"没有,"夏洛特姥姥说,"我通常喜欢画小的。"

---

① 译注:罗恩的昵称。

"有多小？"罗恩问。

"40厘米乘45厘米的，30厘米乘40厘米的，尤其是跟手掌差不多大，10厘米乘15厘米的。"她说着，抬起一只手来比画。

"40厘米乘45厘米的还没我家的壁炉大。"罗恩说。

"所以咱们才商量好，一致同意画1.1米乘1.4米的。"姥姥回应道。

"等一下，天空是用了黄色颜料来画吗？"丽塔问。她站得离画非常近，鼻孔都快贴上去了。

"观察力不错啊，"姥姥说，"是镉黄。退后一点，你还能看到镉黄与蓝色融为一体。如果位置挂得合适，还可以看到层次丰富的蓝天，比单纯用蓝色颜料画要好得多。"

"唔，层次丰富，"丽塔·斯特克沃思一边喃喃地重复着，一边顺从地后退了几步，"是的，您说的没错。"

"特纳经常用黄色颜料描绘天空。"夏洛特姥姥说，"还有西斯莱，我这个小技巧就是从他那儿学来的。"

"西斯莱？他在哪儿——"

"咱们回家谷歌吧。"罗恩打断了她的话。

罗恩慢悠悠地绕到带轮的大画架后头，仔细检查画布的背面，问道："这后面怎么处理？"

"后面怎么处理？"夏洛特姥姥不解道。

"我是说，是不是得在后面加点什么东西？还是说就这样敞开着？"

"大多数专业画家会选择这样敞开着。油画永远都干不了。后面一旦盖起来，画布就不能呼吸了，水珠慢慢凝结，画会发霉的。"

"呃，好恶心，发霉啊！"丽塔惊叫道。

"裱画师可能会拿一张钻孔牛皮纸把后面装饰一下，"夏洛特姥姥说，"但除了好看没什么用。"

"我们打算用金框裱画，"丽塔说，"您有什么建议吗？"

"换作是我，我会选择简洁一点的画框，省得喧宾夺主。还可以用不超过3厘米的嵌线装饰一下。与金线相比，铬合金或银的可能更好些。"

"用一条细细的金嵌线可以吗？"丽塔·斯特克沃思恳求似的问。

"嗯，很细的话就可以。"夏洛特姥姥回答说。

10

门外停着一辆小货车,候着一个身材魁梧的杂务工,罗恩·斯特克沃思大笔一挥签完支票之后,夏洛特姥姥就指挥那个工人小心翼翼地把画装进车里,运到斯特克沃思的豪宅去("别盖着它,路虽然不远,还是得让它能呼吸。也请小心颜料涂得厚的地方……")。

"支票很不方便,还得开车去趟银行,"夏洛特姥姥唉声叹气,"我不喜欢把这么大额的支票放在家里。如果我今天晚上没气儿了,马可,那你就难办了。"自从来到小岛上,我就还没离开过。所以当姥姥问我想不想跟她一起去银行的时候,我兴高采烈地答应了。可我觉得听到我的回答后,她脸上似乎闪现过一丝不耐烦的神情。她可能更希望独自出门吧,但我意识到的时候已经太晚了。

在我们轰隆隆地开上堤道之前,她的脸上就已经放晴了。那是午后不久,有几个黑人男性斜靠在堤道围栏上,手里还攥着钓鱼竿。她不断模仿斯特克沃思家那两人说话,比如丽塔说的"罗尼!看!咱们的美洲蒲葵已经画进去了",

还有罗尼那句"这后面怎么处理"。

接下来,她的话让我十分惊讶、不知所措,我简直呆住了。她说要用手头的钱给我买一辆特别好的沙滩自行车。听到这话,换作哪个脑筋正常的小男孩都会欢呼雀跃、不停感激,但我却一声不吭。不止如此,我脑子里还一直浮现着第一天见面就在车上吐了的场景。车里还有味儿吗?

我们到银行门口之后,她说了句"我一会儿就回来",也没问我要不要一起,就进去了。她说如果自己没气儿了,可支票还在家里,我就难办了是什么意思?为什么我会觉得难办呢?她为什么这么说?这样说对我这个孤儿,似乎有些不近人情。

回到岛上之后,我们停在商店门口,买了一只穿在铁叉上现烤的鸡、各种冷切肉、沙拉,还买了一些夏洛特姥姥喜欢的香蕉和酸奶。我们一到家,她就说:"我要瘫一会儿去,如果该吃晚饭了我还没起,你就不用等我,自己吃吧。咱俩明天再见。"她拿起开瓶器和一瓶没开过的红酒,就回所谓的"卧室"去了。

我把东西都归置好,吃了一根香蕉、一个芝士三明治,喝了一杯牛奶。那只刚从铁叉上取下来还温温热的鸡似乎在呼唤我,但转念一想,如果夏洛特姥姥睡到傍晚,起来发现少了一只鸡腿,会不会怪我没有等她?

很快就到一年中白昼最长的夏至日了。日照时间长,我留个便条就可以去小岛北端了,再走回来时阳光依然会很强烈。我看着洗手间镜子里的自己，可以一直看到锁骨那儿。让我特别惊讶的是，夏洛特姥姥家竟然没有全身镜。就算是我和妈妈最穷的时候，都有一面全身镜。妈妈曾说，女人要知道自己从背面看上去怎么样，要不然衣角可能是皱的，鞋跟可能是破的，还可能会有什么不该露的东西露出来。可是，夏洛特姥姥似乎无须知道这些也能过得很好。她对着洗脸盆上的镜子剪头发，那可能就是打扮自己的极限。她只穿裤子、衬衫和凉鞋，从不考虑裙子、高跟鞋和拖鞋。

我也怀念能看到自己全身的时候。时间过得很快，差不多半年前，我还能站在长长的全身镜前从头到脚地看看自己，穿着衣服或者光着身子。而现在，夏洛特姥姥的这面小镜子照不出来，我自己也无法全面判断，但我还是非常清楚自己的身体发生了变化。

我沿着海滩往北走的时候，有一种自我牺牲的凛然。我不享受这段征途，没期待能看到白色的小卡车，也无意探索大自然留下的神秘图案，只是单纯想要进入自动行走的模式——朝小岛北端走，然后再走回来。夏洛特姥姥很可能会独自一人安安稳稳地睡一夜吧。其实，我感觉我必须要踏上这段路，才能缓解糟糕的心情。如果我能像夏洛特姥姥那样，找到完全放空的状态就好了。

自从五月份来这之后，虽然姥姥提过如果我愿意，可以去上寄宿学校，但我一直认为上大学之前都会跟她住在一起。后来我又想到，是不是应该在她真的厌倦我之前就去寄宿学校。

在岛上跟普通工薪阶层家的同龄孩子一起上公立学校是会更开心。假设真的去了寄宿学校，就会有人居高临下地问我那些关于家庭和父亲的问题。相比之下，糊弄当地的小孩子还算比较容易。

糊弄他们什么呢？

我不想继续想下去，因为我知道，到最后一定感觉很糟糕。可问题是，强迫自己不继续想某件事是很难做到的。我知道，如果我说我是夏洛特姥姥家的孩子，会更受大家尊重。艺术家可以随心所欲地生活，而夏洛特姥姥选择做一名隐士，拥有了自己的网站和求画者的排队清单。相比之下，妈妈不过是一位挣最低工资来养活母子二人的单亲妈妈。她用生前购买的优质保单为我和夏洛特姥姥提供了那么多钱，这对她自己是多么不公平啊。天哪，在妈妈的生命里，我一直是个捣蛋鬼。

随后，脑子里又冒出来一个让我感觉更糟的想法：虽然我爱她，为她生前的困苦鸣不平，但我对她的那种羞愧是绝对不会在夏洛特姥姥身上出现的。

沿着这段献祭般的征途，一个个黄色垃圾桶有序地蹲坐在巧妙的桶夹上。一路上，我几乎没有注意到任何人任何事，只知道快要落潮了。一个似乎有点诡异的想法浮现在脑海里——我要直接走到悲伤小屋的门廊上，冲门口站着，直面任何恐怖的东西。就当是惩罚自己吧。我还有什么可以失去呢？不过是我自己罢了。如果我的世界被清空了又能怎么样呢？这样悲观的想法让我战栗。可惜现在不是飓风季，要不然我被毁灭的可能性还能再大一些。（"马可不会在暴风雨天气还出门吧。他在书里读到过人淹死、漂进海里的故事。如果真发生这种事，我永远都不会原谅自己的。"）

如果我死了，那笔保费该怎么办呢？会给夏洛特姥姥吗？还是受益人一死就没了？如果保费不能转让，她一定会惋惜的，然后懊恼自己竟然在理应无比悲伤的时候关心钱的事情。

我一直沉浸在自己的幻想中，所以一抬头就看到悲伤小屋的时候，竟感到非常惊讶。上次见它，还是一片破败景象。但今天，明晃晃的午后阳光让它变了样。破败之前的它一定也是这个样子，才吸引人们一路从小岛南边走过来。下午五点的阳光仿佛是一层金色的迷雾，迷雾下的小屋闪闪发光，宛若海市蜃楼。

在学校里，我们学过，光有波长。你用眼睛看到的五颜六色，不过是光长长短短的波。所有这一切还跟视网膜上的感光细胞有关。感光细胞可以触发化学反应，通过神经将电子脉冲输送到大脑里。大脑接收到脉冲信号后，就会识别眼睛捕捉到的波长是什么颜色。（"啊，那是一个黄色的垃圾桶。阳光是金色的，像是有魔力，让僵尸屋变了样。"）实际上，光不是黄色的，也不是金色的，无论叫什么，都只是心理上的定义而已。看到某种颜色，先是眼睛和大脑的生理系统处理信息，然后心理上产生差异，感知色彩。

为了跟上急行军般的行程安排，我娴熟地扭身从铁丝网底下钻了进去，然后重重地大踏步走上摇摇晃晃的台阶，来到歪歪斜斜的门廊处。我想让人听到我来了。一走上门廊，我就嘟囔了两声，大声喘着气，传达出一种长途跋涉后如释重负的感觉，"宣告自己的到来"。

那天下午，我没背双肩包，没午饭吃，也没法打盹，没法梦到垃圾工站在门口看着我。我背对小屋，坐到歪斜的门廊边，脚踩在最近一级台阶上。上台阶的时候，我大胆地往洞穴似的门厅瞥了一眼，整个屋里都笼罩着金色的迷雾，不知是否有什么东西藏在迷雾之中。我决定还是背对着房间坐吧，如果真有什么东西隐藏着，也让它看着我的背影好奇好奇吧。

我不知道背对着门坐了多久，突然感到空气中似乎有些变化，才紧张起来。那种紧张感离我很近，近到可怕，也不是一般的那种怕，而是一种全新的感觉。我坐在那里，越是努力地想保持警惕，那种感觉就越强烈，强到似乎有什么东西就要朝我跑来了。然后，像是回应什么挑衅一样，我莫名其妙地撑着木栏杆站了起来。我还是背对着门，踩在刚才那级台阶上，心脏在胸腔里狂跳。但它似乎还在挑衅我，想让我走上门廊，展示全部的自己。我如是做了，但双腿打战，不敢转过身去。

那一刻我意识到，如果有什么东西从后面碰我一下，我立刻就能昏过去。我鼓起最后那点儿勇气，强迫自己转过身，直视洞穴般的门厅。转身露出整个身子和整张脸的时候，我都快不能呼吸了。

我猛然发现，对面有个人，完完全全地出现在我眼前。那是个苍白憔悴的男孩，穿着褪色的红衬衣、牛仔裤和靴子，无精打采地靠在门框上。因为背着光，他的脸陷在阴影之中，但依然可以分辨出他瘦削的轮廓、严肃的扁唇和深潭般眼神饥渴的眼睛。他的身体似乎有些僵直，很可能也是费了跟我一样大的力气，才敢来面对他眼前的这个人。

那个场景我回想了无数遍。如果当时我能多忍受一会儿那种紧张的气氛，还会不会发生什么别的事？

但我甚至都没过过脑子，就从门廊上飞奔而下，还摔在沙地上，擦破了膝盖和手肘。我爬起来，从铁丝网底下钻出去，向南一路狂奔。夕阳西下，模糊了我的视线。

11

夏洛特姥姥在我留的便条下回复说:"我拿了酒睡觉去了。画完画感觉累瘫了。明天去给你买自行车。"

她先吃了鸡腿,我就把剩下的那只小棒槌扯了下来,拿几片纸巾包起来,倒了一杯牛奶,然后朝吊床走去。我需要听到真真切切的海浪声,感受吊床绳子真真切切的硬实感,才能在认知的罗盘里给白天刚刚发生的事找到定位。

现在回想起来,如果除去恐惧,我和他不过是一起被困在了一张充满能量的金光大网里。以我现有的科学知识,如果从严格意义上讲,光不过是波长的电脉冲,没有任何颜色,没有"金光"这种东西,那么可能鬼魂的出现也是一个道理。它只是某些特殊波长的电脉冲在脑海里形成的图像,好几个世纪以来,大家都把这种波长叫作"鬼魂",所以就有了鬼魂。

夏洛特姥姥一整天都在睡觉,我特别轻松,有足够的时间在安安稳稳的吊床里继续着自己的推测。我对大自然的了解比较多,也相信那些神秘离奇的故事,在我看来,它们应该都是大自然的另一面。

天还没黑，月亮就从悲伤小屋那边升起来了。那晚的月亮很大很圆，一开始是奶油糖色，后来越升越高，变成了蜜橘色。我想，这会儿，他家小屋的房顶上一定洒满了月光。

我准备去拿个枕头，抱床毯子，直接在外边的吊床上过夜。耳畔，大海哗啦啦冲刷堤岸的声音让人心安，头顶，照耀着他的月光也同样照耀着我。不是谁都能见到他，或许除了我，没人见过他。他之所以出现在我面前，可能是因为我早已预感到他的存在，我早已为这次见面准备妥当。

这会儿，月亮更大了，颜色又变了，变成了夏洛特姥姥用的那种镉黄色。一轮超级月亮一边向南移动，一边向上攀升，直接来到了我跟前。月光皎洁，洒在夏洛特姥姥家的门廊上，也洒在我脸上。这样一来，他家门口可能就没有大片的月光了。

即使相隔这么远，我也还能感受到我和他之间的那股电流——他好奇的心跑来与我会合，我好奇的心也朝他的方向奔去。

真希望能知道他叫什么，应该也是马可吧。真希望能知道我不在的时候他会不会想我，就像我在想他一样。不知道鬼魂能不能跟上现实世界的变化，能不能想象正在发生或可能发生的事情，再跟过去经历过的事情比较一下。我也不知道他是否可以预知未来、幻想未来。

我突然想到，或许只有我在，他才能相信自己依然存在。他一定一直在等，等有人来寻找他、怀念他。如果按夏洛特姥姥说的，他已经等了50年。

天色一片漆黑之后，我进屋拿了一个枕头和一床毯子。屋外黑漆漆的，让我更有安全感，而在屋里，我更有可能犯错误。我在吊床上睡着了，梦到自己带着几乎难以承受的恐惧去执行一项重要任务，梦到一些原本格格不入的东西交织在一起。忽然，似有一股海浪袭来，小屋随之震动，屋里传来玻璃被摔碎的声音。我从梦中惊醒，一瞬间忘掉了所有的细节。

屋里传来一大串骂骂咧咧的话，一阵呻吟，几声抱怨，"蠢货，蠢货，真是蠢死了！"再然后是一句脆生生的"狗屎"。

我起身进屋，发现夏洛特姥姥躺在厨房地板上，身体蜷缩在一条桌腿边，右手姿势特别别扭，抓着一个身首异处的酒瓶子，深红色的酒都流在了瓷砖上。

她呻吟道："我摔倒了。"

"有哪里受伤了吗？"

"我不知道。"

妈妈在雪地里摔倒过一次。但一开始她没让我碰她，而是自己冷静地上下活动活动胳膊，轻描淡写地说了句"没事儿了，扶我起来吧"。

"您觉得伤到哪儿了吗?"我问夏洛特姥姥。

"脚踝疼。还有手腕,天啊好疼!马可,你能不能轻轻地、轻轻地掰开我的手指头,把这破酒瓶子拿下来?"

我在她身边跪下来,试着轻轻挪动她的手指,她疼得叫出声。

"是不是得给911打电话?"

"给岛上救援队打,他们来得更快。电话号码在墙上,潮汐表上边。等会儿,马可,等等。把电话放下。我们得先清理一下。"

"不是应该先打电话吗?"

"照我说的做,马可。"

虽然她说的似乎不对,但我还是拿来了撮斗、海绵拖把和水桶,把碎玻璃扫起来,然后拖了地。我打扫的时候,夏洛特姥姥就在桌腿那儿蜷缩着,一会儿骂着蠢货,一会儿发出痛苦的呻吟。

"你还能闻到什么味儿吗?"我擦完地板,把东西都收起来之后,她问道。

我说我闻到的都是洁碧清洁剂的味儿,才获准去打电话了。洗地板的时候我就在想在电话里要说什么。电话接通了,那头是个男人。我说我姥姥摔了一跤,好像受伤了,他问我摔倒的是不是老年人,是不是昏迷了,呼吸道是不是畅通。我都回答了是,暗自高兴姥姥没听到这些问题。他记下我们的地址,然后告诉我不要让她动,让她平静下来。

我在地板上挨着夏洛特姥姥坐下来,她变得很健谈。"救援队行动高效,号称能在7分钟之内到达岛上的任何地方,这也是他们一直引以为傲的地方。当然,整座岛长不到5000米,宽只有800多米。所以我想先把这里清理一下。在这座岛上,大家彼此都非常了解。虽然我与人交往不多,但如果你去问一下,当地人都能说出来我是什么时候来的,是做什么工作的,还能再编一些故事给你听。我可不想给他们提供什么新素材。"

两名救援队员一边把夏洛特姥姥的左腿和右胳膊包扎起来,一边不停地问她各种问题。我站在旁边看,暗暗期盼能坐救护车去趟医院——这种期盼让我心里有点儿内疚。

救援队员让我想起垃圾工来。他们年纪相仿,说起话来也都慢吞吞地拉着调子。

他们小心翼翼地把夏洛特姥姥架到担架上。其中一人简单粗暴地说:"您很走运啊,没伤到髋骨。"

"但我要用右手!我是靠画画吃饭的!"

"伤得可能不严重,"另外一名队员安慰她说,"说不定只是轻微的扭伤。可您的手腕怎么能弯成那样啊?"

"我被桌腿绊了一下,担心摔倒,伸手去扶,就把手腕也扭了。"

"人都这样,简直不可思议,"那个有些粗暴的队员说,"不想摔倒,也得摔坏别的。您来弯弯膝盖,试着臀部用力翻翻身。但别用手。"

"我记住了,下次再摔就不扶了。"夏洛特姥姥说。

"要把家门锁上吗?"我问姥姥。

"你在家里待着,我们走了之后就锁门。"

"可是……我不需要跟您一起去医院吗?"

"不用,马可。你会……会无聊死的。"

"不会的!"

"别,别争了。我想自己去。"

他们一人在前一人在后,把她抬上车,还说她体重很轻。("我敢打赌您永远都不用减肥。")

夏洛特姥姥抬起没受伤的左胳膊,安抚似的向我挥挥手。"乖乖在家,"她说,似乎我就是个六岁小孩,"把前后门都锁好,我了解清楚情况后就立刻联系你。"

"孩子,别担心,我们会好好照顾她的。"那个态度亲切的队员说道。

他们走后,我只把前门上了锁,故意开着后门,似乎在显示叛逆。

"我想自己去。"上担架的时候她是这么说的。她迫切地想去一个没有我的地方,哪怕是坐着救护车去医院都行。就像那天早些时候,她不让我跟她一起进银行。还有再之前,她问我想不想一起去银行而我又同意了的时候,她脸上闪现的一丝不耐烦。我知道,她是临时改口才说了句"你会无聊死的"。

她原本可能想说:"你碍手碍脚的。我这辈子大多都是一个人过……我适合一个人过。"

没坐成救护车,我既失落又气恼,回到门廊上,躺进吊床里。夜更深了,月光已经照不到我的脸了。现在,我跟小岛北端的他同处在一片黑暗里。真希望他能来这儿陪我。但他很可能只能待在那个地方吧。接下来,又有一个更深层的想法浮现出来:如果死人能让活人看见自己,那反过来行不行呢?他的脑子里会不会也都是我?

今天发生太多事了。上午见了斯特克沃思一家、离开小岛去了银行,下午在悲伤小屋的偶遇,晚上又把夏洛特姥姥送上担架。

这会儿,夏洛特姥姥正安全地躺在救护车里,即将接受医生的治疗,没有什么生命危险。刚刚发生的事故又把我拉回半年前的那个冬夜,那个等妈妈回家却一直没有等到的夜晚。记得当时我不停地想,她去哪儿了?怎么那么久还没回来?就只是晚了吗?封路了吗?还是店里没有比萨面团,店员需要临时去买?家里的本田车已经开了 20 多万公里了,是不是车坏了?难不成出车祸了?想着想着,我感到特别饿,就吃了点麦片,开始埋怨她怎么这么慢,比萨还没来,我都已经没胃口了。我俩原本打算在特纳频道①上看那部亚历克·吉尼斯的电影,她一直没回来,我就索性先看了,也想转移一下注意力。电影里,一群骗子假扮音乐家,从一位

---

① 译注:特纳经典电影频道(Turner Classic Movies),美国有线电视电影频道和电视联播网络。

无知老太太那儿租到一间房，计划盗赌场的金库。老太太最后还糊里糊涂地帮他们在火车站装了27吨金子。我边看边笑，跟我俩上次一起看的时候一样开心。我俩都喜欢亚历克·吉尼斯，他从不知道自己的父亲是谁，但依然拥有了成功的人生。

如果他不能到南边来找我，跟我在门廊上待一会，那我要把自己的一个化身送到北边去陪他。除了月光，一切都是孤独的。在木栈道那头，涌起层层海浪。在沙丘里，小海龟铆足了劲地发育，等着破壳而出，晃着小小的四肢拼了命地爬过大片沙滩，爬进安全的海水中，熬过生命的考验。有的小海龟可以做到，但有的就不能了。

我正幻想着送去自己的一个化身，时间地点都由我说了算。我不用花40分钟，瞬间就能到铁丝网那儿，从下面爬过去，沿着腐烂的台阶走上门廊，正对门口站好。

然后，伴随着猛烈的心跳，我穿过黑暗，走到他身边。这次，我不会逃走了。

你回来了，他说。声音像是从水底传来的。

他音调低沉，但带着欣喜。周围太黑了，我看不到他的轮廓。我继续朝他走去，不用想也知道，他一定在门口。但不同的是，他没再懒洋洋地靠在门框上，而是站直了身子，欢迎我的到来。虽然看不到他，但我能感受到，他张开了双臂。一步一步，我走进他的怀抱。没有回头的路了。

12

一阵持续的敲门声把我从梦里拽了出来。我刚刚睡得很沉，一时都没想起来我在哪、我是谁。不远处，海浪依旧在拍打着沙滩。听到海浪声，我才想起来自己是在小岛上、在夏洛特姥姥家里，想起来妈妈已经去世了，想起来最近发生的其他糟心事。太阳已经升起来了，我发现自己躺在房间的床上，却想不起来昨天晚上是怎么从吊床上下来，怎么回到房间，然后换上睡衣爬进被窝的了。

直到有陌生人来敲门，我才想起夏洛特姥姥昨晚摔倒的事情。那是个上了年纪的男人，长得像一名过气的轻量级摔跤手，一头白发又长又乱，脸上也都是白胡茬，浑身上下只有衣服还算整洁——红白对勾图案的短袖衬衫是刚刚熨过的，卡其裤上还有折叠的痕迹，白袜子和休闲船鞋也干干净净。

"早上好，马可。"他说，但我的名字他叫得不太对，听起来像马温,又像马哈库斯①。"我叫拉希科特·海斯,是你夏洛特姥姥的朋友。她让我来看看你。我可以进来吗?"

我没想到要怎么开口说话,就往旁边站了一下,对他表示了欢迎。

"先说主要的,"他说道(听上去像是"先说猪要的"),"你姥姥没什么事儿,就是烦躁,因为胳膊上包了软石膏,得有一阵子画不了画了。她的手腕没有骨折,但有一条韧带撕裂了。医生让她中午出院,到时我再把她送回来。"

"她的脚踝怎么样了?"

"唔,骨折了。腓骨也彻底断了,打着石膏,所以也是个问题。她一只胳膊没法挂拐,就必须在步行器和轮椅之间选一个。我说我要是她,就选轮椅。但我了解她,她宁可单脚跳也不会坐轮椅,因为那还能给自己保留一点儿主动权……你吃早饭了吗?"

"我刚醒。"

"我把你吵醒啦。那让我做早饭来补偿你一下吧。我手艺不错。我第三任妻子曾说,当初她嫁给我,就是看中了我的厨艺。"

他和姥姥都结过三次婚啊……我在脑子里盘算着。他们睡过没?这不太好猜,毕竟都这么大岁数了。似乎我得说几

---

① 译注:拉希科特说话时口音较重,发音不太标准,下文也有此类情况。

句，才显得有礼貌，于是就问他是不是还跟第三任妻子在一起。我一问，他竟然哈哈大笑起来，露出一嘴小小的黄牙。

"她早就受够我啦。这些年，我都以你夏洛特姥姥为榜样，只是我更爱交际一点儿。吃点早饭吧。"

进了屋就是厨房，他边问边朝冰箱走去。"啊哦——"他仔细地检查完冰箱，一阵惊呼，"没有鸡蛋，没有培根，也没有黄油（听起来像"混油"）。早晨你们都吃什么啊？"

"我们不在一起吃早饭。她一般只在九点十点这样吃一根香蕉，然后用微波炉热点咖啡喝。"

"跟过去一模一样啊，只是以前没有微波炉而已。那你吃什么？"

"我一般就吃碗燕麦，喝杯牛奶，也就可以了。"

"嗯……"他挠挠头，"那最好还是这么吃吧。咱俩先喝杯茶。"他打开洗碗池上方的橱柜，喃喃自语道："以前这里有个茶叶罐，茶叶不错，是伊丽莎白女王加冕那会儿的茶。"

"是一个带狮子和独角兽图案的红色铁盒吗？"

"对，就是那个。"

"在她画室里，她拿来装画笔了。"

"我的天……那岂不是太……"他没说下去，摸索着拍打上层架子，找到了一个装满茶包的塑料盒。"至少我的泰福茶还在。"

我和拉希科特面对面坐下——是他让我叫名字的。这是我来跟夏洛特姥姥一起住之后,第一次跟其他人面对面吃早饭。他对着夏洛特姥姥石头一般硬的盛糖的碗好一阵挖苦,然后往茶里放了两包甜味剂,还加了牛奶。

"有人委托我带你去买自行车,"他说,"我知道个地方。"

"您是说现在去?"

"没错。现在才九点半,得等中午医生办完出院手续我们才能去接她。那家店有一些经典款,如果你不是非得要新车,就可以考虑考虑。在车这方面,我更喜欢经典的款式。当然啦,还是看你。"

"这样是不是不太好?"

他一脸困惑。"什么?"

"在她手和脚都打着石膏出院的时候去买自行车,是不是有点不好?"

"你太贴心了。但我们买得越早,对她就越好。她得有一段时间开不了车了。你就得跑腿,去杂货铺什么的。到时候还得选个大点儿的车篮放在后头,再买个头盔。昨天晚上她从医院给我打电话,我才知道你和她住一块儿。我立马就说要过来,但她说你是个成熟的小男子汉,门都锁好了,所以应该没事。我跟你姥姥联系不多,但她知道随时都能指望我。我也知道,如果我需要,也随时都能指望她。"

我从没见过家门口停着的这种车。车身是耀眼的奶白色,车尾长长的,向下俯冲,引擎盖英姿飒爽,插着一对银色的翅膀。车椅座套是米黄色的，木质仪表盘锃锃发亮，方向盘却安在另一边。

"真好闻。"坐进车里之后，我就想起这么一句可以说的。

"是皮革清洁剂的味道吧。拿它做刮胡子时用的须后水都行。这车是1954年的宾利运动型轿跑，英国造的，所以方向盘在右边。如果你看到它亮相的那一刻，一定会激动哭的。我特别喜欢重现过去的美好，就像你姥姥特别喜欢画画一样。我爱这车。谢天谢地，还没有买家出过让我难以拒绝的价钱。系好安全带啊。如果路上车多，我也得系。跟你差不多大的时候，没人想过车里还能有安全带。我们都以为飞机上才有呢。"他打着火，把车开出路边。引擎小心翼翼地响着，很温顺的感觉。

车子开过堤道，他说："你妈妈的事，夏洛特跟我说了，我也为你难过……但你姥姥是个好人，你可以相信她。当然了，她也会发脾气。人人都有缺点吧。我以前就经常惹她生气。"

"怎么惹的？您介意吗……"

"她说我老是像修车一样修理人。我就总唠叨她的坏习惯，比如从不接电话什么的。对了，你期待开学吗？"

"从某些方面是期待的。"

"哪些方面？"

"嗯……我很喜欢学习，学新东西，但交朋友有点困难。

我原来在学校里有个好朋友,但后来我和妈妈搬走了,就再没交到好朋友。"

"你该上几年级了?"

"八年级。我跳过一级。"

"你会喜欢岛上的中学的。我第二任妻子的女儿在那儿读过书,就特别喜欢。孩子们都很友好。哎,离开好朋友是很糟糕,但我猜新朋友就在不远处等你啦。"

"事情是这样的:妈妈在北卡罗来纳州的一家家具厂上班,后来我们跨州搬到了一个小山城,妈妈在定制家具公司找了份工作,我们就开始了新生活。但搬家也是必要的,那时确实要做点改变。"我跟拉希科特·海斯讲了我和妈妈搬到朱厄尔之后的故事,那些感觉非常真实。

"我自己一直都很喜欢山城。"他说。

"我长大之后,生活可以自理了,妈妈就准备参加高中学力考试,然后去上大学。她想出人头地。"

拉希科特仔细琢磨了一下这句话,然后开口说:"她把你养得这么好,已经很了不起了。"

13

我和拉希科特一起把夏洛特姥姥扶进宾利车里的时候，感觉她很柔弱。那些刀锋般分明的棱角、真实到让人不快的独立都不见了，就像是雇了一个替身，来扮演这个温顺的病人，她对任何活动自如的人提供的帮助都心怀感激，直到可以再度拥有那种不需要其他人的自负感。

接到她之前，她就穿着昨天晚上那身衣服，裹着两个看上去很严重的石膏，不动声色地坐在病房椅子里等着。她看上去个头都小了，仿佛刚打完一场败仗。临床的女病号正在看电视竞赛节目，声音开得特别大，但夏洛特姥姥却全然听不见似的。"我其实不在这里"，看她的表情，好像是这个意思。护士按照"规定"推着轮椅走到她身边，夏洛特姥姥一点一点地挪坐进去，任由自己被推出门，上了拉希科特的车。我搬起她刚领到的新步行器，小心翼翼地放到后座上，然后在旁边坐下。拉希科特帮姥姥调整坐姿的过程中，她含混不清地小声说了好几次"谢谢"，但看上去却不怎么待见我俩。她叫过一声我的名字，但对拉希科特就直呼"你"。

拉希科特每次试着说点乐观的话，她都翻个白眼。他帮她系好安全带，提醒我也系上，然后轮子嗖嗖一转，我们就出发了。在后边坐着，感觉像是在风里驰骋。拉希科特跟夏洛特姥姥说自行车买到了，今天晚些时候就会跟其他装备一起寄到家里来。"钱还你。"她说，声音小到几乎听不到。但这是她在回家路上唯一说过的话。

快上堤道的时候，拉希科特说他要"小小地绕一下路"，让我看看那所中学。宾利的备用引擎就在环形车道上慢吞吞地转起来。他还指给我看校车的停车站。"过去那个小姑娘放学的时候，我就在这里接她，她妈妈有课的时候，我就带她去店里。她想做一名心理学家。"那所学校是一栋单层的砖石建筑，其他部分都是加盖的。地面修整得很好，还种着绿油油的灌木。虽然拉希科特是一片好心，但我一想到校车、教室和课间休息，过去的一切就开始在脑子里重演，心里特别不自在。

"有时候到早了，我就去学校的各个地方转一转。学校有一种特殊的味道，地板蜡的味道、金属壁橱的味道、口香糖的味道……能让人一秒钟回到过去。我特别喜欢上中学的那一年，那还是初中的时候。"

"为什么只上了一年？"

"后来家里人就送我去寄宿学校了，这是惯例，后来我妹妹也去了。她特别喜欢在弗吉尼亚州的学校，但没办法。在新罕布什尔州上寄宿学校的时候，我都快被冻死了。算起来，我一共上过四所寄宿学校，不过每一所都比上一所要靠南一些，所以至少也可以暖和一点。"

"您上过大学吗？"我问他。

"我在南卡罗来纳州的查尔斯顿学院上了半年。最后还是听从内心的想法，做了机械修理工。"

夏洛特姥姥不屑地哼了一声。

到家之后，我把步行器打开，拉希科特扶着夏洛特姥姥沿门前的台阶走到厨房里。她坐进椅子里之后，就宣布感觉自己全好了。"又不是说我永远都好不了了。"她说，好像我们是这么想的。

"你可以考虑雇个人，"拉希科特说，"我倒是知道几个不错的。"

"我和马可能行，"她坚定地说，"不过还是谢谢你了。"她听上去有些不屑，拉希科特一定也意识到了，但走的时候还是说，有什么需要就找他。

拉希科特走之后，姥姥跟我说："马可，我希望咱们能跟以前一样，一切都不会变。不过我得在家里跳着走，你要忍着。唉，我还不能画画了！我的身子可能不太平衡，但至少右腿和左手是没问题的。我能自己穿衣服脱衣服，开冰箱关冰箱，也能在房间里走动。"

"但我想帮您。您感觉疼吗？"

"止疼药的劲儿还没过，要想吃也还有，那个盒子里都是止疼药，还有一张处方单。但我最好还是把单子撕了吧。"

"别，别撕。"

"我不想上瘾啊。而你当然能帮我了，马可，但我不想拴住你。"说完她大笑起来，这似乎是个好迹象，"既然你在这儿，那么能给我拿一瓶红酒和一个杯子吗？你得开瓶新的。我用不了开瓶器了。最好多开一瓶。我下午准备睡一觉，可能等我醒来，就会发现一切不过是一场噩梦。"

她的"一切"从什么时候开始算？摔倒之前？还是我来之前？

直到有人来送自行车，她的画室——也就是卧室——里的沉默才被打破。那是一辆1954年款的复古自行车，适合在沙滩上骑。除了头盔，拉希科特还买了一个可以固定在挡泥板上的大号后车篮，还有一个坐垫包，装在车座下面，可以放些小东西。

我当然很想去沙滩上试试车，但浪头已经很高了，所以只能沿着与海边平行的海滨大道往北骑。夏洛特姥姥带着一大堆画具去悲伤小屋时，就是走的这条路。虽然到最后还得费劲爬过几个沙丘，但她还是坚持走着去。阿特·霍尼韦尔先生开着卡车在黑兹尔飓风中逃亡时，走的也是这条路，他在这条路上遇到了那对徒步而行、绝望寻子的无名夫妇。

在这之前，还发生了一件很让人懊恼的事情。买自行车的时候，拉希科特和店主一脸溺爱地站在店面后头的车道上，要看我"试骑"那辆我选中的沙滩自行车。万一我莫名其妙地就是想不起来怎么骑，然后摔倒了呢？拉希科特一定很尴尬。当初我学骑自行车的时候，用的是威瑟的车，学了好久才会。这个世界上的每个男孩都会骑自行车，所以我也得学会。记得威瑟跟我说："马可，你就是老想着会摔倒。你什么都别想，骑就行！"

真希望威瑟能看到我骑这么漂亮的车。虽然他还在福斯特维尔，重复着过去的日子，但奇怪的是，我总感觉他已经死了。更奇怪的是，悲伤小屋里那个已经死了的无名男孩却让我感觉更真实。

我跟拉希科特急着去杂货铺买东西的时候，把夏洛特姥姥留在了车里。拉希科特塞给我一张名片，上面写着职业信息和手机号码。"如果需要我，就给我打电话，早晚都没关系，"他说，"她可能会心情不好，毕竟有一阵子不能画画了。她也讨厌欠别人人情。我们得努努力，别让她情况恶化了。"

有一次，妈妈得了重感冒，什么事都是我做。我要确保床前随时有水，确保她按时吃药。我负责换床单和枕套，有时一天要换两次。她没胃口的时候，我还会给她简单准备一些方便吞咽的吉露果子冻和速食鸡肉面汤。我打扫卫生、洗衣服，晚上睡在沙发上，但也按时完成家庭作业。夏洛特姥姥并不是真的病了，就像她说的，只是"身体不太平衡"，要停笔一段时间。虽然不能百分百确定拉希科特是什么意思，但我知道，我们的任务就是不让她的情况恶化。

我还知道，在 18 岁之前，有她，我就不用去寄养家庭。

自行车车胎在平整的公路上发出轻轻的声响，让我欢欣雀跃。我左手边是一片跟河差不多宽的水域，却被称作"小溪"，大家在这里钓鱼捕蟹。但不管叫什么，水域上面都得修一条堤道，将小岛与大陆连接在一起。我右手边是高高的沙丘，越过沙丘上的车道就可以瞥见大海。那几条车道通往海滨别墅。有几栋别墅整洁亮丽，别墅前的草坪上装着洒水器，绿油油的灌木枝叶繁茂。但其他的别墅就要么亟待装修，要么已显破败。大多数别墅的名字都刻在门楣或写在门板上：罗西诺尔之家、凡人之家、普赖尔大宅，等等。姥姥没给自己的家取名字吗？懒得费这个心思？夏洛特姥姥家左边那栋面朝大海的房子是厄普丘奇太太的家，它叫海洋城堡。两个英文单词深深地刻在一块浮木标牌上。只有七月到十月期间，这位老太太才会带护工来这里度假。因此，一年之中的大多数时候，海洋城堡都是空着的。尽管如此，当地的工作人员还是把它维护得完好无损。夏洛特姥姥说，她家还有一个四五十岁的儿子，平时住在华盛顿，偶尔会来短住。夏洛特姥姥家右边的房子也面朝大海，却是一栋破败不堪的无名出租房，藏在起伏的沙丘和高高的草丛后，几乎看不清楚。但除了海浪阵阵的咆哮，那里常会传来摇滚乐的嘶吼。就是那栋房子里的一些租客，打完羽毛球不把沙丘整平，害得海龟妈妈把蛋下错了地方。

听她讲完厄普丘奇老太太的故事，我就开始想象夏洛特姥姥老了之后带着护工的场景，那时我也应该四五十岁了，也会来探望她。但不知道那一天会不会真的到来。年迈的夏洛特姥姥坐在轮椅里，在门廊上跟人说："我外孙跟我住过一段时间。他是个体贴又周到的孩子，很讨人喜欢。我有一段时间受伤卧床，他帮了我很多很多。我经常在这儿坐着，一边听着海浪声，一边想象他长大成人的样子。"

自行车的冲力仿佛给了我力量，带出阵阵微风。从小溪那边飘来一阵鱼腥味，天空中飘浮着几抹淡紫色的云彩，这让我想起夏洛特姥姥和她笔下的天空。不画画的日子，她该怎么过呢？啊，斯特克沃思竟然是昨天来的！我也是昨天在门厅见到那个小男孩。然后就是那洒在吊床上的月光，砰的一声，瓶子的破碎声，赶来的救护人员，还有今天的新自行车，路过的中学。等我上了学，一切都会重新开始。

夏洛特姥姥还在睡吗？她从南卡罗来纳州美特尔海滩的一家折扣店里成箱成箱地订酒，让他们送到岛上来。她曾说："跟岛上的店相比，他家的酒更好。其他人也不会知道我的事。"

"我可以教你怎么保养自行车。"拉希科特非常害羞地跟我说。威瑟是对的，不如就不想会摔倒，直接骑，也就会骑了。然而，总是说起来容易做起来难。"你思想很深刻嘛，"妈妈会说，"这点随你爸。等你再大一点儿，我就把一切都告诉你。现在你只需要知道，我俩是相爱的，如果他还活着，也一定很爱你。等你长大了，懂事了，我就会回答你所有的问题。"

那么，他死之前，知道你肚子里有我了吗？

我告诉过威瑟，我爸死了，还给他看过照片。那张黑白照片保存在底层抽屉的马口铁罐里，照片里的他摆着姿势，眉头紧锁。那原本是不该给别人看的。

"照片是他认识我之前照的，但他只有这张照片可以给我，"妈妈说，"那时他还比较年轻，还困在一个自己不想待的地方。他只要一笑，整个世界都会亮起来。"

14

我骑到了路的尽头。夏洛特姥姥每次拖着重重的画具来的时候，都得把车停在这里。她还得爬过高高的山丘，费力穿过丝兰树丛，才能走到沙丘掩映的悲伤小屋跟前。

这一瞬间，我打算做一件似乎无比疯狂的事情——让他看看我的新自行车，告诉他："这车架是1954年的设计，经典款。如果不是黑兹尔飓风，指不定你也可以拥有这么一辆。"可是，我却全然忽略了另外两个事实。首先，就算他还活着，看到其他男孩骑着一辆自己很可能买不起的自行车，他怎么可能高兴呢？更严重的是，他已经死了，50年来都被困在这间破败的小屋里，没人知道他的存在，也没人关心他的死活，他又怎么可能来赞美我的新车呢？

我得理智一些，否则真要疯了。夏洛特姥姥完全可以把我送到精神病院去。

昨天下午，差不多也是这个时候，我看到他懒洋洋地靠在门口。虽然他的脸藏在阴影里，但我可以感受到他直勾勾的眼神。我们一起被卷进了某种扭曲的时空中。昨晚躺在月光下的吊床里,我幻想过,既然他没办法过来,那么我可以让自己去北边,去小屋里,去他身边。虽然那只是我自己的幻想,但当我在幻想中埋进他的臂弯时,却感受到了真真切切的狂喜,身体有反应,衣服上也留下了痕迹。这些痕迹并不新鲜,多年以来常在我睡梦中出现。妈妈告诉我,这对小男孩来说是很正常的。"那么小女孩呢?"我问。"她们也会有这种经历,"她说,"不过是发生在身体里面,所以不会留下证据。"

把自行车藏在高高的草丛里安全吗?会不会被小偷偷走?是不是最好拖着车爬过去?我还在朝悲伤小屋走,但不是为了向他炫耀新车。我会把自行车停在挂着"房屋危险请勿进入"标志的铁丝网外面,然后走到门廊那里去见他。我感觉,我应该每天都来,否则他会以为我忘了他。

就在小屋屋顶在沙丘上方若隐若现时,在海浪声中,我隐隐约约听到有人在说话。果不其然,当我走到沙丘顶往下看,发现铁丝网外面站着两个中年男人,一个戴着太阳镜,穿着卡其裤、Polo衫,光脚穿着拉希科特的那种船鞋,另一个则穿着深色的西服套装,扎着领带,看着就热,还不合时宜。在不远处的沙滩上,停着一辆奇奇怪怪的敞篷双座汽车,轮子特别大。西装革履的那人正在一个小笔记本上写写画画,另外一个人一抬头,看见了我,然后冲我喊了一声。我也喊了回去,说我听不清楚,然后就拽着自行车滑下了沙丘。

"我是希望您别想着把它拆了。"

"噢,不是的先生,我——"

"它本身已经快塌了,我们不希望它塌下来的时候屋里面还有人。"他说话的口音很像拉希科特。

但里面的确有人。

"我姥姥要给这座小屋画画,但脚踝刚摔伤了,我就来给她拍几张新照片。"

"这样啊孩子,你最好赶紧拍。它很快就会被夷为平地了。"

"但这是小岛上最古老的房子啊。"

"嗯,准确地说,1804年就有了。历史学会的人一有机会就念这串数字。"

"1804年?"穿西服的那人惊叹道,在笔记本上记了下来,"大家可能会对这个感兴趣——'一座古老的……'它有名字吗?"

"悲伤小屋。"我回答说,说完就被那个岛民瞪了一眼。

"或许叫'老哈斯尔的家'更合适,"他说,"因为是哈斯尔家的人建的。他们是夏天到岛上来躲避霍乱的稻农。那时候,人们会把陆上的柏树伐倒,一块块编上号码,然后用马车拉着运到岛上来组装。"

"但为什么叫它悲伤小屋呢?"那个穿西装的又问。

"噢,那是1954年黑兹尔飓风席卷小岛之后忽然有的名字,"岛民说道,"那时候小屋还有人住。但他们被飓风卷进了海里，一直下落不明。当时他们应该在外头，如果在屋里待着，或许还能活下来。这些老屋盖得很高，还有坚固的砖石桩身，所以能在暴风雨中屹立不倒。再说了，沙丘也算一把保护伞。如果不是后来的主人任它自生自灭，这座小屋肯定还能用。"

"为什么没人知道那家人的名字？"我听见自己挑衅似的问道。

"孩子，你说哪家人？"

"死在飓风中的那家人，住在小屋里的那家人。"

"噢，应该有人知道他们的名字吧，肯定在哪本卷宗里记下来了。"

"我姥姥有两本写小岛历史的书，但都没写这家人的名字。只说他们不是本地人，却是唯一几个在飓风中失踪的人。"

"或许应该找人调查一下，"穿西装的人说，"这样，小册子印出来会很有趣。比如你说的那个……那个暴风前在海边游荡的灰色鬼魂。"

"我会调查一下的。"口音很像拉希科特的人说。可能是我的反应有点激烈吧，也可能是担心我妨碍了他的谈判，他对我一直不理不睬的。"如果你想拍照，最好赶紧拍。"

"噢，我今天只是来找找好的角度，"我说，"照相机还在姥姥家。说实话，我是来试骑的。"

"车很棒啊。复古风的沙滩自行车，对吧？是在岛上买的吗?"

我报上店名,然后说:"是拉希科特·海斯帮我选的。"

气氛逐渐缓和了下来。"如果是拉希科特帮着选的,那肯定是店里最好的车了。你好,我叫沙尔利·科金斯。"他身体前倾,朝我伸出一只手,"这是从芝加哥来的桑普森先生。"

桑普森先生冲我点点头,然后继续做笔记。

"看到那边的车没?"沙尔利·科金斯指着那个安在大大的厚轮胎上的奇特装置说,"那就是所谓的水陆两用车,可以在水里开,也可以在起起伏伏的沙丘上开,非常适合我这种搞房产的人。我本来觉得自己很熟悉组装车,所以就弄了这套东西。可零件到的时候,我却发现自己根本摸不着头脑,所以就找了拉希[①]帮忙。如果有需要,他肯定连宇宙飞船都能装好。好啦,我们得继续工作啦,桑普森先生晚上还要赶飞机回去。很高兴遇见你,替我向拉希问好。"

他取出金属卷尺,屈膝跪下,把卷尺沿着沙子伸出去,然后念出读数,由桑普森把数据一一记下来。其间有一次,桑普森打断沙尔利·科金斯问道:"这是不是太长了啊?""不长啊,"沙尔利回答,"您别忘了,要占两块地呢。"他们貌似在设计一个架在海面上的长露台,做成露天餐厅。好像已经没人理我了,我含糊地说了声再见,就拽着自行车爬

---

① 译注:拉希科特的昵称。

过沙丘回家去了。

  转身离开之前，我朝小屋门口凝望一眼。跟昨天这个时候一样，那里被阳光照得亮堂堂的。可是，没人应我以同样的目光了。我在期待什么呢？期待他懒洋洋地站在那里，观察这些打算摧毁小屋的人吗？万一他正在某个我不知道的地方看着呢。我用力望着，希望能够告诉他：我知道他在，我还会回来的，我无论如何都不会放弃他。

  然而，在骑车回家的路上，我突然意识到头上戴着新头盔，他可能根本认不出来是我。

15

在夏洛特姥姥称之为"被软禁"的那段日子里，我非常确信，无论发生什么事，我都能处理好。回顾那种自信，我都有些触动。就算是初生牛犊不怕虎，那又有什么关系呢？从悲伤小屋骑车回家的路上，我感觉自己对照顾卧床病人轻车熟路，所以照料夏洛特姥姥应该也不成问题。但用拉希科特的话说，还得让她感觉自己不欠人情。他还说，我的任务就是不让她情况恶化。

一开始，我就知道夏洛特姥姥生病时跟妈妈完全不一样。生病时，妈妈的性情与平常迥然不同，但她会试着调整，让自己适应生病的状态。她总说是自己做得不好，很感谢我的照顾，不过有时候也显得唠叨。你可能会觉得，我妈妈的主要战术就是安抚情绪，但她并不是什么战术大师。我把车停在车库里，进屋后竟然发现夏洛特姥姥精神抖擞地坐在餐桌前，桌子上还摆着一根香蕉和一杯红酒。我既惊讶，又失落。她穿着干净整洁的衣服，对我说刚刚坐在浴缸边的一个小角上"简单洗了个澡"。"地板还是湿的，我没收拾。

其他都挺顺利的,下次应该会更顺利。"她说。

"我去拖。"

"你先过来坐,跟我说说车骑得怎么样。"

"我沿公路骑去悲伤小屋了,海浪太高,没法儿在沙滩上骑。小屋那儿来了两个人,商量着要把它拆了。"

"谁?"

"其中一个人叫沙尔利·科金斯,做房地产的,认识拉希科特。"

"他啊,我的这栋房子就是从科金斯手里买的。不过那时是他父亲打理生意,他家经营着岛上唯一的房地产公司。另一个人是谁?"

"是从芝加哥来的桑普森先生。好像是代替某个买家来的。他们打算建个大房子,要占两块地呢。"

"啊,我还打算去拍点照片的,现在却被困住了。"

"我去替您拍。我已经告诉他们了。您把相机给我,再教我怎么用就行。"

"马可,你真是太贴心了,完全不像你这个年纪的孩子。反正跟我认识的小男孩都不一样。"

"妈妈要去上班,所以我常在家干活。"

她用左手端起酒杯,转了个弯才送到嘴边,动作还很生疏。"新学校看上去怎么样?"

"还行。我觉得拉希科特人挺好的。"

"唔,当然。但有时候也很烦人。"

"怎么烦人了?"

"他总是唠唠叨叨的。不过也是好意,他就那样。他总想修东西,把坏的修好,把弯的捋直,把暗的磨光。但人不是车啊。现在他那胡乱修东西的习惯确实也少了点。在这一带,他家算是最古老的家族了,似乎比上帝出现得还早。他曾经拥有很多别人梦寐以求的东西,自己却不屑一顾、通通抛弃了。马可,既然你在这儿,那么可以帮我剥个香蕉吗?"

夏洛特姥姥"被软禁"在家最开始的几天,一切都还顺利。我们的生活习惯也基本定下来了。不画画了,她早晨就睡会儿懒觉。她不喜欢靠步行器跳来跳去,很快就弃置不用了,完全靠自己,用左手扶着墙壁或家具站稳。我也习惯了她从大厅跳到我卧室旁边的洗手间,然后关上门的声音。她"简单洗个澡"的时候,总会喃喃自语一番。我把洗手间收拾得特别干净,还把干净的浴巾、毛巾、擦手纸放在伸手可及的地方。我每次用完洗手间,都会确保地板是干的、水槽里没头发、马桶盖放好。现在,她让我一次性开四瓶红酒。我会把其中两瓶稍微盖上,放在画室里,另两瓶放在厨房架子上,让她很容易就能拿得到。她整天都待在画室里,闭门不出。我时不时能听到她在里面跳来跳去,一边自言自语,一边挪挪这个搬搬那个,然后就是大段大段的安静。跟往常一样,我们只在一起吃晚饭。

早晨我骑车出门的时候,她还在屋里待着。早晨六点到八点的海滩很美。这段时间,宠物狗不用被拴上绳子,自在地跑来跑去。海滩上出现的也完全是另外一拨人，有许多养狗的人。他们年纪很大了，戴着帽子，穿着长袖，遮挡强烈的日光。乱哄哄的小孩们还没来，没有一阵阵的尖叫，也没有一堆堆的玩具，海鸟的胆子似乎更大，叫声也更响亮了。此外，还有跑步的、锻炼的，几个像我一样来骑车的。其中有一位老人，在车后面拴着一条黑色狮子狗。那小狗温顺地跟着车一路小跑，但老人却得意扬扬的像是在炫耀一般，这让我有点儿郁闷。这样骑车能比走路快多少？从夏洛特姥姥家到悲伤小屋，我 15 分钟就能骑到。

我再也没见到那个小孩的鬼魂。但他可能跟我和姥姥一样，平常也有其他的安排。我会背对着屋门，坐在最上面那级台阶上跟他说话。我不说敏感话题，一切自然随意，就像自言自语安抚小动物那样。我考虑过提醒他一下，有人打算拆掉小屋，但又觉得太残忍了，还是不说比较好。我也没有地方收留他。再说了，万一他认为告诉他坏消息的人就是要这么做的人，那该怎么办？当然，可能他已经知道了，可能他已经看到他们，也听到那些话了，也可能他已经以某种我不了解的鬼魂的方式去承受了。

我对生者与死者之间的关系知之甚少。过去，只要开始兴致勃勃地看鬼故事，威瑟就会抱怨："为什么没有与鬼魂相处手册呢！"他自己临时想了几条，告诉我们如果遇到鬼，就得这么做。但迄今为止，在我的这个故事里，还没有一条可以用上。

最初，我只是说一说大自然、大海和周围的环境。我谈谈日出和潮汐，还说了对海龟宝宝命运的担忧——这也是一直萦绕在我心头的事情。"它们得快点爬进洋流里。海边满是等着吃它们的海鸟，美味的海龟宝宝毫无招架之力。"我感到背后传来一股哀伤，于是立马安慰道，"别担心，它们生来就知道该怎么做。它们已经这样生存4000万年了。"

拉近与鬼魂的距离太难了，需要一直努力地去激发共鸣。我想过要讲一些私人话题，比如岛民口中他和爸妈在飓风中的遭遇。但我还没怎么开始，他就选择了回避。这样对着空荡荡的门廊说话，我简直是疯了。

我回想起一年级偷偷与威瑟拉近关系的故事。一开始，我只是小心翼翼地观察他。他很好玩，是个完美的小男子汉，身上的一切棱角分明，一言一行精准得当、十分讲究，松软的红棕色头发修成老派男孩的样式，就像会拽着小熊维尼下楼的克里斯托弗·罗宾一样。他的嗓音轻柔，还因为哮喘而略显沙哑。"来啊，你们这些人"，他会这么说，或是"你们这些人老实点"，以此与其他人保持距离。如果有人惹他不高兴了，他就会说"你们这些人"怎么怎么，搞得大家很无奈。但如果有人给他留下不错的印象，或是让他感到些许惊讶，他就会用嘶哑的小嗓子奖励一句"你真棒"。

一年级的整整上半年，我都远远地看着威瑟，听他讲话。除了是一个天生的领导者，他还热衷于安排别人。我意识到他会把我当成局外人，就决心好好利用局外人的身份。

我研究他的时间已经够长了，所以知道，我跟他的朋友越不一样，就越能获得他的青睐。我能看出来，其他人没多少想象力，也没什么特色，让他觉得很是无聊。那时，"单亲妈妈"这个词刚刚流行。我告诉他我就生活在这样的家庭里，妈妈在他爷爷的家具厂里工作，在负责家具抛光和组装的部门担任经理。

威瑟痴迷于超自然的东西，总想搞一些测试，看看人是不是有什么超能力，最终的结论是我比他厉害一些。他还在 eBay 上做生意，收购最早可追溯到 30 年代的《诡丽幻谭》旧刊，效果也很不错。也正是威瑟，我接触到了罗阿尔德·达尔、哈伦·埃利森、雷·布拉德伯里写的故事。

他很爱八卦和谣言，越震撼越好，那种谁谁走了极端的故事，那种讲起来都要放低声音的真实故事，都让他着迷。"马可，快跟我说说"，他会这样要求。而我总是在搜寻能让他感兴趣的事情。"你知道凡·高——那个艺术家——跟朋友高更大吵一架之后把自己的耳朵割掉了吗？然后用手绢把耳朵包起来，在去医院的路上丢给了一个妓女。那女的打开一看，直接晕了过去。"

威瑟也有故事讲，包括他家里戏剧般的故事。他爸爸的哥哥——亨利伯伯，曾经非常优秀，通晓希腊语和拉丁语，却从哈佛大学辍学回了家，变成了吸食海洛因的瘾君子。"他智商极高。我奶奶看着宝贝儿子在自己眼皮底下堕落，几乎要崩溃了。后来爷爷把他赶出家门，他搬进了一个锈迹斑斑的拖车房里，跟老鼠一起住。再后来，他打针吸毒时死在了床上。"

对那个小鬼孩来说，只要我讲的故事跟他没关系，就能瞬间把他吸引过来。我一开口讲自己的故事，就感觉身后那片空气中，有某个人的注意力一下集中了起来。"我11岁，是个孤儿。去年冬天，妈妈出车祸死了，爸爸在我出生前就没了。妈妈从没说过爸爸是谁，只说等我长大就清楚了。"

但如果跑题太远了，或聊得太细了，我俩之间的那种感觉就会变得微弱。他跟像威瑟一样，也喜欢戏剧性的东西，想让我直接进入冲突最强的部分。

在夏洛特姥姥和小鬼孩之间来来往往，我感觉有点分裂。无论在哪里，我都有特定的任务，我告诉自己，只要记得这些任务之间的差别，精神健康就没问题。其实就是要把不同的事情分清楚，同时对内心迅速膨胀的念头保持镇定。有那么几天，我感觉自己努力达到的平衡状态似乎在摇摇欲坠，感觉自己明显快要崩溃，有一种精神忽然失常的恐惧。如果可以问问谁就好了！但我具体想问什么呢？"感知能力快速增强，是不是精神失常的前兆？这种状态跟精神失常不一样吧？"

有一天早上，我在悲伤小屋跟他说完话返回夏洛特姥姥家时，路上遇到了那个垃圾工。他正开着白色的垃圾车，一路北去。我热情地朝他挥挥手，他也朝我挥挥手。但我知道，他没认出来我是谁。我戴着头盔，骑着自行车，他又怎么能认得出来呢？有那么一瞬间，我内心似乎对小鬼孩感同身受了——他自己明白，别人一般都看不到他。那会儿，我特别想跟他分享这种类似的感受，可随后想起来，上次我一提到他，他就冷冰冰地躲开了，索性作罢。

16

日子一天天过去，夏洛特姥姥的心情越来越糟。有一天晚饭时，我抛出一个问题，本想逗她开心，结果弄巧成拙，惹得她更不开心了。

她向我透露，她一直在试着用左手画画。"我想着，不如试着用颜色表达心情吧？就这两样东西，心情和颜色——最多再来几个图案。"那天早晨，她挤了些颜料，选了一支又大又扁的画笔，开始着手工作。"我打算画一个极简版的悲伤小屋。毕竟画过那么多次了，比例肯定没问题。给天空涂几层色，勾几朵康斯太勃尔式的云彩，再在下方简单画个黑漆漆的破屋子，能有多难？我也不知道效果怎么样，指不定挺激动人心的呢。"

可事与愿违，左手就是不听使唤。每次她试着把画笔攥稳，手就开始抖。她越来越沮丧，然后开始郁闷，最后都感到厌恶了，不得不放弃。她喝了一瓶红酒，然后睡了一整天。

夏洛特姥姥跟我讲完这件事，我那股傻劲就上来了，我还感觉自己很有灵感似的问她:"没画画之前,您每天在岛上都做些什么?"我原本想着,如果她因此想到些什么,就能在手腕康复之前打发时间了。

她难以置信地盯着我,就好像我说了外语一样。"好吧,"她略显痛苦地说,"我想想。首先,那时我还可以走路。我走很多路,沿着海滩来来回回,一直走到累了才停下。我一遍遍地回想过去,说服自己总归会从痛苦中解脱。我不停地走,直到走出内心。后来,我跟你说过,我陆陆续续地干了几份工作。先在兽医院上班,又跟拉希科特共事。你可能从你妈身上也能看出来,工作让人充实。再后来,我见到了那个给悲伤小屋画画的女人,就想着自己也能画。事实证明,我真的可以。"

"可现在,我走不了路,也画不了画……好吧,我还有责任在身。我来岛上已经25年了。这场事故让我窥见了老年生活的模样。我都能想到自己老成隔壁厄普丘奇太太时的那个样子。可坐着轮椅,生活又有什么意义呢?"

她说"还有责任在身",指的是我。她的问题更是愁云惨雾的,我不知道,气氛怎么才能缓和。

"但就算您老了,坐上轮椅了,"我提醒她,"也能继续画画。"

"可世界上已经有一个摩西奶奶了。"

"谁是摩西奶奶?"

"一位70多岁才开始画画的老太太。她患有严重的关节炎，没办法继续刺绣，就拿起了画笔。她一直活到101岁才去世。为了纪念她，政府还出过邮票。"

"她画哪种画？"

"那种让人心安、引人怀旧的乡村景象。"

她说"心安"这个词的时候，带着一种嘲弄的语气。我就想，要不别想着缓和气氛了，就闭嘴吧，收拾收拾桌子得了。可是，似乎还有什么东西在怂恿我。既然没能让她高兴起来，既然都说到了坐轮椅的老年时光，既然已经谈不下去了，为什么不问问她那糟糕的过去呢？

"为什么糟糕？"我问。

"什么？"

"您总说过去很糟糕。"

"我都没意识到自己总在说。我会克制一下的。"

"但我很感兴趣。我们是一家人，可我对大家的事情一无所知。妈妈守口如瓶。有几次姥姥来，她也不想谈论家里的事。"

"哈哈，可以想象。那么我姐——你姥姥，都说什么了？"

"挑我和我妈的毛病，告诉我们怎么改，还说自己过得不错。每次她一走，妈妈都会哭好几天。她从不说为什么掉眼泪，但我觉得应该不是舍不得姥姥走。"

"我也觉得不是。我们知道，要通过别人的眼光看清自己，可为什么就是会有人让我们觉得自己一无是处呢？有的人就是毒药。如果简单总结一下我的过去，那么我会说'我五岁就中毒了'。就是这么简单。你这表情像是说，我讲得还不够多。那好吧，再稍微给你讲讲后面发生的事情。在我的故事里，有一位毫无用处、唯唯诺诺的母亲，一位恶魔一般的父亲，还有一位假装家里一切正常的姐姐。咱们可以了解的家庭故事寥寥无几，有的内容骇人听闻，不过还不错，跟我的故事也有相像之处。你也可以读读希腊神话、《圣经》、莎士比亚，或某本可怜兮兮的回忆录，也能有所启发。马可，等你能用几句话就把家庭故事说清楚的时候，或许咱们可以再交流。"

夏洛特姥姥说完这番话，似乎从绝望转变成愤怒。开好的酒都喝光了，她又让我去开新的，还厉声催促："马可，我太倒霉了，你快去！"我刚庆幸她的酒瘾有所缓解，就又开始担心了。过了一天，南卡罗来纳州美特尔海滩的红酒商店又送来好几箱酒。一定是我骑车出门之后她打电话订的。送货员把箱子搬进来，我负责拆箱归置，然后按照夏洛特姥姥的规定开瓶。现在，放进画室的酒增加到了三瓶。我考虑着是不是该给拉希科特打个电话了。但如果用家里的电话打给他，夏洛特姥姥会听到的。那是 21 世纪初，还不是人手一部手机的年代。我打算等下次骑车去杂货店的时候打个付费电话。

可是，给拉希科特打电话是不是对姥姥"不忠诚"？背着她跟"唠叨鬼"拉帮结伙？我忽然想到，拉希科特的唠叨是不是解决过什么问题？那两天，我又收拾了几个箱子，在词典里查了一下"化脓"的含义——"长出脓疮，消灭异体"。得有需要消灭的异体，才会长脓疮。在精神层面，抑郁是异体；在物质层面，酒精是异体。我不能确定抑郁一场是否有用，但酒精却似乎可以让人麻木、忘却痛苦。威瑟曾经告诉我，内战期间，医生给战士截肢前，就会把威士忌倒在坏腿上。酒精虽然可以减轻痛苦，可是不是也会让痛苦下面的伤口化脓？

我试着回想在生活中对妈妈不忠诚的经历。如果给拉希科特打电话、把姥姥酗酒的事告诉他就算不忠诚，跟妈妈在一起时我是不是足够忠诚呢？当然了，妈妈首先是不喝酒的。她到家时总是精疲力竭，脚疼腰也疼，然后让我给她按摩。我开始幻想给夏洛特姥姥按摩的场景，那不仅不合适，还很奇怪。如果我提出来给她按摩，真不知她会做何反应。

我对妈妈的那份忠诚也不是无坚不摧的。威瑟曾讥笑我是妈妈的小丈夫，在那之后，凡是可以加深这种感觉的事情都挑战着我的忠诚。在我们相处的最后几年里，我总是很纠结，一方面，我想尽可能地给她安慰（送她的最后一份圣诞节礼物是从药房买的按摩精油套装），而另一方面，给她安慰又会让我想起威瑟那句不可原谅的话，这让我内心羞赧万分。但在夏洛特姥姥这儿，关于忠诚问题的纠结之处在于，一方面我要思考怎样对她是最好的，另一方面又担心如果她知道我在背地里打小报告，对我的评价可能会一落千丈。

我还苦恼不知作何选择的时候,一天下午,拉希科特端着一张牡蛎派来了。

"这是养殖的牡蛎,虽然已经过季了,但拿来做成派还是很棒的。"

他理发了,整个人看上去更精神更利落了。他闻上去像是刚洗过澡。当然,我还闻到了派的味道。

"我要是也会做这种派皮就好了,拉希,"夏洛特姥姥说,她刚急匆匆地去了趟洗手间,闻上去像是刚漱过口,"我觉得我得学做派了。马可一定怀念妈妈做的派。"

我没说什么,没接着提那些派都是妈妈从超市冷冻区买的。

"这是刚出炉的,"拉希科特说着,把盘子放在了厨台上,"不如你们当晚饭吃吧,在冰箱里放一阵之后就不好吃了。希望你喜欢吃牡蛎,马可。"

"嗯,喜欢。"不过,我只吃过几个牡蛎炖菜的罐头。

"做派的硬皮没什么难的,"他跟夏洛特姥姥说,"你就记得放碗冰水在旁边,别烫着手指头就行。"

"那我还是等十根手指头都能用之后再学吧。"她说。

"马可,沙尔利·科金斯昨天顺道来我店里,让我给你带个信儿。你让他印象很深刻啊。他问你多大,我说11岁,他还不信。"

"拉希,坐吗?"夏洛特姥姥还没忘了礼节。

我们仨都坐到餐桌前,我问拉希科特喝不喝茶,他说五点要去见客人,那人想买他1962年款的劳斯莱斯银云,就不喝了。随后我问:"沙尔利·科金斯让您带了什么信儿?"

"关于黑兹尔飓风中被卷走的那家人。沙尔利说他查了1954年的经营记录,小屋不是从科金斯家租出去的,应该是私下交易的。那年,小屋还在巴伯家名下,但黑兹尔飓风之后很快就转手了。就是这些。马可,你为什么对这件事感兴趣呢?"

"我就是觉得奇怪,所有人都不记得他们的名字。姥姥的两本书里写道,男孩父母在去找他的路上,跟一个开卡车的男人说过话。连这人都有名字,失踪的一家人却毫无信息。更何况,岛上也就这三人失踪了。"

"马可会感受到别人的痛苦,"夏洛特姥姥说,"哪怕他们已经死掉了。"

"好,咱们一定能查清楚,"拉希科特说,"可以去图书馆看看本地报纸的微缩胶片,指不定有线索。如果你想去,我明天先带你去,以后你可以随时骑车自己去。"

"说到这个,"夏洛特姥姥说,"我得把买自行车和其他东西的钱给你。马可,麻烦从我钱包里把支票簿拿过来吧。我一直在练习左手签字,也打电话跟银行说了,他们可能会收到五岁小孩那种潦草的签名,他们说没问题,但你得帮我填其他内容。"

拉希科特坚持说不着急还,但夏洛特姥姥却坚持着,都快打起来了。后来支票还是签了。然后,我们玩起了左手签名的游戏，一起在夏洛特姥姥的记事本上写写画画。拉希科特姿势笨拙，夏洛特姥姥看到就哼他。我回想起小时候学写字的时候，右手也是这般颤颤巍巍的。一开始控制手指多难啊，怎么这么快就把那种困难忘了呢！夏洛特姥姥的左手字比我们俩写得好多了，让她心情好了些。"当然啦，我一直在整天整天地练。"她说，带着那种少有的欢乐。

"对了，你那邻居——科拉尔·厄普丘奇这个月5号就来了。"拉希科特说。

"你怎么总能记住这种事情呢，拉希？"

"哈哈，我就擅长这种小事情啊，"他笑着说，"我第一任妻子就叫我行走的周年记事本。"

拉希科特走之后，我问夏洛特姥姥知不知道拉希科特结过三次婚。"是他离开她们，还是她们离开他？"

"都是她们离开他。拉希是那种任女人欺负的男人。我恰恰相反，虽然找的男人都会让我受伤，但我一旦受够了，就会转身离开。"

"不知道我会结几次婚呢？"

"天哪，马可，这话可真让人哭笑不得。"

17

夏洛特姥姥告诉拉希科特，我连死人的痛苦都可以感受到。我一听，就担心自己是不是说了梦话。但我想了一下，她应该只是在说我对那个无名男孩的兴趣和对他们一家人的同情而已。

虽然那男孩是我有生以来最感兴趣的存在，但我还没笨到跟别人乱说乱讲的地步，更不会提我见过他。我这股聪明劲儿曾经也出现过——把威瑟痛扁一顿之后，做社会服务的心理医生反复询问我当时的感受，我脑筋一转，坚持回答说"自己脑子一片空白"。

可笑的是，从前也好，现在也罢，在我生命中出现的所有人里，我可能只会跟威瑟说起这个男孩的事情。他最喜欢这种神神秘秘的东西了，一定会聚精会神地抓住我说的每一个字，认认真真地听每一个细节。

"马可，你再说一遍，你到底看见什么了？"

"他就靠在门框上，正对着我。"

"什么门框？"

"通往门廊的正门的门框——不过门已经没了。他就懒洋洋地靠在门框上。"

"确定不是光线或其他什么给你造成的幻觉吗?"

"确定不是。他很瘦,下巴尖尖的……"

"是高是矮?"

"算高吧,但很瘦。他还穿着褪了色的红上衣、牛仔裤,还有一双靴子。他是个真真切切的人。我不仅看见他了,还能感觉到他。"

"感觉到他?什么意思?"

"就是那种有人站在你面前的感觉。我可以感觉到后面有人,感觉到他的好奇、他的兴趣。那种感觉很真实,就跟咱俩现在这样面对面似的。"

"什么样的红上衣?Polo 衫?"

"不是,是前面有一排扣的那种,他穿着好像有点小。袖子是短的,可能是后来被截短的。"

"那靴子呢?谁在沙滩上穿靴子啊?"

"我也不确定。整件事发生时,节奏太紧张了。"

"天哪,"威瑟会嫉妒地喊出声来,"为什么这种事不会发生在我身上?"

当你去看望别人的时候,对方能感觉到你手头是不是有急事,一会儿是不是还得去其他地方。那段时间,我每天早晨都坚持骑车去小岛北端一趟,但那天,拉希科特九点半要从姥姥家接我去图书馆,我不想在悲伤小屋那儿表现得匆匆忙忙的,所以就决定傍晚再去。不管怎么说,第一次见他也是在傍晚。

拉希科特给夏洛特姥姥带了一颗生菜和两根黄瓜,都是从菜园里采的,还有几个还热乎着的烤面包卷。我已经给姥姥剥好两根香蕉了,都真空密封在塑料袋里,也已经开好酒了,一些放在画室里,另一些藏在厨房里。她是不会出来打招呼的,我就跟拉希科特说,她可能还在睡觉。

"你觉得她最近怎么样?"车子发动,还没上路,拉希科特就迫不及待地问我。

"还好吧,我觉得。"

沿着海滨大道往前走,他咀嚼着我那句含糊的答语。我知道他觉得少,但我还能说点什么实在的呢?

"她在学左手画画,但不太顺利。"我说,"她没法控制画笔,就放弃了。"

"那后来又做什么了?"

"睡了一整天。"

他又沉默了一阵子。我在一旁,努力地屏蔽他思考的声音。

上堤道之前,我一直很安静。后来在堤道上经过凭栏垂钓的人,我忍不住问道:"他们在钓什么鱼?"

"大多是鲇鱼。不过钓鱼也是社交活动啦。"他语气中透露着一丝无奈地想要放弃的意味，似乎不会再多问姥姥的事了。我让他失望了。

"是这样，我不确定能不能……"我有些哽咽，没说下去，赶紧把头扭向窗外，不让他看见。"我不确定能不能让她不那么烦躁。"

这话一说出来，我就知道自己犯了一个愚蠢的错误。如果要对夏洛特姥姥"忠诚"，最不该说的就是"烦躁"二字。我改口道："我是想说心情不好，刚刚说错了。"

"都差不多。"他没有追问。

"昨天，1965年款的劳斯莱斯卖了吗？"

"啊，没有。他一看到我们这辆靓车，就移情别恋挪不开步了。"

"但你可不能把宾利卖了啊，你说很喜欢它的。"

"他出价不错，但我还没想好。不管对什么，都不能太迷恋。但我说了，我还没想好。"

跟小岛上的中学差不多，内陆的图书馆也是由主楼和配楼组成的，主楼是一栋保存完好的一层建筑，旁边又扩建了几部分。图书馆四周种满了颜色亮丽的灌木丛，中间点缀着盛放的花儿。往一栋配楼望去，几扇玻璃窗是开着的，里面传来小孩叽叽喳喳的声音，还有一个女声，在让他们安静下来。

112

"说话的是我外甥女,阿尔特亚,"拉希科特说,"我知道她的声音。她在给孩子们上学前暑期辅导班呢。马可,咱们的设备很先进,最新版的微缩胶片都有,你一定会大吃一惊的。"

电脑和微缩胶片都在一栋新配楼里。走进楼门,右手边的墙壁上挂着一块大铜牌,上面写着"马格莉·拉希科特·海斯配楼,1994年"。

"是您的亲戚吗?"看到这名字,我不禁问道。

"是我母亲。我们家一直都特别喜欢图书馆。好在,这栋楼落成的时候,她还在世,就做了点事。"

这时,一位穿着简单利落的长裤套装的女士面带微笑,急匆匆地朝我们走来。"这位是露西·丹尼尔斯,咱们的图书管理员,"拉希科特说,"露西,这位是马可·哈肖,他想了解一些关于黑兹尔飓风的事情。"

"很高兴认识你,马可。我们都以你姥姥为豪,前台那儿还挂着一幅她的佳作呢。拉希,资料都准备好了。昨天接完你的电话,我就取出来了。"

"不胜感激。"

"小事儿,不过举手之劳。今年夏天正好是黑兹尔飓风登陆50周年,馆里联系到了许多老报社。我还给马可找了这个月新出的《州志》,里面有好几篇为飓风幸存者做的专题报道。马可,需要帮你开扫描仪和打印机吗?"

"不用了,谢谢您。我在学校写研究报告的时候用过这种设备。给我一张用户卡就好了，好插在那个卡槽里。"

露西似乎有点震惊，拉希科特应该也是。我把第一张胶片从封套里取出来，滑进托盘里，一直小心翼翼的，避免在上面留下指印。数据读取完，我就开始阅读屏幕上显示的内容。他俩全程在旁边看着。

然后拉希科特说，既然我自己没问题，他就跟丹尼尔斯太太去给我印图书馆卡了。"中间名用全拼还是大写的首字母？"

"马可·哈肖就行。"我没有中间名。

我独自搞着自己的小研究，但屏幕上信息少得可怜，我慢慢就不耐烦了，后来竟然还有些生气。这里有 50 年前三家州报对飓风后续事宜的报道，但信息寥寥，还不如我七年级做校内研究项目时从 150 年前的州报中了解的多。做那个项目时我还在朱厄尔，研究内战中分裂的一座北卡罗来纳州山城。那时，山城的一边被北部联邦军占领，另一边则被南部联盟军拥入麾下，在兄弟阋墙中困顿了许久。

在南卡罗来纳州 50 年前的报纸中，记载了大量黑兹尔飓风肆意掠夺生命的内容。那是 10 月一个满月的晚上，飓风伴随当年最高的月潮席卷而来，引发了严重的水灾。黑兹尔飓风先在海地登陆，但强度不到 2 级就离开海地，卷向了大西洋海岸，最终在 15 日清晨以 4 级强度登陆美特尔海滩。当时，新闻对风力进行了报道，预计飓风将造成千百万美元的财产损失，还刊载了幸存者仓促逃亡、安全得救的故事。

飓风过后，北卡罗来纳州沿海地区共有 15 人丧生、南卡罗来纳州 1 人，均无名无姓。他们的名字呢？我不停地查阅胶片，查到脑袋都疼了，依旧一无所获。你看，找得到尸体的也没名字，你连尸体都没有，又怎么会有名字呢？

微缩胶片没什么希望了，我开始浏览《州志》50 周年纪念刊上的老故事。那些关于黑兹尔飓风的回忆差不多都是这样开头的："那天，我和妈妈开车去看望常年住在岛上的姨妈，但刚开上堤道，就被交警拦下了，让我们掉头回去。所有人都在疏散……""飓风过后一周，麦克劳林先生从查尔斯顿县一路穿过南卡罗来纳州来到岛上，发现家里那栋百年木屋竟奇迹般地还在。除了被大水往海边冲过去 90 多米，整栋小屋连榫槽都是完好无损的。"

还有几条比较生动的叙述：树枝像鸡骨头一样，被狂风咔嚓折断，还有一家人蜷缩在车厢里，被咸咸的海水灌满鼻孔，惨痛地死去。幸存者们得以安享晚年，还在 50 年后的今天受到无限关注。

浏览结束后，我把丹尼尔斯太太给的东西全部收拾整齐。她那会儿不在，我就把胶片机钥匙交给了前台的女服务员。她全神贯注地忙着手头的工作，都没从电脑前抬起头来看看我，所以我还仔细欣赏了前台上方那幅安静的画——就是夏洛特姥姥给妈妈寄的明信片上的那幅。整幅画呈长方形，画的是黄昏落潮时的沙子和浅滩，没有海浪，没有游客，也没有海鸟。画中的一切都沐浴在柔和的橙色余晖中，金光照耀，一片安宁。如果能住在这美景中，肯定是再幸福不过了。我在心里默默地对夏洛特姥姥说，这幅画让图书馆的墙壁瞬间优美起来，味道也不一样了。

还了钥匙，我就去学前班找拉希科特了。教室门开着，拉希科特和一位头发花白的女士背对着门，并肩坐在讲台上。那一定就是他的外甥女吧。孩子们趴在地板上，戴着儿童乳胶手套，用手指在纸上画来画去。那是我第一次见小孩戴着乳胶手套画画，真是个好方法。我往前走近一点，看到他俩也戴着乳胶手套，趴在桌子上心无旁骛地画着小幅的手指画。我不忍心打扰他们，就又回门廊上去了。那位女士画的是一幅静物画——桌子上那罐黄玫瑰。夏洛特姥姥如果看到，应该也会说"这小画不错"。拉希科特画的像是一座高低起伏的山峰，又像是一头蜷缩着的白色怪兽。他佝着身子，全神贯注地用深蓝色颜料在纸上勾画着小圈。我想再多待会儿啊，可忽然被一个机警的小女孩发现了。她指着我大喊："那个男人在监视大家！"就这样，一切美好，瞬间烟消云散。

18

原来，拉希科特画的不是山也不是兽，而是那辆 1954 款的宾利大陆 R 型车，是一幅"告别之作"。"我不是什么艺术家，但在画它的时我就能感觉到，我们在一起的时光结束了。"他还跟我说，我们在查尔斯顿中心闲逛的这会儿，夏洛特姥姥正在医疗中心做手腕手术呢。

"扭伤"是误诊。几周前在当地医院拍第一张 X 光片时，没拍到病变部位，所以误诊了。后来再拍 X 光片，才发现她实际上是"腕舟骨隐性骨折"，还有一块骨头碎片需要取出来。"隐性"在医学中指看不见的损伤，是否有其他含义我也不敢深究。总之，现在一切都得推倒重来。通过手腕手术，医生把她的韧带和腕舟骨连了起来，再用一颗金属螺丝固定，还得再打三个月石膏。整台手术是全麻的，术后她在恢复室待了一小时才办理出院手续。拉希科特开姥姥的旧奔驰车来接她，他自己那辆劳斯莱斯银云已经装了强制性安全带，不适合开来接人。

"看着宾利被别人开走，您伤心吗？"

"你可能觉得我总是多愁善感的。但一想拿到钱能做许多事，就不伤心了。"

"很多钱吗？……"

"还可以，那车也是珍品了，他又非得要。拿到钱之后，我可以给外甥女买间不漏水的公寓，再给教堂捐个新屋顶，解一解燃眉之急。"

"您一定很喜欢她吧。"

"阿尔特亚过得一直不太好。但不管生活怎么对她，她依旧很善良。"

"怎么不太好了？"

"她15岁的时候，父母就双双去世了。她的母亲是我妹妹。妹妹妹夫乘坐赛斯纳飞机①去学校看阿尔特亚，但途中遇到大雾，飞机坠毁了。"

"是那位特别喜欢弗吉尼亚寄宿学校的妹妹吗？"

"你还记得啊。是她，我只有这一个妹妹。阿尔特亚还没到20岁，就遇上了这种事。因为父母要去看她才出了事，所以她一直责怪自己。后来我和妈妈帮她熬过了那段时光。但她21岁的时候，又被一个蓄谋已久、彻头彻尾的小混混哄骗着私奔了。她的钱一花光，小混混就跑了，给她留下一身债，让她伤透了心。"

"她有孩子吗？"我十分好奇，不知阿尔特亚的故事是否

---

① 译注：赛斯纳（Cessna）是一家位于美国堪萨斯州的飞机制造商，以制造小型通用飞机为主。

就是夏洛特姥姥口中精简版的家庭惨剧。

"有一个女儿。但不幸的是,她俩合不来。不过阿尔特亚很喜欢她的小外孙女。唔……就是在图书馆说你监视大家的那个小孩儿。"聊完之后,我们去了美术用品店,拉希科特想给阿尔特亚买一套颜料。"你忙着看胶片那会儿,我俩就陪孩子们一起画手指画。她跟我说:'您知道吗舅舅,这些年来我从没这么开心过。现在大人们都不玩这些东西了,是不是挺可惜的?'"

店里的绘画颜料和手工艺品琳琅满目。趁拉希科特向女售货员咨询颜料问题的时候,我就四处走走、随便看看。这里也是夏洛特姥姥的神殿。可现在,她却无法与我俩一起在这里呼吸艺术的气息,欣赏崭新的画笔和颜料,只能无力地躺在手术台上,任由骨科医生麻醉她,在手腕上动刀,修理好再固定上。

医生告诉拉希科特,他会尽全力,但不能保证完全恢复,只能走一步看一步。当然,接下来还有为期数月的物理治疗。从新拍的 X 光片上看,夏洛特姥姥已经有些关节炎了。"是啊,她早已不是十来岁的滑板少女了,骨头不是那么柔韧的。"医生话音刚落,拉希科特就说:"那不行,她现在画画的能力最强,挣钱的本事也最强,是一个有才华、有前途的画家,您是这里最好的手腕疾病专家,一定要治好她。"

我心里有事要咨询拉希科特的意见,在店里就一直盘算着怎么开口。回医疗中心的路上，我鼓起勇气问了出来："您说，如果我去上寄宿学校，是不是更好？"

拉希科特停下脚步，抱紧了胸口的东西，回道："你为什么会有这种想法？"

"这样我就不碍事了。我只有假期才回来，可以让夏洛特姥姥重新过上独居的生活。"

"马可，等等。我不明白，这对她来说有什么好处？"

"她不用再给我当监护人了，也就没有负担了。"

"你为什么会觉得自己是负担呢？"他迈开了步子。

"因为我总是在她身边。如果两人很长时间都整天待在一起，就会……"

对话进展得并不顺利。我想说的这句话很重要，但不知怎么，面对拉希科特，我就是说不下去。"我是想说，就算是跟妈妈在一起的时候，我偶尔也会感觉不舒服。更何况她大部分时间都在工作，而夏洛特姥姥一直都在家里陪我。现在，她在家里的时间会更长了。"

"你是说如果你不在，她就又能独处了？但没有你在身边，对她怎么能是好事呢？"

"我不是说现在。我知道，她现在打着石膏，不能画画的日子很不好过，我还是有用的。但我觉得……"

我又说不下去了。"如果去外地上学，长远来看会好一些。"

"长远？"

"就是我长到18岁,不需要有监护人的时候。等我长到18岁,夏洛特姥姥就不用为我操心了。虽然她做我监护人可以拿一些津贴什么的,但我真心觉得,她更喜欢过去的生活方式。"

"你有没有想过,你也有可能成为她的监护人?"

我说我没有。

"好吧,那你最好花点时间想一想。反过来说,外出上学对你来说又有什么好处?"

"好的地方是夏洛特姥姥不会厌倦我,不好的是老师同学会老打听我的家庭情况。我对我爸那边的事情不太清楚,实际上我连他是谁都不知道。以前妈妈说,等我长大懂事了才会把爸爸的事情告诉我,所以现在算是一无所知吧。如果在岛上上学,大家知道的就是我现在的状态,不会过分打听。"

我们继续往前走着,彼此无话。拉希科特似乎在想什么事,而我则反复回想,刚才话是不是说多了。

"马可,你知道吗,夏洛特发现自己可以画画的时候,我特别高兴。因为那时,在她的生命里,没有什么比画画的出现更加美好了。那天咱俩见面的时候,就是那天早上我去你们家,跟你在一起没几个小时,我就又感受到了那种快乐。现在,在她的生命里,没有什么比你的出现更加美好了。她需要你在身边。"

19

康复期延长之后，夏洛特姥姥的心情也变了。之前说需要打几周软石膏才能慢慢开始画画的时候，她表现得很恼火很沮丧，但现在医生要求延长康复期，她反而进入了一种消极冷漠的状态，一连几个小时在门廊上坐着，打着石膏的右胳膊放在椅子扶手上，左脚搁在小凳子上，盯着大海发愣。我倒是更适应她以前那种风风火火的样子。

在这个时候，她不怎么把自己关在画室里了，酒也喝得少了。做完手术后，她很痛苦，疼起来就得吃医生开的止疼药。

她酒喝得少了，可能是因为伤口疼，也可能只是因为止疼药"不得与酒精混用"的警告有点可怕。她担心自己产生"药物依赖"，就让我把药瓶藏在我的卧室里，必要时才给她取几粒出来。

我也会是她的监护人——拉希科特这句话慢慢沉入我心底。如果可以承担这样一份责任，我会感到自豪的。但一想到如影随形的种种约束，也会有些摇摆不定。

最让我烦心的是，黄昏时不能再骑车去小岛北端了。夏洛特姥姥对我的陪伴似乎特别感动，尤其是在黄昏时。当然了，每天早晨夏洛特姥姥还在睡觉的时候，我还是坚持去悲伤小屋一趟，根据涨潮的情况，要么从公路上走，要么从沙滩上走。但因为早晨没有那种他就在我身后的感觉，旅程也是枯燥乏味的。他可能就在小屋里，却不出来见我，也不听我说话了，仿佛是惩罚我分了心。我还是坐在门廊最上面那级台阶上跟他说话，但始终都很像一个在破屋前自说自话的疯小子。

拿到图书卡之后，我去过图书馆几次，用挎包带回家一些书，有的还不错，但有的就不怎么样。我还试着读了读《基督山伯爵》。之前在朱厄尔上学的时候就已经开始读了，但因为图书馆有读者排队预约，我就不得不把书还了回去。现在，一翻开《基督山伯爵》，我就感觉挺难过的，甚至还有点儿反胃，第二次去图书馆就把它还了。后来，我一口气读完了雷·布拉德伯里的《华氏451度》。我最初接触布拉德伯里的书，就是威瑟推荐的，所以读的时候总能想起他。我还看到一位恐怖小说家"最受喜爱恐怖故事"的大部头精选集，期待满满地翻开，却发现大部分都已经读过了。

有一次，我给夏洛特姥姥选了三本画册带回家，其中一本英国风景画册里还有康斯太勃尔的作品，还有一本是图书管理员丹尼尔斯太太推荐的保罗·克利的书画作品集，一共两册，装在函套里。"在康复的过程中，或许可以从保罗·

克利的作品里找到灵感。他有时很幽默，有时又很深邃。书里还有他创作时的笔记。本来是不能外借的，但因为你姥姥……"当我把书拿给夏洛特姥姥的时候，她似乎有些感动，让我把书搬去画室里。后来她看没看，我就没再过问。"我的礼物怎么样？您喜欢吗？"如果问了，就是这种感觉，奇奇怪怪的。到了该还书的时候，她说我一直非常贴心，说没想到保罗·克利这么有趣，还说能在同一本书里看到许多英国画家的作品，是很开心的事情。

鹈鹕完成一天的捕食，沿直线飞回家的时候，坐在门廊上的夏洛特姥姥是最好相处的。不管我说什么，她似乎都很开心。

"好啦，马可，你今天有什么要汇报的？"她一边凝视着大海，一边头也不回地问我。这样，我说起来也就轻松多了。这种场景也让我想起刚和妈妈搬到山城里的那段日子，举目无亲，非常希望可以找谁"汇报一下"。妈妈到家时，总是精疲力竭的，问我这种问题的时候特别像是在履行责任而已。而眼下，面对大海的夏洛特姥姥似乎可以耐心倾听我说的一切事情，简直是完美的听众。就像小鬼孩、威瑟一样，她可以听到最"真实"的故事，也会在我讲得起劲的时候听得起劲。她尤其喜欢听我讲我跟拉希科特第一次一起去图书馆的事。

我向她抱怨，微缩胶片和周年纪念杂志里都没多少内容，她回答："真希望你的运气能再好点啊……我知道你想找跟那家人有关的资料,尤其是那个男孩。我能理解你为何如此执着。"

正是在那个时候,我差点儿就跟她讲了小鬼孩的故事。虽然也不是差点儿,但比我想跟妈妈坦白给威瑟看了禁照,为什么把他揍了一顿的时候要近点。在跟心理医生交流的过程中,我渐渐明白,有些经历必须缄口不提,甚至永远不能提。所以我只是跟夏洛特姥姥说,竟然所有人都不记得那家人,好像他们从不存在一样,所以我很抓狂。她回答说,在历史的洪流中,已有数十亿人销声匿迹,如果地球不毁灭,注定还将有数十亿人寂寂无闻。说到这个,她似乎挺满意的。

她听着在图书馆里画手指画的那段故事,发出轻蔑的笑声。她还想再听一听,为什么我能先把拉希科特的画看成一座白色的山,又看成一头白色的熊,直到拉希科特自己说清楚,才知道那是宾利车的告别之作。然后,她问我拉希科特外甥女的那幅黄玫瑰怎么样。我说,如果姥姥你看到那幅画,肯定也会觉得还不错。"就像是那个女画家笔下的悲伤小屋。"

"真的?"

"唔,我没见过那个女画家的画,但阿尔特亚的玫瑰确实挺好的,可能您一看到就会想把它裱起来,至少也得贴到墙上去,更别说您还认识她。罐子里的玫瑰有那种美好的……我不知道用艺术行话该怎么表达,但从画布上的颜料来看，多多少少可以看出她的手法。"

"你是想说厚涂技法吧。如果颜料厚，那就是厚涂。厚吗？"

"嗯，有涡旋状的凸起。但那是她用手指捏起来的。"

"你也可以说'笔法'，她这种情况下叫'指法'。你对画的描述很到位啊，马可。"

"她跟拉希科特说，她这些年来都没这么开心过，还说大人们都不玩这些东西了，挺可惜的。所以您做手术的时候，拉希科特去给她买了一套颜料。"

"他买了哪种？"

"好像是什么水性的，可以画手指画，也可以画其他的。"

"水性颜料的种类可多了……他们都戴着手套吗？"

"嗯，那种薄薄的乳胶手套，孩子们戴的是儿童版的。"

"有一屋子小朋友，手套确实有用。但我觉得手套会影响手指的触感吧。我也不知道，我没画过手指画。"

每天下午在门廊上聊天，夏洛特姥姥都能从我脑子里拽出来好多事。有些是我主动说的，有些则是不经意流露的。我想，既然已经把爸爸的事一股脑儿告诉了拉希科特，最好也跟夏洛特姥姥说说吧，毕竟她是我唯一在世的亲人了，可以让她知道，我对自己的爸爸一无所知。这些日子以来，我一直在整理从原来的家搬来的箱子。那么多我和妈妈曾经喜欢、一度需要，甚至是引以为豪的东西都被我直接扔进了垃圾袋，我越整理，就越伤心。我把那个终结了我与威瑟友情的银色相框取了出来，拿来给夏洛特姥姥看。跟威瑟的反应一样，她也把相框翻过来摇了几下。

"能把相框拆开吗？"她问。这一问，我不禁纳闷，为什么自己就从没想过这么做。我从她手里把相框接过来，一边挪动固定背板的四个金属片，一边幻想照片背面会不会写着某个名字。可等我取下来却发现，照片竟是从某本书里剪下来的。夏洛特姥姥说很可能是从年鉴里剪下来的，因为在照片背面还有一个摆着同样姿势的男人。

"好吧，就是这样了。"我懊恼地说。

"'就是这样了'是什么意思？"

"我从来都不知道我爸是谁，也没人能跟我解释了。"

"你爸爸挺帅的，"夏洛特姥姥说道，"跟你一样，两眼间距宽，眉毛有点怪。而且我确定，你生气的时候，嘴巴也跟他有点儿像。"

"您认识演员亚历克·吉尼斯吗？"

"不认识，但我知道他。"夏洛特姥姥说着，干瘪的脸上又露出第一次见面时的欢喜。

"吉尼斯的妈妈也从来没说过他的父亲是谁——到死都没说，他也一直没搞清楚。后来，他还在自传里写到这件事。我妈跟我说，这张照片是爸爸认识她之前照的，那时还特别年轻。"

"也就是说,你们俩聊过他。"

"嗯,但聊得不多。妈妈说如果他能活着见到我,一定会为我骄傲的,我也会为他骄傲。但妈妈想等我长大一点,再把其他事情告诉我。我姓哈肖,是因为厂里的工人记得他姓这个,但他早在我出生之前就搬走了。妈妈说,他们试过和好,但没用,所以我成了单亲孩子。福斯特先生是厂里的老板,是那种——怎么说来着,是那种把企业办成大家庭的人。"

"封建派的?家长式的?我明白你的意思。"

"曾经有人跟妈妈说,福斯特先生就是大家长。我感觉那不过是个笑话,但现在也不敢确定了。"

"不管是不是笑话,都挺有煽动性的。"

"但我妈喜欢,她觉得福斯特工厂对所有的工人都很照顾。厂里甚至还有一家免费幼儿园,工人们可以在午饭时间去看望自己的孩子。她说,在打算要我之前,每次路过幼儿园,她都会幻想自己也有个小人儿在里面,可以让她偶尔进去看一看。"

"她和哈肖先生考虑过生孩子吗?他们婚后相处的时间挺长的吧?"

"她16岁就跟他私奔了,26岁跟他分开。所以是10年。他比我妈大很多,也结过婚。他之前没有孩子,所以也可能生不了。他跟我妈分开,理由是厌倦了那些'花里胡哨的兼职'，想回去做木工，再开一家锯木厂。锯木厂是开成了，但他也被卡车里掉下来的木头砸死了。我妈很喜欢在福斯特工厂里上班，负责家具抛光的工作，虽然也不怎么样，但她却受宠若惊。后来，我们不得不离开福斯特的时候，福斯特先生还为她写了一封推荐信，推荐她去山城里一家有熟人的定制家具厂工作。所以我们搬到了朱厄尔山城，妈妈去那儿上班，但没过多久厂子就倒闭了，她又不得不重新找活干。"

"你俩为什么非得离开福斯特？"

"都是我的错。我把福斯特先生的孙子揍了，揍得他喘不上气，还差点瞎了一只眼。他原本是我最好的朋友。毕竟福斯特维尔这整个镇子都是他家建起来的，几乎一切都在他家的掌控之下，所以我和妈妈只能离开。"

"听上去不像你干的事啊，马可。他做了什么吗？"

"他说了一些非常可恶的话，我就发飙了。"

"天哪！"夏洛特姥姥把左手放在胸口，哀叹了一声。

"从那以后，我还被强制上了几次心理咨询课。事情一结束，我们就打包行李，乘车搬到山城，开始了新的生活。"

"嗯，马可，不管什么时候你想说说这件事，我都在。如果不想，也没关系。"她挪了挪放在小凳子上打着石膏的右腿，跟我说道，"你还没了解自己的爸爸，妈妈就去世了，我也觉得很难过。但从你的话里可以听出来，他肯定很爱你，也会以你为豪。我知道我的爸爸是谁，但也仅此而已了。他那个人，简直是魔鬼。"

"您怎么知道他是魔鬼啊?"

"一开始是不知道的。但等到后来,可以安全回顾过去的时候,就明白了。一开始只会感到困惑,不明白为什么有些东西不是自己想象的那样。等到后来,这种困惑慢慢膨胀,我也慢慢明白,有些东西完全是错误的。可自己偏偏又是这个错误中的一部分。小孩子无能为力,也没办法跟别人比较,所以最重要的是要时时刻刻保护好自己。"

在门廊上聊天的那些下午,她只清清楚楚地讲过工作中的一些事情,讲过她那些一无是处、尖酸刻薄的前夫。如果我妈在,她俩一定特别聊得来。夏洛特姥姥以前在家得宝①摆过货架("我特别喜欢开着叉车到处转悠"),在酒吧调过酒,在豪生酒店②做过招待,给殡仪馆馆长当过秘书("我还偷偷给死人化过妆"),还开过一家杂活公司,承接各种各样杂七杂八的工作,包括清理房屋、收拾院子、照顾别人、看护宠物,等等。她的第三任丈夫在公司里有名无实、游手好闲,没过多久,公司就黄了("大多数时候也就是勉强可以糊口")。

"这么问可能有点不礼貌……但,您从哪儿来的钱买房子?"

"我中彩票啦。嗯,是真中了。实际上是中了两次。每周我都买一张便宜的刮刮卡。一周不落,周周都买。第一次

---

① 译注:Home Depot,美国家居连锁店。
② 译注:Howard Johnson's,美国连锁酒店。

中了25美元,第二次中了10000美元,正好够我从西弗吉尼亚搬出去,到南卡罗来纳州的海边买个小房子。"

"您丈夫呢?他不要自己的那份吗?"

"那时候我已经跟他离婚了,要不然他肯定都想要。是不是很幸运?这块大馅饼落下来的时候,我还在酒吧夜场里调酒呢,忽然就坠入了那种终于获得自由的狂喜。你绝对想象不到。"

"所以您就开始了一个人的生活?"

"我想是吧。和你在一起很开心,马可。你会听我说话,还会整理东西。"

20

陪着夏洛特姥姥的时候,我总会想起在悲伤小屋里等待我的小鬼孩。现在我只能每天早晨去一趟,他会不会感觉受冷落了?他会不会想是不是自己哪里做错了?可反过来想,我是不是总在按活着的人的心思去揣摩他的想法?每天下午跟夏洛特姥姥聊天的时候,我都感觉对他的冷落是一种背叛。或许,我应该把他当作一个成年的鬼魂来看待,毕竟在拉希科特外甥女的小孙女眼中,我就是一个成年男人。我还记得她喊的那一嗓子:"那个男人在监视大家!"

别想了,我暗暗提醒自己。正常人都不会把对姥姥的忠诚跟对鬼魂的忠诚相提并论的。那天午后,在炫目的阳光中,我到底看到了什么?他已经死了50年了,我和他之间又怎么能产生什么联系呢?可事实是不容辩驳的,我像喜欢其他人一样喜欢上了他。

我陷入了回忆里,像在地图上画路线一样,试着从一开始把整件事情捋清楚。这段奇特的关系是从什么时候开始的?嗯,是从夏洛特姥姥讲悲伤小屋的故事时开始的,是从了解小屋历史时开始的。后来，姥姥还讲到小屋对她的重要意义。她刚刚重获自由来到岛上的时候，总是步行去小屋那里。是小屋让她重拾记忆的碎片，也是小屋指引她拿起了画笔。

她跟我讲，小屋有一种挥之不去的特质，有一种强大有力的气场。有了这印象，第一眼看到它时，我却有点失望：它怎么看怎么丑，迟早要拆的啊。后来，我从铁丝网底下爬过去，在门廊上吃了午饭，不知不觉睡着了，梦到垃圾工站在我身后的破门口看着我睡。我惊醒后，转身看着屋门，感觉确实有东西在后面盯着我看，却不像垃圾工那样友好、那样安心。我问自己，这到底是什么啊？然后心头一紧，拔腿就跑了。

后来几天一直下雨，我读了那两本书，替小男孩感到愤怒。我和他有很多共同点，唯一不同的是他已经死了，没法为自己伸张正义，甚至没法搞清楚大家到底还记不记得他。再后来，夏洛特姥姥给斯特克沃思家画完了那幅豪宅画，快黄昏时我走去了悲伤小屋，第一次真正见到了他。那天晚上，我躺在吊床上，看着月亮升起，屏气凝神地把自己送往小岛北端。再后来，我就那么躺在吊床上，体会他的拥抱，感受那种狂喜。从那时开始，这件事情就变得丝毫不符合常理，无法再用言语解释了。但我感受得到，我们心意相通，如影随形。

寄养家庭的妈妈经常说，上帝总陪着她在屋里转，虽然看不到，但就在身后几步远。每次她这样说，我都觉得毛骨悚然。她还说，上帝总在她身边，即使是在最私密的地方，也有上帝的身影。不知道她说的私密有多私密，但我越想越觉得奇怪。现在，反过来看我跟小鬼孩的关系，不也是这么不尴不尬的吗？

有时，我还会想起福斯特维尔的那位心理医生。他曾经那么耐心、那么专业地询问过我。威瑟是你的朋友，打他是什么感觉？我想象着再次走进心理医生的诊室，毫无保留地跟他讲一讲我跟小鬼孩的故事。这回他会问什么问题？在他看来，我是得了什么病？我想不出答案。首先他可能会问：你肯定那不是光线造成的错觉吗？威瑟可能也会这么问。然后，他会让我描述一下这种情况是从何时开始的，是怎么开始的，持续多长时间了。最后，可能会给我开个方子，边写边说，再看看，看看会怎样。

最后一次治疗结束后，心理医生给妈妈写了一份处方，让她在必要时给我拿药。但当我们离开诊室之后，妈妈说："我觉得咱们不用买药，你说呢？"然后就把处方撕碎，扔进了路边的垃圾桶里。"咱们换个地方，重新开始。"她给自己暗暗鼓劲。

妈妈跟夏洛特姥姥不一样，她从来都不会说"你自己决定吧"。而我就是不想解释为什么要对威瑟动手。直到我们离开福斯特维尔，我也只告诉她，我揍威瑟是因为他对我们的生活方式指手画脚。我没跟心理医生说太多，他如果知道，肯定会告诉妈妈。

当然了，我也没跟妈妈解释为什么威瑟没吃午饭就走了。一旦解释，也就相当于承认我拿了马口铁罐，给外人看了那张秘密照片。她带着比萨到家时，我只说威瑟哮喘犯了，骑车回家了，当时她还有点紧张，"天哪，可别是我们家什么东西刺激了他"。

一直到她去世的那天晚上，她一定还在等待某一刻，等我们亲密相处的一刻，略带渴望地歪歪脑袋，不经意间跟我提起这件事情："真希望你能告诉我威瑟到底说我们什么了，马可。不管怎么说，我是你妈妈。不管他说了什么，都不一定是你想象的那么糟。"

不，就是很糟。

7月4日独立日前夕，岛上的海龟巡逻队沿着海滩围起来一块"禁止燃放烟花"的区域。加上小海龟的孵化期也快到了，马上要开始一场场奔赴大海的生死之战。队员们三三两两地轮流巡逻，看护着红海龟宝宝的窝。节日一过，他们才松了口气。我在岛上认识了一位海龟巡逻队里的队员。那时，他见我常去检查夏洛特姥姥家门前木栈道下面的海龟窝，就给了我一张覆了膜的名片，上面有他的呼机号码。一旦发现保护区里的沙丘有异样，我就可以随时呼叫他。"无论是在海滩上巡查，还是在车库里鼓捣吉普，我都会带着呼机。"他有一辆心爱的吉普车，是1944年产二战威利斯吉普车，车身还是原装的迷彩色。他就开着这辆车在沙滩上来来回回地巡查。他还借给我一支巡逻队的红外手电筒。他说："很快就可以倒计时了，小海龟会像在窝里'被煮好了的'一样，从沙子里爬出来。一般情况下，日落后几个小时，就能看到它们了。去年，我们在保护区旁边装了一个麦克风和扩音器。今年的孵化期之前，我们还会装。这样一来，就可以听到小海龟从沙子里爬出来的声音了。它们爬起来吧嗒吧嗒的，就像鹅卵石砸在金属屋顶上的声音。我第一次听到扩音器里传来这些小东西的声音，都感动落泪了，太有感染力了。"这人就是艾德·波尔顿，退休前是哥伦比亚一所高中的科学老师。他的儿子是一名直升机医疗兵，在越南战争中牺牲了。退休后，艾德和妻子搬到了岛上的海滨小屋里。"那房子也是个老东西了。柱基是砖头的，架子是榫接的。当然，后来我们把它改得现代化了一些。"

虽然艾德来的时候，黑兹尔飓风已经过去很久了，但他也知道悲伤小屋的故事。他跟部分岛民一样，觉得这破屋子几十年前就该拆了。"要不然又得出事。"

那年的独立日正好是周日，海滩上乌泱泱的全是游客。我没去悲伤小屋。艾德跟我说过，正式的烟花表演一般都在小岛北端举办，当天很早就会开始做准备。到时候会有很多人在附近晃悠，如果我再完全忽略"房屋危险请勿进入"的标语，从铁丝网底下爬过去，一定会被发现的。他们可能还会讨论："在我们眼皮子底下，那男孩都敢爬过去，我们是不是得再采取一些安全措施了？把那小屋拆掉吧？"我默默地想，不知道小鬼孩怎么过节。他也喜欢看烟花吗？还是说，他不喜欢噪音，会躲到某个安全的角落里去？

我又过分了吧。我是不是已经到了觉得他没我不行的地步？现在，我多多少少已经接受了我俩做伴的事实：在很大程度上，他是否存在，取决于我是不是认为他存在。鬼魂没有活着的大脑，一切活动必须依赖活着的人。活着的人要把自己的大脑给鬼魂住。我再次提醒自己，要保持心理健康，一定要把不同层次的事实区分开来。

周一我也没去悲伤小屋。早晨下雨了，下午夏洛特姥姥又想让我帮忙收拾一下画室。画室里原本有一块齐墙高的软木板，上面钉着各种各样的小物件。她打算把这些小东西拆下来，再彻底清理一下两张工作台，搬到画室中间去。"趁现在不方便走路，我想搞点儿试验。"我问她是什么试验，她却不愿透露。"万一失败了怎么办？你克制点儿，别太好奇。"

她让我帮着掸掸灰、吸吸地，还换了床单——从她摔倒之后，这些就由我负责了。画室里还有个大号洗衣池，她常用那儿的洗衣机洗颜料。那天，她还让我换了洗衣机的垫圈。干完活儿，她先是夸了我几句，又温和且严肃地告诉我，除非有她的邀请，否则都不要再到画室里来。

"那我去收拾车库里的行李吧，我也得收拾下我的卧室。"我有些慌乱地说道，担心失了她的欢心。原来，她那句"别太好奇"并不是什么夸奖。

"那不错啊,去吧。"她说道。

我搬了一个箱子出来,上面放着毛巾被单什么的,但实在用得太旧了,我拿出来就扔进了垃圾袋。再下面是妈妈考普通同等学力证书(GED)时用的题册,我翻了几页,还拿几道题考了考自己。翻着翻着,那几年烦心的回忆涌上心头,我就把册子放下了。自从来到岛上,我就再没想过那些往事。尽管如此,那些让我羞赧、让我畏缩的谈话还在耳边回响。我还记得,妈妈会鼓起勇气,用一种开玩笑的口吻,跟我讲工厂"裁员"的事情。

朱厄尔那家家具厂倒闭之后,妈妈也就失业了。她又来势汹汹地学起 GED 来,还跟我说:"机不可失,马可。你一定要支持我,就算看着我累,也要监督我学习。"后来的很多个晚上,我都拿着这些题册给她出题。她躺在地上,把腿抬高搭在墙上,一边这样缓解着脚踝的肿痛,一边回答我的问题。首先,考生要先读一遍文章,"通篇理解",然后从问题的多个选项中选出一个正确答案。比如有的问题是,"奥利弗·崔斯特[1]出生时有谁在场?A. 祖母;B. 医生;C. 护士;D. 一个醉酒的老太婆和一名教区外科医生。""这有什么难的,"她说,"简直是侮辱智商。"其实我也这么想。只要是看过这本书的人,都知道答案是 D。考试科目包括英文、数学、社会学和科学,答题前,妈妈会用一张纸把题目

---

[1] 译注:狄更斯长篇写实小说《雾都孤儿》中的主人公。

和答案盖住，先默读文章，然后在地板上躺下，把腿抬起来，听我向她提问。我问她："与20世纪30年代相比，目前的失业状况并不严重，这是为什么？"她没答对，让我在正确答案那儿画个记号，方便回头复习。后来还说："怎么这都不会呢！有社会项目呀！既然有那么多社会项目帮大家维持生计，就算失业，又会有什么后顾之忧呢？"

吃晚饭的时候，夏洛特姥姥似乎一直在想事情。能感觉出来，她已经开始做那项秘密试验了。发现 GED 题册之后，我也研究得乐此不疲。这些册子是妈妈在福斯特维尔上夜校时的第一位老师送的，虽然是二手书，但老师知道，妈妈也买不起新的。"他是一个非常好的老师，一心扑在学生身上。之前，他一直在附近一家公立学校教拉丁语和希腊语，后来实在受不了，才选择离职。他曾说，自己心里始终牵挂着的，不是优等生，而是进步者。可惜啊，他后来生病去世了。"

"什么病？"

"他不好好照顾自己，有些坏习惯，也没人帮他克服。太可惜了。后来，夜校又找了一位女老师，但她住得远，不想过来。为了配合她，夜校就搬地方了。虽然上下学都要花45分钟，但我也坚持上了一阵子。能看出来，新老师的心不在夜校里，她不过是想挣点外快罢了。她瞧不起我们，她是那种独自打拼上位，回头来却鄙视别人的人。渐渐地，我也对夜校失去了信心，就决定不上了。在福斯特，工作不错，待遇也好。再加上有了你，我还有什么理由不知足？"

21

周一晚上，我沉迷在妈妈的 GED 题册里不能自拔，很晚才睡。我会闭上眼睛，随便选一本题册，随意翻开一页，用第一道映入眼帘的题考考自己。在一个自由市场里，有哪几种定价方式？与鸟类相比，翼龙的骨骼有什么特点？民主道德规范中有哪些冲突？（正确答案：个人责任与社会责任的冲突。）如果哪道题答错了，我就在正确答案旁边标上自己名字的首字母。夜越来越深，我也越来越投入，几近疯狂。似乎我已经完全可以通过考试了。上学的时候，我的数学成绩都是 A，但因为还没学过几何和高等代数，所以 GED 考试中的数学题对我来说有点难，可能会拉低总分。但如果其他部分都能考个好成绩，应该也可以补回来。如果我专心致志地学一学，指不定不上高中也能拥有同等学力！我就可以直接去上大学了，夏洛特姥姥可以重获独处的自由，然后盼着我假期回来。她会为我感到骄傲吧，甚至还会想我呢！

第二天早上我醒来的时候，也比平时晚了许多，太阳照在屋前的位置都不一样了。这会儿，沙滩上已经没有甩开绳子到处撒欢的宠物狗了，戴着防晒袖套顶着太阳帽的精神矍铄的老年人也不见了。我躺在床上，有点后悔怎么错过了这么美好的早晨，又努力回想刚刚逝去的梦。厨房里传来夏洛特姥姥的声音，她在冰箱里翻腾了一通，然后跳回画室，结结实实地关上了门，像是在说："除非有我通知，否则不要进来。说的就是你，马可。"我一爬出被窝就把床收拾好了，这是我很久以来的习惯，不仅能给妈妈省点事儿，还能让我们的小房间看上去整洁一些。但现在，我是不想让夏洛特姥姥觉得我懒，以防她哪天心血来潮，往屋里瞄一眼什么的。我快速地穿好衣服，然后走进厨房，就着牛奶吃了一点麦片。

我骑车沿着海滩往北走，经过第三四个黄色垃圾桶的时候，想起了昨晚的梦。就那么呼的一下，像一拳捶在肚子上，一切都想起来了——我终于梦到妈妈了，她第一次正脸出现在我的梦里。

妈妈状态很好，微笑着给我开门。那是一间比以前我们住过的都要好的房子，宽敞明亮，一切都很新，很干净。妈妈看上去也很新，很干净，青春洋溢，容光焕发，无忧无虑。

"马可，有件事我之前没跟你说，"她有点激动，"我还有一个儿子，是你同父异母的兄弟。"

"哈肖先生的儿子吗？"

"那不重要吧？"

"比我大还是比我小?"

"比你大。马可啊,他特别特别优秀。他要来照顾我了。我希望你能见见他,但他工作太累了,现在在睡觉。"

"他——在您房间里?"

"老天,当然不是。他为什么要睡在我房间里呢?他有自己的房间。"

当大家反复安慰你说"那只是梦"的时候,是多么蠢啊。除了在梦里,我从没这么痛苦过。容光焕发、满心激动的妈妈,对我说她还有一个更好的儿子,正在他自己的房间里休息。他的存在,让她倍感安心。在梦里,我像是被抛弃了,被取代了,爱也被夺走了,只剩下铺天盖地的恐惧。接下来,我歇斯底里地怀疑起来:"这不是真的,不是结果,我还能把她争取过来!"最后,就是无望的苦与想死的心。

去年九月的一天晚上,我们还住在朱厄尔。妈妈举着一张刚买的寿险保单兴高采烈地进了家门,说是送给我的 11 岁生日礼物。"每个月交 24 美元。这样一来,不管将来发生什么,你都能过得好好的啦。"那时我是怎么回答的?我说:"可惜的是小孩不能买,否则我也会买一份。如果我先死了,您就再也不用扫厕所了。"

后来就到了冬天,到了我们在一起的最后一个冬天。她打两份工,白天在州际公路旁边新开的一家松屋连锁餐厅上班，晚上给县房屋管理局打扫卫生。她强撑着开心地对我说："马可，从现在开始，一切都会越来越好的。我能感觉到哦。"那时我又是怎么泼她冷水的？我说："肯定是因为糟得不能再糟了，这叫触底反弹。"

我们刚到朱厄尔那年，妈妈在那家"山顶细木工厂"给家具打油上漆，工作还不错。一天晚上下班回来，她心情好得不得了，"马可，真想让你也听听刚才广播里放的那首歌。听得我好感动啊。我一路听完才下车。你还记得柯克船长①吗？"我怎么可能不记得？威瑟从 eBay 上给我买过一整套《星际迷航》的原版录像带，用我家的录像机看——毕竟我家只有录像机。"威廉·夏特纳刚发了张专辑，叫《曾几何时》。专辑主打歌的副歌部分唱'只是还没来……'我听着感觉心跳都停止了。他恰如其分地唱出了我的感受，让我起了一身鸡皮疙瘩。只是还没来！旋律本身就很动人，他还用柯克船长那种低沉的嗓音加了旁白。"妈妈压低声音，唱了几句："梦想着成功……我会是最好……我做了什么……坠落啊坠落……恐惧把我包围。"

"艺术好神奇啊，对吧，马可？每句歌词都像是为我写的，听着难过，又很窝心，让我感觉自己是人类大家庭的一分子，让我感觉自己——活着。"

---

① 译注：詹姆斯·T. 柯克（James Tiberius Kirk），美国经典电视剧《星际迷航》及衍生电影中的星舰舰长，在 1966—1969 年的原初系列中由威廉·夏特纳（William Shatner）饰演。

后来，在朱厄尔的生活越来越糟，我常拿那几句歌词奚落妈妈。每次她带回家一条"裁员"的消息，我就会压低声音，模仿柯克船长唱"坠落啊坠落……恐惧把我包围"，或者"只是还没来"。她总是哈哈大笑，但我知道，那让她很难过。

我快骑了几步，想赶在10点多涨潮之前到达悲伤小屋。我已经开始默默地跟他说话了，告诉他上次见面之后发生的一切。"她要去找个更好的儿子，这也无可厚非。但我有一点想不通，就算我再不好，但对她的爱是始终如一的，这还不够吗？你有过这种感觉吗？你活着的时候爱谁？担心过自己的爱不够多吗？但当你不用再担心时，你的一生已经画上了句号。我好羡慕你啊。我让妈妈失望了，我害怕新学校，我担心夏洛特姥姥会厌倦我，想摆脱我，既然如此，我还有必要活着吗？如果让她把我赶出家门，她也会内疚的。别让她内疚了吧。还有，如果知道自己永远没办法融入上层群体，为什么还要在阶层的阶梯上攀爬呢？你活着的时候思考过这种问题吗？"

诱惑就摆在眼前。后来，它变成一项挑战，又变成一种冲动。我知道，我别无选择。今天就是非常完美的日子，我一定要走上悲伤小屋的门廊，面对屋门坐下来。

不知道在你的一生中，是不是也有过这种感受。希望人生走到了尽头，但自己又没有胆量结束生命。既然如此，假人之手不是很好吗？今天，我要一直对着小屋的门，等待死亡来临。当然，以前也有人被吓死过，我肯定不是第一个。

可计划泡汤了。就在我沿着海滩拐过最后一个弯之后，我看到有几个人围在小屋前。是那位房产经纪人沙尔利·科金斯跟两个穿短裤制服的男人。穿短裤的两人正透过三脚架上的仪器观察着什么，科金斯在他俩附近走来走去。科金斯那辆奇奇怪怪的水陆两用车——也就是拉希科特帮他组装的那辆，停在一辆带标志的白色卡车旁边。我没法藏在沙丘后面等他们离开，潮水很快就涨上来了，我现在也没办法掉头回家，只能一会儿去走公路。我的心情完全变了，暗暗想着，明天早晨早点再来吧，省得有人打扰。

我到家的时候，发现沙丘前停着艾德·波尔顿的迷彩吉普车。他戴着瘪瘪的太阳帽，满脸虔诚地在红海龟窝边蹲守着。

"我就是来看看，"他说着，起身跟我打招呼，膝盖咯咯作响，"昨天那场雨影响了小海龟的进度。你这是从哪儿来啊？"

我告诉他，我每天早晨都喜欢骑车去小岛北边，理理思绪。"但我今天去晚了，悲伤小屋那儿已经有人了。科金斯先生，还有两个陌生人，他们好像在量什么东西。那两人穿着短裤制服，拿着三脚架，上面安着仪器，不知道是哪儿的。"

"黑短裤、灰短袖、蓝帽子？"

"您怎么知道？"

"是陆军工程兵团①的。科金斯心里清楚，除非再找几个水土保持专家，否则他别想卖掉那屋子。"

"似乎有一个芝加哥的买家。"

"那人已经放弃了。他可不想酒店还没建起来，就都滑到海里去。"

"您是怎么知道这些事的？"

"在这里没有秘密可言。我家是悲伤小屋以南唯一一栋有四扇门的房子，所以我什么都留意着。接下来，陆军工程兵团要做形变测量，再建议大家为堤坝管带买单。那玩意儿贵死了，小岛北部的居民得先公投决定。海岸线保护方案还没定，傻子才会买这里的房子。但如果没傻子，科金斯也就被套牢了。"

"堤坝管带是什么？"

"就像用特殊材料做成的超大型管道，沿着高潮线埋在地下。管带里装满了沙水混合物，一般情况下可以抵御飓风掀起的大浪。注意我说的，是一般情况下，可不是什么时候都管用。"

---

① 译注：美国陆军工程兵团，隶属于美国联邦政府和美国军队，承担民用土木工程建设。

"为什么下雨对小海龟也有影响?"

"雨水会降低沙子的温度。临近孵化期,胚胎更喜温。小海龟孵化的时候,用热电偶装置一测,就能发现温度在快速上升。昨天一下雨,它们又要晚几天才能出来了。怎么了你?看上去心事重重的。"

"没事儿,我只是想多知道一些自然知识。就像您一样。"

"孩子,别着急。如果你保持现在这种好奇心,30 岁之前肯定能成万事通。"

22

我家邻居也在热火朝天地打扫卫生。几个工人修篱笆，除杂草，把沙地上几丛稀稀拉拉的草块耙好理好，又拿着水管冲洗楼梯和人行道。通往海滩的小路上杂草丛生，其中一个工人跪在地上，直接上手拔草，另一个工人则急匆匆地种上一年生的耐寒植物。屋里传来几个吸尘器同时工作的声音，轰隆隆的，似有满腔的抱怨。

"这就是人生，对吧，马可？95岁了，只能坐在轮椅里，连海边都去不了，还得雇一群人精心打扫房间、收拾院子、清理栈道，努力让一切保持75年前的样子。"

"75年前？"

"这是她丈夫祖传的房子，她20岁那年结婚，婚后来了这里。95减20不就是75嘛。可以让拉希科特给你补充补充细节，他什么都知道。他们称兄道弟的。你能给拉希科特打个电话吗？告诉他厄普丘奇快来了，他说想给她做个派。"

"牡蛎派？"

"不是，她讨厌吃牡蛎。很可能是牛肉腰子派吧，不放腰子的那种。"

"她今天到吗?"

"明天。打扫卫生的总是先来。她一到,就会让护工送卡片过来,告诉大家她可以会客了。过去,卡片都是放在银质托盘上送来的,但这次是罗伯塔·杜马自己编的香草托盘。罗伯塔是她的新护工。"

"您会去拜访她吗?"

"她知道我为人处世的方式,她理解,也尊重艺术家。在罗伯塔老家,人们主要靠编篮子为生,好多作品都收藏在史密森尼博物院①里呢……你想什么呢?让我猜猜。"

"科金斯先生跟陆军工程兵团的人在北边儿。"

"他们在那儿干什么?"

"我没跟他们说话。但我碰见了海龟巡逻队的波尔顿先生,他说那些人应该在研究小屋附近的水土流失问题。"

"小海龟怎么样了?"

"波尔顿先生说,昨天一下雨,孵化也推迟了。"

"我来岛上25年了,还没见过小海龟刚孵出来的样子。他们怎么形容来着?像沸腾了似的?"

"到时候要不要敲门叫您去看?"

"嗯……可以啊。"

---

① 译注:Smithsonian Institution,世界最大的博物馆体系,其16所博物馆中保管着1.4亿多件艺术珍品和珍贵的标本,同时也是一个研究中心,从事公共教育、国民服务以及艺术、科学和历史各方面的研究。

"如果很晚呢？"

"也没问题。如果到时我想去，指不定就跳着去了。毕竟可是住在我们家栈道下头的。"

我给拉希科特打了电话。有我俩的消息，他似乎很高兴。"我会多给你们打几个电话的，不打扰你们就行。"

我们计划明天午后去厄普丘奇太太家拜访。拉希科特说："你会喜欢她的，她很擅长讲故事。你还得跟你姥姥说一声，我自己做主给她的奔驰车调了音，换了轮胎，算是对她不催我还钱的谢意吧。"

吃晚饭时，夏洛特姥姥一直跟我讲德国画家埃米尔·诺尔德的故事。那时，70 岁的他正值创作高峰期，纳粹却禁止他再动笔。整个二战期间，他只能偷偷地在家里用和纸画小幅的水彩。

"什么是和纸？"

"日本的一种纸，是用树皮纤维而非树浆制成的，纸张结实，质量上乘。但现在日本都不一定生产了。可怜的诺尔德啊，那些在和纸上画的水彩，竟能像油彩一样层次分明。对了，他还在这些秘密画作旁做了笔记。"

"什么样的笔记？"

"比如有一句是'谨以此画，献予爱纸'。这也是我最喜欢的一句。"

他买不到油画颜料，所以画不了油画。就算能买到，能用上，突击搜查队一来，那味道也会"出卖"他。因此，在那一段艺术压迫期，诺尔德放弃了让他声名鹊起的风景油画，改用和纸创作梦幻般的小幅水彩人物画。他把这一系列水彩作品称作"未绘之图"。吃着晚餐的夏洛特姥姥停了下来，打开了笔记本电脑，让我看那些色彩鲜艳、画面生动的作品。画面中超现实主义甚至是略显怪诞的人物，就像从黑色地带里直接钻出来的，还有某些下流危险的动作，不断冲击着眼球。我跟夏洛特姥姥说，这些画让我联想到人们内心存在的或许自己都不知道的邪恶与幻想。"一针见血啊，马可。"姥姥呷着酒说道。每当她试图搞明白什么事的时候，五官就会挤到一块去。看她对我的评价颇为赞赏，就想顺口问一下秘密计划进展如何，但最终还是忍住了。过了一会儿，她让我再去开一瓶酒，然后就拿着酒回了画室。

我走去海边踏浪。湿乎乎的海岸边跳跃着橙黄色的光，看上去就像图书馆里那幅《落日余晖》中的场景，也就是妈妈用胶带贴在冰箱上的明信片里的景色。试想，自己的心血之作，不管以什么样的方式失去，都一定不太好受。画画也不容易，手会受伤，还会有什么法西斯政权冲出来明令禁画。我穿着运动鞋，在湿乎乎的沙子上踩出一个个图案，一边玩着，一边又想起今天早晨那种极度绝望感，那种希望被小鬼孩吓死的感觉。一天之中，人的心情怎么能变换这么多次呢？如果有人决心第二天早晨自杀，睡醒后发现自己真死了，可又后悔了，觉得犯了天大的错误，那该怎么办？我，还是我，还是这个身体，还是这身衣服，还沐浴着同一片余晖，但即将孵化的小海龟此刻让我满怀期待。如果它们能接二连三地渡过难关，就可以存活80到100年，活成一只老海龟，成为红海龟历史中的一部分。不久之后，它们就要破壳而出了，变成扁扁的样子，一个压着一个地翻腾出来，冲向大海。最后这个过程，我们是会参与其中的。

不知怎么，我想起了那位诉讼代理人——威廉，还想起我俩最后在机场时瓦肯人①式的告别。不知道他现在正在看护什么样的小孩，也不知道他有没有想起我。

能被分配给这样一个人，我是幸运的。他明白，我想在尸体做防腐处理前再看一眼妈妈，才能接受她已经死去的事实。于是，他开着卡车带我去了医院，与急诊室负责人把一切都安排好，然后带我坐电梯下楼，进了太平间。那位负责人走到轮床边，拉开黑色运尸袋的拉链。我看到了，她就躺在那里。是她，却也不是她。之前，他们已经告诉我会看到什么场面了。那辆老本田没有安全气囊，她的脸撞在方向盘上，骨头和鼻软骨都撞了出来。她的双眼睁开着，但已了无生气，原本蓝色的瞳孔也变成了毫无光泽的黄绿色。她的嘴巴微张，露出她比较介意的牙缝。她的头发是新染的，棕褐色的发丝似乎比平时还有光泽。她曾经半是自嘲半是幽默地

---

① 译注：瓦肯人是科幻电视剧《星际迷航》中的一种外星人。

说:"死的时候我可不想露骨头。"现在想来,言犹在耳。

在去医院的路上,威廉给我过了一遍葬礼的过程。妈妈少年时读过一本术士写的小说,书中称,如果身体完好无损,就可以完美复活,因此她一直反对火葬。"骨头是不能少的,"妈妈说,"这有可能是迷信,但早在《以西结书》里就有这种说法,所以我不想冒险。"在福斯特维尔的时候,我和妈妈经常谈论死亡,商量死后会埋在哪里,还去小镇不远处一座小巧玲珑的墓地里散过步。"如果我死的时候咱们还住在镇上,那我就想埋在这里。"妈妈对我说。但搬到朱厄尔小城之后,我们也不知道会待多久,尤其是在工厂倒闭、妈妈失业之后,未来更加不明朗,关于坟墓和墓地的浪漫幻想也就烟消云散了。

威廉带我去了一座小小的乡村墓地,说他死去的家人大部分都埋在那里。墓地静卧在一座小山上,俯瞰着连绵起伏的山丘。寿险信托办好之后,威廉建议我买一块刻着妈妈姓名、出生日期和死亡日期的好墓碑,"这样一来,马可,不管以后你去了哪里,都可以回来看望她"。

23

临睡前,坏心情就来了。住到夏洛特姥姥以前的房间之后,我一般都盼着进屋关门的那一刻。只要关上门,天亮之前,就没有什么需要我做的了。至少有 8 个小时,我不需要表现得机敏、有用、善解人意,我可以像个孩子一样,不管不顾地扑在枕头上,慢慢进入梦乡。

但现在,一种从没有过的恐惧包围着我,我不想睡着。我有过那种对超自然的恐惧,害怕跟小鬼孩长时间对视让我发疯;也有过那种现实的恐惧,害怕被夏洛特姥姥送走后在寄养家庭里生活得痛苦万分。但现在,这种恐惧来得格外强烈。

我害怕的是,今晚一旦睡着,昨晚的梦还会继续。我会站在妈妈漂亮的公寓门前,听她讲我那位完美哥哥的故事。然后我会看向妈妈身后,看到后面的一扇门慢慢打开——可我做不到与哥哥对视。

为了晚点上床睡觉,天黑之后,我又去了海边两次。第一次,我绕着保护海龟窝的沙丘来回踱步,还趴下来闻了闻味道。我打开红外线手电筒，照了照插在沙地里的热电偶装置，看到温度还没有上升。第二次，我盘腿坐在沙丘上跟小海龟说话。以前，如果妈妈晚上回到家不太累，也会这样跟我聊会天。她会给我讲我刚出生之后的事情："咱俩经常你看着我，我看着你。我喜欢一直那样看着你，也喜欢你看着我。你那么小，还不会说话。但我能从你脸上看出你在想什么、你开不开心。"有时候，妈妈也会编故事，幻想我们的未来，幻想我们的成功。

我跟蛋壳里的小海龟说，现在蛋壳里是很安全的，以后孵出来就要冲向大海了。"如果这是预设好的，一亿多年来都是这样的，那就不用担心。你鼻子上长着硬硬的破卵齿，到时候用它把蛋壳咬开，直接从壳里爬出来就行。但可别把力气用光了，后面还很费劲，得爬半米高呢。从壳里往外爬的时候，你的兄弟姐妹们会一个个地踩到你身上来，看上去像个慢吞吞的升降机一样。爬出来之后，你得沿着我们挖的沙路奔向大海。你只管沿着那条路往前爬，别变道，也别跑偏，但如果万一变道了，跑偏了，旁边也会有人轻轻地把你引回路上去。从窝里爬到水里大概需要 15 分钟，你每分钟要爬 10 下。我们会一直看着大家爬到海里，保证没有沙蟹来捣乱。我们不能直接把你拎起来放进大海，你就得自己爬，才能熟悉沙子的味道，记住回来的路，长大后再爬到岸上来。"

最后我还是睡着了，醒来时外面还是漆黑一片，有些怪怪的。清醒之后，我脑子里想的第一句话就是——我摆脱了，摆脱那个梦了。然后，我就一动不动地躺在那儿，试图抓住另一个慢慢消逝的梦境。不是噩梦，也不是不好的梦，里面甚至有一些我很想留住的片段。我尽可能地回味，然后快速地收拾床铺，穿好衣服，扒了几口早饭，就蹬上车子往北骑。外面海天相接，灰白一片，我还没这么早出来过，海边空荡荡的，一个影子都没有。

记得在后来的那个梦里，威瑟对我说："这就像电子游戏一样……但你得知道，马可，游戏里的人物是咱俩，外面操控的是别人。"他还跟我说，要小心色粉。游戏一开始，不管是谁在外面玩，都会从小孔里往我们身上喷色粉。那时，玩游戏的人已经在积累色粉了，红的蓝的绿的，又厚又硬，就等着喷出来了。我不禁想起那位德国艺术家"未绘之图"系列中的用色。威瑟说，我们要想活下去，就得保持警惕。如果被色粉喷到，要赶紧擦掉。"如果擦不掉怎么办？"我问。威瑟哑着哮喘的嗓子回答："如果擦不掉，从头到脚都会被它糊住，就永远困在屏幕里出不去了。"虽然这个梦也有点恐怖，但能跟威瑟和好，感觉还是不错的。

我向北飞驰着，头盔系在后座上没戴，可以听到风从耳边吹过的嘶嘶声。早晨在海边骑车的老人从来不戴头盔。我流连在这种黑夜已尽但白昼未至的怪异天色里，不知不觉就到了小屋跟前。海滩像是中了魔咒一般。我从微弱的光里飞驰而来，又被微弱的光紧紧包围，微光推着我不断向前，让我来见要见的人。

我无数次地回想那个夏日的清晨,我是以最快速度骑的,大概十多分钟就骑到了悲伤小屋。然而,在那十多分钟里,我却经历了一个无比漫长的黎明。我当时可以感受到,有一片云彩般的半影踏踏实实地跟了我一路。我下了车,把车藏在沙丘间的时候,它在;我从铁丝网底下爬过去的时候,它也在。仿佛时间、光线、声音串通好了要一起晚点出现,好让我充分感受眼前的一幕。

他就站在门口。是他。他是那么鲜活,我甚至有些眩晕。上次见面时,他懒洋洋地、被动地等我回应。但今天,真实的他看上去精力充沛、神采奕奕。他的身子靠在门框上,用双手撑着,一根根手指关节分明。他被禁锢了那么久,像是随时都要冲出来。

他脸型细长、脸颊凹陷,大嘴巴、薄嘴唇,小小的深紫色的眼睛深凹着,鼻子有些歪,像是受伤后没做好复位。他的脖子又细又白,两腿又瘦又长,微微弓着。他穿着牛仔裤和黑色踝靴,还有那件褪色的红上衣。他这次没系扣子,袒露出男人的胸膛。

那感觉,就像是在学校走廊里拐了个弯,迎面遇见一个大男孩,一个完全不同的人。他站在那儿,注视着你,而你却茫然失措。

不知道现在,日光有没有击退昏暗,但我庆幸自己保持了清醒。虽然他似乎随时要冲出门来,但我做了一些理智的盘算，确保自己思绪不乱。第一点是计算出来的：从时间上来说，他在这里住的时间比1804年以来所有人住的时间加起来都长。第二点是观察出来的：看着他关节分明的手抓着门框，我就想，沙尔利·科金斯肯定会问，为什么没人给这屋子换个门呢？至少也得铺层木板，让它坏得慢一点吧？或许正是这些对现实问题的盘算，才让我在那儿站住了。我在那儿站了多久？是否达到了理性的极限？我有没有下意识地要放弃思考，一溜烟逃走？

当时，我连门廊都还没上去。我只知道，有那么一刻，我站在低处的沙地上，呆呆地与他对视着。再后来，我发现自己离小屋比较远了。我面对大海，听到的第一种声音是心脏在胸腔里狂跳的声音，然后是海浪和海鸟的声音。嗯，天亮了。我知道，如果我现在转身，只会看到门廊开裂，小屋坍塌。

有那么一刻，我意识到，海边不只我一人。不远处有一个女人，拿一根短绳牵着一只金毛猎犬。在海边的碎浪前，她和金毛一动不动地站着，仿佛在赌谁会先打破沉默。那条金毛穿着一件标有数字和符号的墨绿色背心。女主人跟我妈年纪相仿，身量不高，但站得笔直。跟我妈不同的是，她有能力好好保养自己。每次和妈妈在商店里看到女人，她都会告诉我怎么去发现她的特点。比如，她评价某人的头发："做这个发型很贵，看上去很自然，像有缕缕阳光照在上面，但实际上是用三种颜色处理过的。"

忽然，那金毛朝着一朵浪花冲去，女主人拉紧狗绳，嘀嘀咕咕说了些什么，它就又一动不动地坐了下来。这个场景重复了数次。带狗来海边，却不放它去浪里嬉戏，似乎是有点残忍的。这种拔河赛看得越久，我越感到愤愤不平。

女人和狗看着我一点点走近。她看上去有些纳闷，但也很友好，好像知道我要问什么似的。

"为什么不让它去玩一玩呢？"

"那不行，我要把它训练成一条服务犬。一般情况下，巴雷特都特别安静，但它一听到大海的声音就激动得不行，再一看到海浪，整个儿就疯了。"她的口音跟拉希科特有点像，只是没那么明显。

"它是为盲人服务的吗？"

"不是的，它要去照顾残疾军人。这是一个新项目。查尔斯顿海军警卫室里的人负责驯狗，我跟我丈夫都是志愿者。到了周末或假期，我们就去领一条狗，带它熟悉不同的环境，让它接触干扰因素和意外的声音等等。今天下午，我丈夫会带巴雷特去靶场，然后去儿童游乐场。"

"谁给它取的名字呢？"

"警卫室里的人。每条狗都以某个已故的军人的名字命名，还挺有意义的，是吧？"

"您知道巴雷特会为谁服务吗？"

"现在还不知道，要看最后几周的训练情况。已经有很多受伤军人在排队领狗了，但伊拉克那边的战况太糟了，队伍越排越长。我从来不知道竟然会有那么多致伤因素,也没想到人竟然可以克服种种伤痛坚持活下来。"

"指不定领走巴雷特的受伤军人就住在海边呢,他们会一起在海边散步,让巴雷特在海里放肆一会儿。"

"那该多好啊。好了,巴雷特,在海边的时间够长了,咱们该走了。孩子,很开心跟你聊了一会儿,保重啦。"

我戴上头盔往家骑,老人们和晨起锻炼的人们陆陆续续往海边走,几条小狗在海浪和主人之间撒欢,跑来跑去,互相追逐打闹。这种生活,巴雷特是永远都不会拥有的。但它还是会被爱、被需要。它会有一个特别好的窝,一个永远的家。对于它的老兵主人来说,它会感到自己是不可或缺的。

回想起来,我看到小鬼孩时竟然拔腿就跑,自己都感觉失望。我本有机会,却搞砸了。那是他第一次完完整整地展现自己,我却没能承受。

我确定我看到了,也知道必须守口如瓶。但我不确定的是,我真的跟其他同龄人不一样吗?其他 11 岁的孩子有过这种经历吗?反正我不相信他们有。为什么不信?我绞尽脑汁想了理由,大概是因为在今天早晨的事发生之前,一系列故事都与我、我的过去、我的性格密不可分。他与我的生命息息相关,但又是一个独立的个体。怎么会这样呢?他怎么能既与我有关又与我无关呢?难道不应该是非此即彼的吗?

不就是要么真实要么虚幻吗？可反过来想，是不是也没那么绝对？

　　没有人可以问。我需要一位知识渊博、经验丰富、性格成熟的人。只有这样的人才能完全明白我说的东西，然后给我一个解释、一个判断、一个足够宽泛的概念。世界上一定有这样的人，但只是还没在我的世界里出现。或许以后会有一位不同寻常的老师出现，像妈妈那位备受学生推崇、一生不吝赐教的夜校老师一样，能够为我答疑解惑、指明前路。

24

　　我从没见过科拉尔·厄普丘奇这么老的人,也从没见过跟我年纪相差这么大的。拉希科特保证说我会喜欢她,说她很会讲故事。但我可不想再听到那天下午的那种故事了。

　　那天下午,拉希科特两点来接我,还带来两张牛肉蘑菇派,一张给夏洛特姥姥,一张给厄普丘奇老太太。"把烤箱预热到35度,再把派放进去烤30分钟,就可以吃了,"他说,"别用微波炉,要不然外皮就湿软了。"他好像刚去理过发,不管看着还是闻着都像是一位老绅士,加倍努力地打扮自己。

　　从悲伤小屋回来之后,我马不停蹄地忙了7个小时。先去小岛商店里买了东西,在小海龟那儿开心地玩了一会,然后洗了两大堆衣服,又开始擦橱架。就在我擦橱架的时候,夏洛特姥姥从"闲人勿进"的画室里冲出来,问我能不能在拉希科特来之前给她剪个头发。"要是早些剪了就好了。"她在洗手间的镜子前皱着眉。

　　"您让我给您剪头发?"

"我觉得没问题啊。我看不到后脑勺,你可以。剪一寸就行。"

"是不是得洗洗头再剪?还是剪完再洗?"

"剪完再洗吧。你就抓起来一把,剪掉一寸,然后再抓一把,再剪一寸。每一边都剪剪。"

"那剪坏了怎么办?"

"如果我自己用左手剪,剪得只会更不好。你从后面开始剪,剪到前面就顺手了。"

抓着夏洛特姥姥又硬又蓬松的头发,我感觉有点别扭。头发不算长,都还抓不住。我给妈妈剪过头发,她也给我剪过,但情况跟这完全不一样。夏洛特姥姥坐下来,顺从地露着脖子,丝毫没有戒备,任由我操纵剪刀。我完全可以随心所欲简单粗暴地咔嚓几下,给她剪得乱七八糟,也可以发了疯似的从后面捅她一剪子。就这样,种种令人不安的想法在我脑子里窜来窜去。我上一次抓别人头发的时候,抓的还是威瑟那几缕柔顺的红棕发。我抓着头发把他拽过来,一拳揍在他脸上。而夏洛特姥姥的脖子白得像死人的一样,说得委婉一点儿,就像小鬼孩的一样。我幻想着将早晨的事情和盘托出:"姥姥,我知道您对鬼魂是什么态度,但我今天早晨有一种幻觉,必须得说出来。"虽然只是想想而已,但这种坦白的欲望还是让我打了个寒噤。我都能听到她惊慌的思绪:不要啊,现在一切都这么顺利,幻觉我可应付不了。如果真有那个小男孩,就最好让他去其他地方吧。

再说了,我给姥姥剪头发,也是我有用的一种体现。幻觉就自己消化吧。剪完头发,我又帮她洗净吹干。她看着镜子里的自己,惊讶地挑挑眉毛,说我让她看上去"无比利落"。

科拉尔·厄普丘奇总说夏洛特姥姥的家是"翻新的小棚屋",跟自己家不在一个档次上。厄普丘奇家的房子年代比较久远,虽然不像悲伤小屋那么久,但也可追溯到19世纪中期。房子最初是一家有钱人建的,希望能留给子孙后代,让他们也能好好享受。厨房位于一层,对过是车库,中间以走廊相连;主体部分都在二楼,跟所有的老房子一样,由坚固的砖石基柱支撑着,只不过柱身上涂满了白色方格。这都是在去厄普丘奇家的路上,拉希科特告诉我的。我们到门口时,罗伯塔·杜马正坐在一层走廊的阴凉里,手指上下翻飞,编一只超大号的篮子。她身边放着几个筒子,里面装满了颜色深浅不一的长草。她一看到我们,就从凳子上站起身来,拂掉外套上的草屑,小心翼翼地绕着筒子走过来。她是那种身材健壮但步伐轻盈的人,肤色黝黑,从阴凉处走到阳光下时,衬出几处蓝色紫色的光点。她穿白色的制服套装,外面套了一件鲜艳而飘逸的艺术家罩衫。

"海斯先生,您来总是带礼物。"

拉希科特向她介绍了我,再把牛肉派递过去,然后像刚才一样,讲了讲加热的方法。

"我拿上去给老太太看看,"她说道,"今天晚上能吃顿好的啦。"

"罗伯塔，你们冬天过得怎么样？"

"唔……比利先生1月去世了。"

"什么?! 我昨天打电话，她怎么没告诉我？"

"这件事对她打击很大。她说这不正常，白发人怎么能送黑发人呢。比利先生才刚满65岁啊。那天，他去医院换心脏起搏器电池，却没想到在手术台上犯了病。"

"她一点儿都没提！"

"她也还在消化。如果华盛顿有亲戚打电话来，她就挂掉。如果电话再响，她就说是有人想吓她，让我去接。"

"她在电话里听上去很正常。"

"嗯，她身体没事，只是精神上受了前所未有的打击。你们上楼跟她正常聊天就好，她也喜欢说说比利先生的事。她知道儿子埋在哥伦比亚的家族墓地里。但当时我们已经在来的路上了，像往年一样，等着比利先生来看望。思想真是很奇妙，您说对吧？不用受时间和地点的约束，想去哪里就去哪里。"

"我看您在编东西，编什么呢？"拉希科特问道。

"一个很棘手的活。我孙子说这就是个杂物盒。"说完，她哈哈大笑，把那个东西从地上拿起来放在大小一样的凳子上，"客户想要这个大小的，但比例不对。如果再把篮筐把手安上，就很像大象耳朵了。所以我想中途停停，先不编了。不过客户想了解进度的时候，我就传话说还在编。"

"有人雇您编的？"

她点点头，"他们在史密森尼博物院的书里看到了这个东西，就想要个样式一样但再大两倍的。原版是一个老奶奶做的，如果她看到我编成这个鬼样，一定死不瞑目。厄普丘奇太太说，如果我不想交货，她可以买下来，在家当洗衣篮用。"

"洗衣篮"三个字让我也哈哈大笑起来，因为真的太像了。我咯咯一笑，拉希科特和罗伯塔也笑起来。

"我姥姥刚画完一幅海滨豪宅大画，"我说，"有1.1米乘1.4米那么大。客户付了一大笔钱，姥姥都不敢把支票留着过夜呢。她说接下来要画小画了，15厘米乘25厘米的那种，10厘米乘15厘米的也行。但不幸的是，她当天晚上就把右手手腕摔折了，一段时间都画不了了。"

"那真是太可惜了啊，"罗伯塔叹息着，"我的手指有一次被车门挤了，一个半月不能干活。我都快疯了。"

院子里有一节楼梯可以通往二楼，旁边还有一段轮椅可以走的坡道。我们走上楼梯，走进安着屏风的门廊，就看到一把轮椅，里面端坐着一位身材瘦小的老太太，一边抽着烟一边等我们。看到我们上来，她贪婪地抽了最后一口，就把烟摁在玻璃桌面上的烟灰缸里捻灭了。

"你们在下面笑什么呢？我还以为不上来了呢！"

"笑我那个奇怪的篮子。您看，海斯先生给咱们带了个牛肉派。"

"你真好，拉希科特。这样一来，罗伯塔就不用开车去商店买吃的了，要不然还得耽误创作。这派闻上去好吃得不得了呀。这是马可吧？欢迎你啊，孩子。过来吻吻我吧。咱们就不用为比利哀悼了。我还在生他的气呢，竟然走在了我前头。快坐吧，就坐对面那把椅子。"

那天，我又一次想起了妈妈。如果她见到这样一位生活如此优渥的女性，不知会做何感想。她大概会说："马可，在她那个年代，随便一件夏装都很贵，看，穿了40多年，感觉还是那么好。看她那养尊处优的皮肤，还有那洁白透亮的牙齿！她要么戴了牙套，要么就是做了牙齿贴面，要不然不可能这么白，更何况她还抽烟。她什么都有啊！这个老太太真是个费钱的主。"

"你们聊吧，我走啦，"罗伯塔说道，然后问厄普丘奇太太，"晚上吃海斯先生带来的牛肉派，您想配点儿什么？"

"噢，冰激凌就可以了。"这位95岁高龄的小公主一如既往地娇惯，舒舒服服地坐在轮椅上回答道。在她旁边的玻璃桌上，除了烟灰缸，还放着一个双筒望远镜、一本关于鸟类的书、一盒香烟、一个银质打火机、一玻璃杯冰水，还有一个药盒，药盒的小格子里装着一周早晚要吃的药。在玻璃桌靠近我们这边的地方，放着两个高脚杯、一扎冰茶、两张叠好的餐巾，还有一盘摆放十分平整的饼干。

科拉尔·厄普丘奇用她那双衰老但充满活力的眼睛看着我，问道："你就是夏洛特·李的甥外孙？"

"是的，夫人。"

"哈哈，叫我科拉尔就好。我一直不喜欢这些繁文缛节，只留下最基本的就好。如果我再活几年，可能'科拉尔'这名字都显得多余。等你到了我这个年纪，可能也不需要家族姓名和正式住址了，而是会像考古学家一样研究自己的过去。"她也有拉希科特的那种口音，但好像在哪里受过什么训练，听上去层次更加丰富。

"从考古学的角度来说，不需要科拉尔这名字是什么意思？"我问她。

"我就是想搞明白这个！指不定你可以帮我呢。如果不要马可这名字，会是什么样？"

这个问题真有趣，我闭上眼睛好好思考了一番。"或许不是每个名字都是这样，"我说，"这么说吧，比如，如果您有一只小海龟，您叫它卢克，但它在成为卢克之前，仅仅是只海龟而已。如果您想更具体一点，那就选一只小红海龟。在它成为小红海龟之前……我得再想想。"

"希望你能想清楚。我认识的人里，只有你叫马可。叫马克的多如牛毛，马可却寥寥无几。如果让我现想，只能想起马可·奥勒留[①]。"

"我妈就是用他的名字给我取名的！她爱读他的《沉思录》。她有两本《沉思录》，其中一本是双语对照的，左侧

---

① 译注：罗马皇帝，哲学家。

是希腊语，右侧是英语。您知道的吧，奥勒留是用希腊语写作的。"

"你妈妈是一位学者吗？"

"不，她只是喜欢学习，还打算上大学、当老师呢。"我正想聊一聊妈妈多想出人头地，又想起之前已经跟拉希科特说过了。拉希科特当时还说，妈妈能把我养这么好，已经很了不起了。

"拉希科特说，你帮了你姨姥姥大忙，"厄普丘奇太太说，"她那边没事的时候，你自己怎么玩？交朋友了吗？"

唔，我很多时间都跟一个小男孩在一块儿。他比我大一点，14岁。可是，他死了50年了。

"我常骑车玩，还认识了海龟巡逻队里一个叫波尔顿的人。今年，姥姥家门口栈道下面有一窝红海龟蛋。"

"马可对小岛的历史很感兴趣，"拉希科特说，"尤其是小岛北端巴伯家的那栋老房子。黑兹尔飓风期间，住在房子里的一家可怜人都失踪了。我们还去图书馆查资料来着，但就连微缩胶片里也可说是毫无信息。"

"可能在活着的人里，这事儿我知道的最多吧。"厄普丘奇太太说，"不是说巴伯家。就我目前所知，巴伯家还住在哥伦比亚。我也不了解那对可怜的父母，只知道那男孩的堂姑把巴伯家告上了法庭。比利认识那个小男孩，他们年纪一般大，小男孩经常晚上过来玩。阿奇做律师工作，比利也得上课，所以平时我就自己住在这里，到了周末，他俩就从哥伦比亚开车过来。一般情况下，我们会在小岛上住到 10 月底，十月也是我最爱的月份。但那年，10 月的第一周刚过，阿奇就让我们回家，说那男孩把比利带坏了。阿奇让我们收拾东西回家，我挺心烦的，就好像被赶走了似的。就因为那个小男孩，我错过了最爱的月份！"

"您记得他叫什么吗？"我问道。

"挺简单的一个名字，跟比利这种差不多，但当然了，他不叫比利。他的姓不怎么常见，好像是盎格鲁-撒克逊人的姓。如果我想到了，就帮你写下来。最近我发现，我得给自己的脑子提要求才行。现在动脑子就像在图书馆找人帮忙查资料，我得先向工作人员递上写着问题的纸条，看他消失在书架之间，等上一会儿，才能得到答案。虽然需要点时间，但答案总是会出现的。"

"他怎么把比利带坏了？"

"他每次回到家都一身烟酒气。阿奇还说那不是烟，是大麻。你理解吧，在那个年代的人看来，只要吸了大麻，就离吸海洛因不远了。那时大麻也还不是处方药。1950 年代，美国制定了严格的法律来打击毒品贩卖。而且那孩子在某些地方……也有点儿……奇怪。他从来不去海边。比利说从没见他脱过衣服，也没见他光过脚丫，他总穿得整整齐齐地在小岛溜达。比利就是在他溜达着经过我家门口时认识他的。那天他愁眉不展的，而比利又是个开朗外向的孩子，看到别人有心事就想伸出援手，于是两人成了朋友。我记得他家好像有什么困难,在房子上出了问题,不过那孩子自己也不太正常。他爸在肯塔基州的一家煤炭公司上班,不是矿工,是个低层管理人员。巴伯家的一些朋友知道他家的难处,同情他们,于是就在十月巴伯家搬走之后把那栋海滨小屋让给了他们。我不知道是免费送的,还是卖的,但这家人被飓风卷走之后,巴伯家还赔了钱。戴斯!对,他叫戴斯。答案出现啦!小男孩叫约翰尼·戴斯。唔……我说到哪儿了?"

"那家人被飓风卷走了。"我接道。

"嗯,对,虽然没有找到尸体,但戴斯的堂姑把巴伯家告上了法庭,声称自己失去了唯一的亲人,必须获得赔偿。可她不仅拿了钱,竟然还要求巴伯家把旧汽车和私人物品都赔给她!没过多久,巴伯就把房子卖了。在阿奇看来,这案子的被告应该是黑兹尔飓风才对,绝对不是房子的错。真的太可惜了,暴风雨来的时候,戴斯他们为什么要出门呢?房子完好无损,他们也本该活着的。对了,小屋南边的门廊毁了,有人说是那男孩用烟烧的呢。"

听着这番话,我感觉自己就像被紧紧拴住的小狗巴雷特,努力地想要奔向迷人的浪花。眼前坐着的这位老太太就是我向往的浪花,而我俩之间的距离跟巴雷特与海边的距离也差不多。只要是跟小男孩有关的事情,无论她说什么,我都如饥似渴如痴如醉地听着。我心中的疑问越积越多,可拉希科特似乎成了拴住我的绳子。我们是来拜访老邻居的,所以理应轮流聊一聊自己的新鲜事,还要喝冰茶、吃饼干——

饼干薄，还得多吃点儿。我们介绍了夏洛特姥姥的病情，估摸了一下康复的时间，表达了希望她早日康复的心愿，然后拉希科特跟老太太讲了讲岛上的最新情况，最后落脚到悲伤小屋的命运上。

"不管是谁从巴伯手里买了那栋小屋，都该重新修一修，不修也得先拆了，"厄普丘奇太太说，"但没想到竟然转手卖了。后来，老科金斯把房子抢了过去，却再也没脱手。我一直不能理解，为什么要让它在那儿自生自灭呢？阿奇说，多数情况下政府都会出面强制解决。阿奇死之前，每年都会去那儿看看，每次回来都表示很震惊。他说只要有那栋房子在，整个岛就看上去很糟糕，一切都不怎么样。他还跟老科金斯和地方官员描述了可能会发生的危险事件，会有人受伤啊，有人起诉啊什么的，说服他们搭了铁丝网，安了警示牌。但就这点东西，在那时还花了 20 年时间呢。早在铁丝网搭起来之前，大家就开始叫它悲伤小屋了。等到都弄好，小屋已经变成实打实的废墟了。"

"好像铁丝网是我姥姥到这儿的那年搭起来的。"接下来我可以特别自然地问，比利去悲伤小屋找过戴斯吗？但我却说："也是悲伤小屋启发姥姥开始画画的。"

"是的，她跟我说过。马可，孩子，再吃一块胡麻晶片吧，不是只有老奶奶才吃这个的。我们那一代的女孩子经常叫它胡麻晶片，其实就是芝麻饼干。胡麻是黑人奴隶从非洲带过来的，就是芝麻。罗伯塔有配方，想做的话可以找她要。每年圣诞节过后,罗伯塔都会成盘成盘地做这种饼干,来庆祝宽扎节。你知道宽扎节吗?"

我如实回答自己不知道,厄普丘奇太太就开始向我介绍宽扎节:1960年代,宽扎节正式成为美国的节日,也是美国黑人的第一个节日,让他们开始有了种族自豪感……她滔滔不绝地说着,我感到我和巴雷特恋恋不舍地离开了迷人的浪花。

"能看出来她想送客了,"在回夏洛特姥姥家的路上,拉希科特跟我说道,"她一直盯着烟看。"

"我不介意她抽烟啊。"

"我也不介意。我就是在烟窝里长大的。但现在抽烟的人会给自己定规矩。很明显,她的规矩是只在室外抽,不在人前抽。"

"为什么不在人前抽?"

"二手烟危害大呀。"

"哦,这我知道。"

"你还主动答应每天帮她俩去商店买东西,多好啊。"

"这没什么。她俩跟我俩一样,主要吃熟食。我一块买来,罗伯塔就不用开货车再去了,要不然还得耽误创作。"

拉希科特哈哈大笑起来:"不过那篮子可真吓人。"

"有钱不一定有品位啊。"我引用妈妈的话说。

拉希科特在姥姥的奔驰车边上停了下来。自从他把那辆宾利卖了之后,就一直开这车。"她怎么样?"

"她正在画室里搞什么项目。"

"是吗?什么项目?"

"是秘密。她不让我进去,可能跟画画有关吧。我以前倒总是能闻到油画颜料的味道,但这次什么都闻不到,所以也不敢确定。她每天要在画室里待好几个钟头呢。"

"那她的……?"

"心情怎么样?"

"你简直会读心术啊。"

"跟原来差不太多吧,她说这段日子不太好过。"

"嗯,等咱们再去查尔斯顿看医生的时候,希望能听到好消息,也让她感觉好点儿。她疼吗?"

"据我所知没有。她让我把止疼药藏起来了,一共也没吃几粒。"

"好吧,希望能挨过这个夏天吧。如果没什么事,那几乎都是你的功劳呀。"

"您不进去吗?"

"谢谢,不用啦。我还有事。我跟她打过招呼了,对她来说,一声嗨就够了。"

"都跟我讲讲,"晚饭时夏洛特姥姥说,"没太无聊吧?"

"没,还不错。罗伯塔人也不错。她正在给别人编一个超大号的篮子,都走样了,特别难看。她都想让人传话说她死了,那就不用编了,哈哈。"

这话也让姥姥哈哈大笑起来。我们晚饭吃的是拉希科特做的牛肉派,按他说的方法加热之后特别好吃,夏洛特姥姥酒喝得都比平时少了。她心情不错,性子变得柔和了许多。

"那,你们还聊什么了?"

"她儿子比利去年冬天死了。"

"啊?真的啊?怎么死的?"

"去医院换心脏起搏器电池的时候,忽然就发病了。"

"她是不是难过死了?"

"罗伯塔说,好像生气的成分更多一些。她说应该她先走。她还跟拉希科特说,比利这是插队。她心情倒还不错。后来拉希科特发现她特别想抽烟,我们就起身告辞了。"

"拉希科特总能发现这种小事,指望他准没错。"

"她说我是她认识的第一个马可,还问我在岛上都玩什么。"

"那你跟她说什么了?"

"说了海龟巡逻队的事,还有骑车的事。"

"那没聊多少啊。马可,不知道以后回忆起来,你会怎么看待、怎么叙述这段日子呢。会不会是'11岁我没了妈妈,搬到岛上跟我的怪姥姥一起住'?"

"我不觉得你怪呀。"

"你当然不会说我怪啦,我已经试着把自己古怪的一面藏起来了。离群索居的好处就在这儿,就算古怪,也不会影响别人。希望没影响你啊。"

这句话不好答。如果我说"没影响",那就是承认她古怪了,所以我只是说"我喜欢住在这里",还有后半句,我忍住没说——"希望没太打扰您的生活"。如果说了,也似乎在引导她说"没打扰",然后还要重复平时对我的夸奖,机敏啊、有用啊、体贴啊什么的。

还在心里摆弄这些想法的时候,我忽然意识到,自己没打算告诉她小男孩的事。我现在知道他的名字了,也知道了他的一些性格特征,不过除了爱在海边遛弯,其他的都不太好。在自己细细思考完之前,我想先保密。自打记事以来,我就在心里开辟了一个秘密花园,专门用来独自思考重要的事情。

当然,我也有事瞒着妈妈,否则她会伤心的。后来,在接受心理医生强制治疗的时候,我也守住了安全地带。跟威瑟决裂之前,我从没说过穷日子里的细枝末节,任由他幻想我与勇敢的单亲妈妈清贫而快乐地生活在一起。

我跟夏洛特姥姥说了,我每天都要主动帮厄普丘奇太太和罗伯塔买东西。"这样罗伯塔就不用再开车去买了,要不然还得耽误创作。跟咱俩一样,她俩也主要吃熟食。"

"马可,有时候,我真觉得你好得不真实。"

"我也没多好吧。"

我心里清楚，如果每天都帮她们买东西，就每天都能跟她们有联系。上午，厄普丘奇太太是不会客的，但她说我随时都可以去。我也想坐到她对面，问一些寻常的问题，让她安排脑子里的图书馆员去找资料，慢慢透露关于戴斯的小故事。

"我私心希望，你是发自内心地待人好，"夏洛特姥姥说，"这样，我就能找回对人的信心了。"

25

夏洛特姥姥家门口栈道下面的沙丘已经成了我静心沉思的小树洞、确保自己神志正常的检查站。每当夜晚降临，我就在栈道上坐下来。不管白天发生的事情多么离奇，一想到下面埋着一百多个在蛋壳里扭来扭去的小海龟，我都感觉这是真实的一天，也是即将结束的一天。这一天将我与一个古老而真实的世界联系在一起，在那个世界里，海龟早已存在；这一天也将我与一个未来的世界联系在一起，在那个世界里，我已经死去，人类可能也已经灭亡了，但小海龟还一如既往地活着。

我感觉自己像是小海龟的客人。我不想惊扰它们，免得耽误了进度。孵化的时间越来越近，我也开始温柔谨慎地低声细语。从用破卵齿扯破毛茸茸的蛋壳，到用尽全力伸展四肢，我跟它们细细讲了孵化的过程。"记住，你们已经蜷曲两个月了，所以必须先把身体展开。扭动着伸展四肢的时候，身体会撞到其他兄弟姐妹的壳，带动它们开始破壳……"

艾德·波尔顿告诉我，今年的七月会出现两次满月。上周五已经有过一次了,这个月的最后一天还会再有一次。这种现象大概每三年出现一次。第二次出现的满月叫作"蓝月亮",这是因为高空中悬浮有大量灰尘颗粒,所以月亮会呈现一种罕见的蓝色。今晚的月亮呈渐亏状,很像一个驼背的人。随着月亮渐渐变成下弦月,弧度也会渐渐消失。艾德不仅让我认识了小海龟,还带我了解了月亮。如果他在高中学校教科学,我一定喜欢听。似乎自然界中的一切事物对他来说都很重要,他也会让你觉得,如果正确看待它们,你也会觉得它们不可或缺。

比利·厄普丘奇死了快一年我才知道他的存在,真是讨厌!如果能早点认识他,很多真正关键的问题或许就迎刃而解了。我可以循序渐进地问问他都跟约翰尼·戴斯聊过什么。指不定戴斯跟他说过家里的难事呢。厄普丘奇太太还说,戴斯自己本身也有问题。如果十月他还不去上学,可能是被学校开除了吧。比利可能也知道他为什么从不在海边脱衣服,哪怕是他编过的理由也行。我想听听比利为什么看到他在海边溜达就决定和他做朋友,也想知道是谁先开口说话的。我猜是比利吧,不是说他喜欢帮助有心事的人么。戴斯邀请比利去过小屋没?比利主动要求去过吗?他们如果一起去过,又在一起做了什么呢?

如果他能活到现在,应该跟比利一样,65岁了。

直到现在，我对岛上的美景还不习惯。当时确定要来海边跟夏洛特姥姥一起住之后，寄养家庭的妈妈曾说，我是个幸运的孩子。我的确感到幸运，但也有一丝懊悔与内疚。如果妈妈还活着，我们很可能还一起住在烟藤街那间乌烟瘴气的公寓里，受着楼下房东太太的折磨。虽然朱厄尔坐落在风光秀丽的山间，但对我来说，"朱厄尔"这个名字就代表着耻辱与贫穷。妈妈死了，才将我从那里解放出来，送到美丽的海边。我们一起辗转多地，却从来没能共赏美景，是多么悲哀啊。福斯特维尔也位于山麓地带，住着一万多人，拥有一家家具厂、几道铁轨、几条脏兮兮的小河，还有一片人造湖泊。离湖边大概 25 公里左右的地方，矗立着许多小别墅，是有钱有势的人买来避暑的。要说我和妈妈一起去过什么美丽的地方，小镇郊外那块安静的墓地应该算得上。福斯特作为这座小镇的创始家族，占据着墓碑中的半壁江山。墓地里有郁郁葱葱的柏树和精心养护的草坪，我和妈妈会去那儿散步，让她摆脱锯屑、虫漆和化学品的味道，呼吸一下干净的空气。我们还会玩一玩丧葬游戏，穿丧服，唱赞美诗。妈妈会说："咱们应该多去教堂做礼拜，这样来参加咱们葬礼的人也会多一些。但我觉得，上帝不会因为我周日睡懒觉就怪我的。"在墓地里散步的时候，妈妈总是心情愉悦，神情安详。

现在，我跟小鬼孩之间也有了变化。我知道，那天清晨，他的出现和他的动作无不在向我诉说："你召唤我，我就来了。那么，我们现在做点儿什么？"然而，我没有通过他的考验。可以确定,他不会再出现了。我和威瑟一起如饥似渴地看过那么多鬼故事,记过那么多规则,怎么当时都忘了呢?遇到鬼魂,要么直面挑战,要么畏葸不前。如果不想跟他断了联系,就要直接面对,通过考验。我和威瑟经常讨论这种事,如果我俩运气好,遇见了一只鬼,应该做什么,说什么。我们还经常自己思考呢。

"我们只帮值得帮的鬼。"威瑟曾跟我这样约定。对于那些值得帮的,不管吓得腿怎么抖,都要站住了问:你有什么需要我帮忙的吗?我可以在人间替你做什么吗?怎样可以让你安息?你有冤要申吗?如果有,我来帮你。

"可是,怎么知道哪只鬼值得帮?"我问威瑟。他反复思考了一下,然后说:"一开始可能不知道,但靠直觉就行。在直觉下,你要么有追问的冲动,要么就直接吓跑了。如果吓得不行,最好转身就跑。"

但今天早晨面对他的时候,我既想追问,又吓得不行。如果我能站住脚问他一下就好了,你有什么需要我帮忙的吗?我可以在人间替你做什么吗?如果我没转身跑掉,或许就能体验人类意识的更高级阶段了。

我得让艾德给我讲讲时间的问题。在学校里,我们只能学到爱因斯坦的基本理论,求知欲刚被撩拨起来,知识就戛然而止了。无论男孩还是女孩,等大脑发育到一定阶段,都得跳出钟表和日历的范畴去思考时间的概念。

无数种时间从我眼前掠过:清醒时的,睡梦中的;外在的，内心的；昨晚梦到妈妈，她打开漂亮公寓的大门告诉我，我还有一个哥哥；下午见到一位奶奶，她打开脑袋里的图书馆，告诉我小鬼孩的姓名……

26

"我和阿奇结婚十年之后才有了比利。我们本来以为不会有孩子了,两人生活也挺幸福的。如果有了小孩,很多地方可能就去不了了,夫妻感情可能也没那么亲密。结婚的时候我才20岁,很多时候是目中无人、狭隘守旧的。阿奇比我大18岁,说我既是他爱人,又像他女儿。马可,这么说不会吓着你吧?"

"啊,不会。我妈也是结婚好久之后才有了我,我爸也比她年长很多。不过我还没出生,爸爸就死了。"只短短三句话,却完全没掺假。不管什么话,只要简短地说,就不会掺假。

"你饿不饿?迷你吧里有好多好吃的,都是罗伯塔弄的,要不要吃一点?"

"我还不饿,您要吃点东西吗?"

"我不怎么吃,谢谢你啦。"她又朝下边瞄了一眼烟盒,但视线一闪即过。

"您想抽就抽吧。"

"但我更希望你在这儿陪我。"

"我会陪着您的。我身边很多人都抽烟。"是这样的,威瑟奶奶就特别能抽,在抽烟量上,她能顶 20 个人。但因为威瑟哮喘,她要么出去抽,要么打开排风扇去洗手间抽。我和威瑟算过她最多可以坚持多久不抽——答案是 42 分钟。

"好,我知道啦。比利每年夏天回来,一进门就要说教我一番,总是对我乱发脾气。我还跟罗伯塔说,要不再养个什么坏习惯吧,就不用老抽烟了。适可而止嘛。还有啊,我对死亡也特别着迷。虽然我不相信大家说的天堂地狱,也不知道死后有没有来生,但我觉得肯定会有惊喜。你说呢?"

"妈妈说她只相信此时此地的天堂和地狱。而我,我也对死亡很着迷。"

"你还小吧?……啊,抱歉,忘了你的妈妈刚刚去世。"

"您有没有想过,人死了也能跟我们交流?"

"嗯。阿奇已经走了 43 年了,可每天都还在跟我说话。他总说'放着我来',不过他现在什么都做不了了。叠购物袋什么的,这些事情我一直做不好。为了学,还费了很多工夫。去年冬天,比利也走了。我喊啊骂啊,希望他能出现。我多想再见到他啊。比利年轻时风流倜傥,但生前最后那几年却像阿奇一样,血压一高就满脸通红。好吧,马可,既然你不介意,那我就抽一根了。"

于是,这位瘦小的老太太便开始了一场华丽的点烟仪式,与 40 年代电影明星的做派别无二致。

"您跟我说的那个男孩——您见过他吗?"

"哪个男孩?"

"厄普丘奇先生说把比利带坏了的那个男孩,约翰尼·戴斯。"

"噢,我只见过他一次,是跟阿奇在海边找比利的时候见到的。阿奇很肯定地说,他俩应该已经去巴伯家那栋小屋了,一定在做什么坏事。我俩不知是该一路走过去,还是回家开车再去。正争论着呢,就看到他俩朝我们走过来。他俩走近之后,阿奇还说:'天哪,那个愁眉苦脸的小乡巴佬不会就是比利赞不绝口的新朋友吧!'"

"怎么愁眉苦脸了?"

"唔……面相有点凶,还有点……不起眼。不过可能是比利衬托的吧。"

"他长什么样?"

"没细看。比利一看到我俩,靠近他说了几句话,那男孩就转身回去了。他比比利高一些,但比利那时还没发育好呢,也有可能是因为比利光着脚,但他穿着鞋。"

"什么样的鞋?"

"我记不清了。"

"是靴子吗?"

"有可能。比利说,他在海边也总是穿着衣服,从来不下水。比利觉得他可能不会游泳,但阿奇说也可能是没有泳衣。"

"他穿着衬衣吗?"

"好像是吧,但那是 50 年前的事儿了,我也不确定。"她扭过头,认认真真地朝着大海吞吐烟雾,"拉希科特说你对那家可怜人很感兴趣,我也希望能多给你一些信息。"

"我只是觉得,他们是唯一几个在飓风中失踪的人,却始终无人问津,这样不合适。"

"但在那时大家确实是谈论过的。我们从巴伯家得知这个消息的时候,比利还特别伤心。他不断地重复,'他答应过要来看我的!'阿奇说,除了希特勒,从来没有谁的死能让他这样暗自高兴,他也坦陈,想到那男孩不可能来我家了,他是如释重负的。"

后来我骑车去悲伤小屋的时候,脑子里就浮现出两个小伙伴一起从北边朝我走来的画面。比利·厄普丘奇一看到自己的爸妈走过来,就跟约翰尼·戴斯说了几句话。他说什么了呢?是"啊,糟糕,我爸妈来了",还是"看,那是我爸妈!介绍你们认识一下吧"?如果是后面那句,约翰尼·戴斯应该会说"算了吧",或是其他更不礼貌的话?但不管怎样,说完他就转身溜走了。对他来说,转身走开比客气寒暄来得更容易。他不想见比利的爸妈,也不想被别人指指点点。他怎么知道自己会被指指点点呢?嗯,自从他跟爸妈住进巴伯家的慈善房,一定能多多少少了解厄普丘奇家这种人是怎么评价他们的。在厄普丘奇旁边，我自己也跟戴斯差不多，只是有了些伪装：姥姥有南方军总司令的姓氏，是当地有名望的艺术家，拉希科特的认可又像是一张通行证书，让我顺利融入了小岛的生活。

最近发生的事情改变了我对他的认知。现在，他以两种形式存在。一是"小鬼孩"，也就是我第一次去悲伤小屋时感受到的，后来两次毫无遮掩地站在门口让我看到的存在；二是约翰尼·戴斯，是比利·厄普丘奇早逝的伙伴，也是跟父母一起搬到海边却连一件泳衣都没有的孩子。

自从上次遇见他，我就调整了自己在悲伤小屋那儿的习惯性做法。跟过去一样，我还是会从挂着警示牌的铁丝网底下爬过去，一步步走上摇摇欲坠的台阶，坐到歪歪斜斜的门廊上。但不同的是，我不再背对门口了，而是正对门，靠房柱坐下。如果我老是背对门口，就相当于让他有机会毫无顾忌地打量我。但现在，我是有所顾忌的，心下害怕忽然会被一只陌生的手从后面抓住肩膀。所以，最好还是正对着门吧。

自从我落荒而逃之后，他可能又给自己定了什么新的规矩，如"有人来访，绝不露面"什么的。如果真是如此，那我们的角色就对调了——我成了"受惊的小动物"，他不能随意出现，以免把我吓跑。

我还会继续跟他说话。我相信，这依然是保持我俩之间联系的最好方式——如果现在还有什么联系的话。跟以前一样，我会从"万无一失的"自然类话题切入，聊聊大海啊、环境啊、月相啊、小海龟的孵化程度啊什么的。"艾德——就是那个退休的科学老师，预计小海龟会在下周三左右孵出来。"然后，我要讲讲最近都干了什么："我姥姥得回医院扎个滞留针……她现在在搞一个秘密项目，都不让我进画室……"再然后，我觉得可以试着说说厄普丘奇太太的事情："你没正式见过她，但她是比利·厄普丘奇的妈妈。还记得比利·厄普丘奇吗？就是飓风前你在岛上认识的朋友。不过有个坏消息要告诉你，去年冬天，比利死掉了。他死的时候65岁，是去换心脏起搏器电池的时候死的。你大概不知道，心脏起搏器是后来才发明的，把它植入胸腔，可以调节心跳……"

我确切地感到，空荡荡的门厅前，空气中有几丝躁动的气息。怎么了？他同情比利？厌恶这个名字？还是厌烦了我？是这些事实打乱了这片平静吗？

27

吃晚饭时,我问夏洛特姥姥:"厄普丘奇太太说她的儿子比利帅得掉渣。您见过他吗?"

"当然见过啦。我刚来这儿的那年夏天,忙着修屋子的时候,他几乎天天来。他被那些建筑活儿迷住了,老是跟匈牙利来的年轻工人攀谈。他是挺帅气的,我也这么觉得。我知道他不太自在,而他也明白我知道这事。"

"那您觉得厄普丘奇太太知道这些吗?"

"我猜,像她这种正派的南方小姐,不管在什么事情上,都只会看自己想看的那一面。"

"她那时还没坐轮椅吧?"

"嗯,没有。在哪儿都能见到她。后来,大概10年前吧,她要坐飞机去哥伦比亚看比利,可刚到机场就摔倒了,然后被抬了出来。是脊椎断了。听拉希科特说,她现在还能自己上床睡觉,上厕所也不需要别人帮忙。马可,你真是个好孩子啊,不仅帮她们买东西,每天下午还去陪她聊天。"

"她挺有意思的。"

"你认识的老年人多吗?"

"有时候我好像都忘了她是个老年人。我们说的事情也很有趣,她在研究自己的过去,希望可以不要自己的名字,以及改变别人对她的看法。她不让大家叫她厄普丘奇太太,现在甚至不想叫科拉尔这个名字。"

"你这样一说,我感觉好像错过了什么呀。"

"我认识的老年人不多。认识她之前,在我印象中,老年人都是哈尔姆太太那种。对,就是这个姓。她是我们那女房东的妈妈。女房东叫维克特太太,人特别差劲。我和妈妈就叫她俩害人太太和恶魔太太。①"

"她怎么差劲了?"

"您真想听?"

"害人太太和恶魔太太——听上去多有意思啊!"

"嗯,那我说说。来这儿之前,我跟妈妈住在朱厄尔。我们在烟藤街上找了一间公寓,就在维克特太太楼上。维克特太太跟她母亲哈尔姆太太住在一起,哈尔姆太太瘫痪在床,抱着氧气罐、垫着尿不湿在卧室里躺着。维克特太太请了一个保姆,但保姆每天下午6点半才来。所以她跟妈妈说好,如果我每天放学之后能在楼下陪哈尔姆太太一会儿,每个月的房租就降50美元。有我陪着,她能有点自己的时间,也不用再单独雇人了。家里的电视总是开着,一遍又一遍地

---

① 译注:Mrs. Harm,哈尔姆太太,Harm 意为"伤害";Mrs. Wicket,维克特太太,Wicket 变形 Wicked,意为"邪恶的"。

放着单调乏味的音乐。我也渐渐习惯了在这种环境中完成家庭作业。哈尔姆太太不算麻烦，我只需要不时地去看一下，确保她没把氧气管从鼻子里拔出来。如果发生紧急情况，还可以打电话。我也不确定她还认不认人，不知道她会不会把我当成维克特太太。每天，我都得等到保姆来换班才能走，但保姆经常迟到，所以我跟妈妈的晚饭就会拖到 8 点甚至更晚。"

"这不是占人便宜嘛。"

"还有呢。有一次，维克特太太的侄女来了，她就告诉妈妈，她侄女可以陪老太太，我暂时不用去了。她侄女只待了 4 天，可下个月要交房租的时候，却发现涨了 30 块钱。妈妈说维克特太太这么做是太小气，但毕竟她是房东，我们也没签合同，就不计较了。后来我又继续去陪着，可再下个月的房租还是贵 30 美元。妈妈去找她谈，却一脸沮丧地回来了。维克特太太说生活成本上涨了，她让不了那 30 美元。妈妈说，可能是她不需要我帮忙了吧。可事实是，如果我不去，房租还得再涨。"

"这也太气人了吧，要我就发火了。"

"后来解决了。"

"怎么解决的？"

"哈尔姆太太死了，我也就丢了这份看护工作，房租随之又涨了。一直到妈妈去世之前，我们的房租都很高。您可能觉得，这都是命运的安排。妈妈出事之后，我有一个月没交房租，但维克特太太没受什么影响，还领了一些收益保险金算作补偿。听我的临时监护人说，她当时还想找州政府要补偿呢。"

"马可，一想到你心里还有那么多伤心的故事，我就觉得难过。"夏洛特姥姥看上去真的很难过、很关心我。我心受触动，其他事情也渐渐浮现在眼前。

"说了您可能不信，但那天晚上我们也挺开心的。妈妈上楼来之后，跟我讲维克特太太真是一毛不拔，我俩越想越气，有一种愤怒与绝望交杂的感觉。我真崩溃了，用各种可以想到的话臭骂她，还用各种可以想到的坏事诅咒她。过了一会，妈妈走过来，抱抱我安慰道，可以了，可以了，难道因为我们现在贫穷，我们就必定要做恶毒的人吗？说完，她端了些可乐过来。一开始，我以为妈妈是在问我什么问题，后来才知道那是一句台词，出自莎士比亚一部有暴力冲突的剧本里。她没读过那个剧本。但她那位特别崇拜的夜校老师总是引用名句，让学生用在考试里提高成绩。妈妈说，在她穷到发疯的时候，这句话鼓舞了她，所以就记了下来。她说，生活条件那么差还生下我，可能是太自私了，但不管怎样，我都是她生命中最重要的存在，是她中过的头彩。"

那会儿，我和夏洛特姥姥已经挪到了门廊上。一阵温暖舒适的晚风从沙丘那边吹来，海浪徐徐退去，晒太阳的和游玩的都已经收拾东西离开了，只留下了散步的和遛狗的。即便是到了晚上，他们也不会解开绳子让狗享受片刻自由。巴雷特很可能已经回海军警卫室了吧，准备跟随驯犬师做最后的技能打磨。我刚刚下去看过小海龟了，热电偶装置就插在沙子里，但温度还没有升高。夏洛特姥姥说晚点再吃饭，然后跳回画室去了。半路上，她还扭头让我拿瓶酒过去。自从启动了秘密项目，夏洛特姥姥一般吃完晚饭就直接回画室了，但今天晚上她还跟我聊了不少，可能是我的悲惨故事让她动了恻隐之心吧。

我拿着新开的酒过去时，看到姥姥把打着石膏的胳膊和腿都安置好了。左边放着一张小桌子，酒瓶和酒杯搁在伸手可及的地方，右腿则笔直地撑在一张板凳上。"嘿，我差点儿忘了，"她说道，"你在厄普丘奇家待着的时候，拉希科特打电话来了，说八月的第三个星期一开学，校车已经订好了。马可，你有没有意识到，你开学之前，我这石膏是拆不了的。"

"等拆的时候咱们庆祝一下。"

"先看有没有什么好庆祝的吧。"

一提到学校，我就心头一紧。现在是我开启新生活之后的第一个夏天，到目前为止一切都顺风顺水。虽然最近一段日子有些难熬，但至少每件事还能按计划进行。每天早晨，我先去检查小海龟的情况，之后骑车去悲伤小屋，努力重建他对我的信任，然后回家做些家务，问罗伯塔要购物清单，骑车去商店，到厨房把买好的东西拿给罗伯塔，再自己吃午饭，有时候拿到小海龟那儿吃。如果有脏衣服，还要洗洗衣服。我觉得夏洛特姥姥的床单好像该洗了，但忍住了没问。下午，如果厄普丘奇太太要我陪，我就去她家，然后回家跟夏洛特姥姥一起吃饭、洗碗、收拾。晚上，我还会在小海龟那儿思考一会，心情好的时候再收拾几个箱子，然后铺床、想事情、做梦、睡觉，在海浪声中醒来。一切都驾轻就熟，我还能在内心与外界之间找到一种小心翼翼的平衡，保持人们称之为"理智"的状态。

学校就是另外一番境况了。学校意味着又一轮的评判。对我而言，试着取悦那位或多或少依赖于我的姥姥、看望一位深深吸引我的老太太、追求与一个死去的男孩之间的危险关系，这都是一回事。可是，一想到很快要被扔到冷漠无情的同龄人中，我就没精打采的了。

"你知道吗，"夏洛特姥姥若有所思地说道，"互联网是一把双刃剑。好处在于，坐在电脑前就能把全世界的大博物馆参观个遍，遇上喜欢的画，看多久都没问题，没人遮挡视线，没人胡言乱语，也没人反复催促。足不出户就可以买到好酒、画具。可坏处在于，我一在屏幕上那个小小的方框里输入'手腕扭伤、三级'，就会弹出来一堆可怕的信息，那这一天都别想高兴起来了。"

28

到小岛上来，是我人生中第一次坐飞机。在机场安检的时候，排在我前面的一位女士跟工作人员吵了起来。X光安检设备显示她的箱子有问题，但她拒绝开箱检查。后来，箱子打开了，工作人员让她把东西都取出来，她反驳道："您是让我在光天化日之下把私人物品都摆出来吗？""是的，女士。如果您配合，那就很简单。""这非常不合理，"她说，"我还没遇到过这种事儿。箱子里绝对没有任何危险物品。再说了，我看上去像恐怖分子吗？""女士，请您配合。您取出东西，我们就能找出问题了。""如果我拒绝呢？""那我就不能让您进入登机区了。"他的耐心被一点点地磨掉。"可以啊你们！"她让步了，然后开始煞有介事、慢慢悠悠地从箱子里往外拿东西：一件夜袍、一双旧毛巾布拖鞋，一套发黄的白色内衣、一个脏兮兮的毛绒玩具（好像是一只穿红背心的小老鼠）、一个放大镜、一把挂着头发的梳子，还有一个化妆包。"等一下，"安检人员让她停下来，"能看看您的那个包吗？""您说了算。"她轻蔑地笑着，把包递过去检查。"女士,恐怕这个包我们要没收了。""您请便,"她说,又故意慢慢悠悠地把行李箱重新装好,"不过是绣花剪刀罢了,能有什么危险。指不定您老婆会喜欢。"

每次收拾旧箱子的时候,我都会想起她的东西。在"光天化日之下",很多东西可能会让自己难堪,也让别人困惑。对我而言,箱子里随便一件东西都能勾起一段回忆,或是照亮过去的某个角落。但整理到最后一个箱子的时候,我还是很高兴,那个箱子也是朱厄尔的社会工作人员打包的。我把里面的东西拿出来,把箱子踩扁,然后放在门口,等人收走。

几周之前,我就总结出来了,他们的打包工作毫无章法。如果我是社会工作人员,肯定会按房间挨个儿整理,把所有的书籍资料、女式衣服、男孩衣服、厨房用具、洗手刷牙用品分别打包放好。毕竟,算上洗手间一共才三个房间。不过,我最近也看惯了牙刷和厨具捆在一起,儿童书摞在长筒袜和破外套上,所以就算再有什么不搭调的东西一起出现,我也不会感到惊讶了。

在今天晚上收拾的箱子里,有两本奥勒留的《沉思录》,书是平装版的,其貌不扬,但被妈妈套了一个正儿八经的硬封皮(封皮左侧是几行希腊文,每行下方都配着翻译),还用橡皮筋捆好了。在书的下面,放着一张照片,是布伦达姥姥。照片里的她精心打扮过,样子很是时髦。现在想起她,只是觉得她是一个叫作"布伦达"的人,是夏洛特姥姥的姐姐，是把夏洛特姥姥当成疯子的老太太，仅此而已。照片下面是一只毛茸茸、穿灰色卫衣的小黑熊，让我想起机场里那个女人的红衣小鼠。箱子最底下垫着皱巴巴的报纸，放着妈妈小时候很爱玩的玩具运木车。以前，这个小车上还有一些大概15厘米长的原木条，但自从归了我，就只剩一根了。我会在车厢里放上玩具小车、小树枝，还放过一只活的青蛙，不过它很快就呼呼地跳下车跑进灌木丛里去了。后来，穿灰色卫衣的小黑熊也进去了，靠在最后一根树枝上坐着。

运木车车身呈森林绿色，两侧用烫金字印着"加斯顿父子木材公司"的标志。加斯顿父子木材公司是由我曾曾祖父塞穆尔·加斯顿在西弗吉尼亚州凯斯市成立的。但后来无论妈妈怎么努力带我了解她那边的亲人，我都不感兴趣。她一定觉得，既然我是个彻头彻尾的私生子，就更需要知道这些。本来，她计划在我12岁那年夏天，带我来一场沿着凯斯铁路一路前往后阿勒格尼山的旅行，让我感受一下故乡的味道。她答应过我，等我到了"能负责任的年纪"，就会把关于我爸的故事告诉我。在"能负责任的年纪"上，她是对的。9岁的我把照片拿给威瑟看，就是不负责任啊。现在，她不在了，可还没告诉我"能负责任的年纪"是多大年纪。这件事情本身就是重要的，跟会不会发生没有关系。

马可·奥勒留的父亲去世时，他才3岁。后来他写道，他从父亲的名声及对他的追忆中，懂得了"谦虚和果敢"。在他那个年代，父亲在一场特别的仪式中把婴儿从炉边抱起来，就是承认那是自己的孩子。我觉得这个做法很棒。马可·奥勒留的父亲虽然英年早逝，但也给了他这种仪式。马可·奥勒留的母亲一直忠于丈夫，一生富贵却没有再嫁，也早早离世了。在《沉思录》中，他为自己的母亲写下这样的句子："从我的母亲身上，我濡染了虔诚、仁爱和不仅戒除恶行甚而戒除恶念的品质，以及远离奢侈的简朴生活方式。"我喜欢这句"远离奢侈的简朴生活方式"。

父亲死后，马可·奥勒留在祖父的教养下长大。对于祖父，他写道："我学习到弘德和制怒。" 17岁的他被皇室继承人、自己的姑父收养。继父没有子嗣，因此指定他为皇位继承人。后来，马可·奥勒留这样描述继父："大家都承认他是成熟的人，完善的人，不受奉承的影响、能够安排他自己和别人事务的人。""成熟"和"完善"也都是我喜欢的字眼。不知道什么时候，我也能成为这种人。

马可·奥勒留40岁继位，始终励精图治，59岁时身染瘟疫，死于任上。

亚历克·吉尼斯的母亲也没告诉他父亲是谁。后来，垂垂老矣的吉尼斯跟朋友透露，其实很可能母亲也不知道。他的母亲是个趋炎附势的人，只是因为到酿酒业大亨吉尼斯家的游艇上做过客，就让他用了这个姓。有一个64岁的银行家愿意承担亚历克·吉尼斯的学费，经常以伯伯的身份来探望他。但吉尼斯却为自己的母亲感到羞愧，一辈子都在憎恶她。吉尼斯5岁的时候，就在那位银行家的资助下被母亲送到了寄宿学校——不过他很爱那所学校。吉尼斯独自打拼，可 17 岁时，刚找到第一份表演的工作，母亲就醉醺醺地出现在剧院门口，伸手跟他要钱。

我最开始搬进夏洛特姥姥家的那间空房时，倍感舒适，但过了很久才意识到，那是她让给我住的。五月，我第一次走进那个房间，里面有一张双人床，两面海景映入眼帘，还有一面是书桌、一盏台灯、一把直背椅、一个空书架和一组四屉衣柜。墙上干干净净，刚刚刷了一层米白色，清晨时呈现浅浅的黄，阴天时更显珍珠似的灰，而夜晚就变成了薰衣草紫。

我把妈妈的 GED 题册放在书桌上，坚持学习。那两本关于小岛历史的书也在书桌上，写书的两个女人算着日子捡海龟蛋做早饭，这种事我可忘不了。夏洛特姥姥得意扬扬地说，房间里的书架是她自己做的，画室里的也是。但书架太长，中间又没有支撑，所以是凹下去的。一直到现在，我都不敢往上面放东西。加斯顿父子木材公司的小卡车倒是可以放上去，转移大家对书架中部的注意力。这车也可以算作是我的旧物了。

那只小黑熊让我很纠结，我的第一反应是扔了它，11 岁还玩这种玩具好像不太合适。但转念一想，其实也就在不久之前，是我执意要把它买回家的。那天我心情本就不太好，如今回想起来更加伤心。记得那天，我和妈妈一起去朱厄尔新开的沃尔玛超市买文具。如果你跟我的经济条件一样，就能明白精打细算的含义。比如一盒铅笔 1.99 美元，另一盒 2.39 美元，你肯定也会选 1.99 的，为了铅笔盒上的蝙蝠侠就多花 40 美分，简直是傻透了。

几乎每次购物之旅都会成为妈妈的炼狱，我也已经习惯了在她身边察言观色。她就是社会中被诅咒的矛盾体——知道什么是最好的，却买不起最好的。有时，妈妈遏制不住满腔怨恨，就会对商店里的其他人指指点点，说他们"买回家的都是垃圾"。"你看看她，价钱看都不看，抓起来就往篮子里扔。"那天我的心情也不太好，在收银台排队的时候，忽然看到满满一箱穿着卫衣的小黑熊，就挪不开步了。它们可能是被故意放在那里的，好让我这种跟着大人排队结账的小孩看到。我从那一摞上面扯了一个出来，爱不释手。它摸起来特别软，闻起来又特别新。"好可爱啊！"我一边感叹，一边抱着它在脸上蹭来蹭去。时间似乎停了那么一拍，然后我听到妈妈问："你……想要吗？"

现在，为了怀念妈妈，我似乎应该把小熊放进玩具小卡车里，然后把吹毛求疵的布伦达姥姥倒扣着放进衣柜的下层抽屉里，上层则用来放妈妈的马口铁罐、爸爸唯一的照片，还有其他心爱的东西，包括我俩用一次性相机给彼此照的快照、妈妈在福斯特家具厂里用的主管徽章、老福斯特先生给妈妈的正式推荐信，等等。老福斯特先生写那封信的时候，被我暴揍的威瑟尚未康复。我想，从"敬启者"开始到满篇溢美之词，一定花了老先生不少时间。也多亏了这封信，让妈妈刚到朱厄尔就找到了一份好工作。

马可·奥勒留的两本《沉思录》跟其他书一起摆在书桌上。在那本文绉绉的双语精装本中，除了右侧的英文译文，每两行希腊文之间都有用铅笔手写上去的英文解读。那人没有留下名字，也没有写完，他的字到书中中间某段的末尾就戛然而止了。

这一段的英译文绕来绕去，读起来磕磕绊绊的：

那么在如此的黑暗和肮脏中，在如此不断流动的实体和时间、运动和被推动的物体的急流中，有什么值得高度赞扬或值得认真追求的对象呢？我想象不出有这样的对象。

而那人的解读却简洁明了：

黑暗如此，肮脏如此，时间不止，万物不休，何物可赞扬？何物可追求？我思之，不能解。

29

夏洛特姥姥出事前，我说要学着用数码相机，再去拍一些悲伤小屋的照片，让姥姥了解一下小屋的最新情况，把那种破落感画进画里去。我不确定新照片是否会带来新效果，但加深了的破落感要么会让她灵感泉涌，要么兴趣全无。如果灵感来了，她会说："多糟糕啊！你觉得我能捕捉那么浓重的悲伤吗？"如果兴趣没了，她会说："不行，这太离谱了。马可，如果照这个画，那就成万圣节卡通片了。"

在她刚打上石膏的那几天，我决定先不提这事儿。过去，如果她拿到一堆还不错的照片，大概会兴冲冲地跑进画室等待灵光乍现；但现在，她连画笔都拿不稳，如果再给她照片，岂不是太过残忍了？

除此之外，我也不想贸然伤害我跟小鬼孩之间的感情。我必须按照跟活人相处的模式自然地与他接触，所以我想，如果他看到我站在门口，对着他住了 50 年的小屋咔嚓咔嚓地照，多少会有些害怕的。我听说，某些部族不允许别人给他们拍照，在他们的概念里，相机能偷走人的灵魂。那么，他会不会也有这样的担忧？

总而言之，这就是我到目前为止的推断。我从上一次对峙中落荒而逃，就说明我之前的准备都是没用的。他的灵魂还在屋里，却对我置之不理。不知道他能不能听到我说话。或许他上二楼去了。二楼摇摇欲坠，但有天窗，能有更多天光漏进来。他能看见鸟儿在飞，能听见鸟儿在叫，却听不到我的声音。很久之前，他已经历了人生惨剧，承受了种种悲痛，还在孤独和绝望中坚持着。然而，我却像黄鼠狼一样溜进了他的地盘，给他以虚假的希望。他想要的，不过是摆脱我这个胆小鬼的种种示好，再回到过去安宁的生活中。

最后一个箱子里还有一些我想要的东西，我找了点地方把它们放好，然后又开始重温马口铁罐里妈妈留下的回忆。自从她死后，除了在寄养家庭的那段时间，这个铁罐一直与我形影不离。那段时间，我把铁罐托付给了威廉。否则，刨根问底的寄养家庭妈妈和好管闲事的小孩们一定会趁我在学校的时候胡乱倒腾，指不定还会偷走一些东西。

首先，我开始研究起照片里的那个男人，这样的事已经发生无数次了。妈妈说这人是我爸，夏洛特姥姥却说照片是从某本学校年鉴里剪下来的。我把照片拿到洗手间，站在家里唯一一面镜子前比较我俩的脸，这次还能不能有什么新发现？我看到，我俩确实都有一对古怪的弯眉毛和一双宽眼距的眼睛。不过，这也有可能只是夏洛特姥姥提醒后的结果。他穿着外套，打着领带，看上去挺成熟的，不像是中学生，所以照片一定是从大学年鉴里剪下来的。与他的面容相比,我还略显稚嫩,那种涉世未深的感觉让我略感尴尬。夏洛特姥姥曾说,我生气时嘴巴跟他很像,可对着镜子又很难做出生气的表情。我的嘴唇要厚一些,微微皱着,像在等待一个吻。他的嘴角弯着,露出一抹淡淡的嘲讽,像是在跟摄影师说,这完全就是浪费时间。

接下来,我翻出福斯特老先生给妈妈写的推荐信,读那正儿八经的"敬启者"和洋洋洒洒的赞美词。老先生写道:"她青年守寡,一手抚养儿子长大……她在工作中兢兢业业,在道德上又堪称榜样……"

读到这里,我内心发出一丝嘲讽的笑声。如果我自己的孙子被一个小孩揍得差点瞎了眼、没了命,我怎么可能会给他妈妈写这种满是好字眼的推荐信呢?

读完信,我开始浏览这些年妈妈保存下来的照片。以前,这小小的相册不会让我有多激动,因为她还在,照片就可以再拍。但没想到,一切戛然而止了。大概是我们在朱厄尔的生活太过辛苦,不值得记录吧,所以也没留下什么。眼前的这些照片都是在福斯特维尔拍的,我的占了大部分,有戴着白帽、穿着白袍的幼儿园毕业照,有站在石头墙上俯视她的生活照,还有穿着睡衣在灯下学习的偷拍照——那也是她最爱的一张。柯达的一次性相机被我俩用得出神入化,什么时候用闪光、什么时候曝光、什么时候背光,通通一清二楚。我每天放学或夏夜里她换班之后,阳光不太强烈了,我们就会一起去福斯特维尔的墓地里散步。我特别喜欢那张在山顶上俯拍墓地的照片。那时刚刚下过雨，周围的一切都像被蒙上了一层晶莹的薄雾，照出来宛若一幅美丽的风景画。还有几张照片是我给妈妈拍的。在其中一张里，她把裙子拢抱在膝上，坐在山顶的某个墓碑前，脑袋朝一侧歪，害羞地笑着。

"要不您去哭泣天使的雕像那儿站着拍一张？"我问她。

"我喜欢这儿。"她一边说着，一边拍拍前面那块地。

"可那里高，风景更好。"

"但挑什么景应该是我说了算吧？"

为了满足我的要求，她还是站在雕像那儿拍了几张，但拍出来的要么闭眼了，要么就是姿势不对，所以都没留下。至于在山顶上拍的那些照片，虽然上半部分都是福斯特家的墓碑，但风景确实是最好看的。

福斯特家的墓地选址真好，我感叹着。妈妈说："那肯定，他们是最先在这里定居的，自然要选最好的位置。"

我每天都去小岛集市，那里到处都卖一次性相机。下午五点前拿去冲洗，第二天中午前就能拿到照片。岛民们很喜欢，游客们也觉得方便。大家也就用一个小时的相机，再开车去内陆买有点麻烦，不如直接买一次性的。

我买了两个可以曝光24次的一次性相机，揣进挂包里，第二天一早就带着它去悲伤小屋了。如果等夏洛特姥姥拆了石膏、我学会用数码相机之后再来拍，那就有点不保险了。悲伤小屋正在一点一点地瓦解，一分一秒都不能耽误。如果某天突然发现它被夷为平地了，或是被咝咝叫的电网围住，后悔都来不及。出去！说你呢，马可。给过你机会了！

一开始，我站在与小狗巴雷特偶遇的海边拍了几张。照片里，小屋的上方和背后都是天空，前面是宽广辽阔、空空荡荡的海滩，沙丘在两边延展开来。往南边看，许多小屋次第排列，逐渐消失在远方的地平线那头。如果灵巧地调整一下镜头角度，还可以看到完整的铁丝网。站在当时那个位置，可以把破破烂烂的小屋拍得很清楚，而不只是呈现一堆危如累卵的废墟。最后，为了给小屋拍一张全景照，我脱了鞋子，一步步往后退，直到海水没到了短裤，我才找到合适的角度，把浪花也框了进去。

然后，我推着自行车往小屋走，想把它藏在老地方。可忽然看到有个人影，正在半走半滑、小心翼翼地从沙丘上下去。他跟跟跄跄的，晃着胳膊来保持平衡，但还是一下摔进了丝兰丛里。他的遮阳帽飞了出去，顺着沙丘往下滚。他好像骂骂咧咧地喊了一连串脏话，但听不清楚到底是什么。他爬起来，然后拍拍身上，看了看有没有受伤。是沙尔利·科金斯！那个房产经纪人。他偷偷摸摸地往周围瞄了几眼，不想让别人看到自己这副窘相。我跳上自行车朝反方向骑去，也不想让他看到我。真讨厌，我应该早一个小时过来的。

我等他理好裤子，脱了鞋把沙子倒出来，再穿上鞋，戴好遮阳帽，才扶着自行车光明正大地朝他走过去。他背对着我，正在研究他的房产，所以也没注意到我。我不想吓到他，于是先喊了一声早上好。

"拉希科特的小朋友，对吧？你晒这么黑啦。你叫什么名字来着？"

"马可。"

这次，他没开那辆奇奇怪怪的水陆两用车，我指着上次停车的位置问道："您那辆车呢？"

"在车库里呢，那也是定制的哦。有客户从外地来的时候我才开，有面子嘛。一般就开开公司的车。我刚才顺着该死的沙丘下来，摔了一个大跟头。别管怎么着，一定得小心那些可怕的丝兰。"

"姥姥已经提醒过我了。"

"那位艺术家吧。把手摔断了是吧？上次咱俩见面，你就说要回家拿相机帮她拍照。"

"是手腕摔断了，还打着石膏呢。"我想，也没必要多费口舌跟他解释脚踝也摔了的事，就继续说，"眼看着小屋一天比一天危险，怕来不及，就今天来了。"

"跟我说说这小屋的事情吧！你猜，晚上响警报的时候，我心里会想什么？我祈祷能来个纵火犯，把它烧个底朝天！别等卡车来推啦。每次我到这儿来，都会没完没了地想'为什么这样为什么那样'。为什么没赶在屋顶塌陷之前把它卖给出价最高的那人？为什么不只留旁边那块空地，把小屋捐给历史学会呢？只要一捐出去，既能减税，又能把房产税、危房政策、工程师费用等问题通通抛给历史学会。如果他们也受不了了，完全可以一把火烧了它，再向州政府申请立个不错的纪念碑。60年代，小屋的房主们胡乱修建，钱都花光了，不得不转手，卖给了我爸。可我爸为什么没再出手呢？科金斯地产的人都在想什么啊？是以为它会趁夜深人静靠魔法重建吗？是指望早晨醒来看到它摇身变回1804年的样子吗？最好海岸线也是1804年的样子？是不是还想着可以按照20世纪的标准估价？"

"我觉得最好趁它还没倒，赶紧拍点照片。夏洛特姥姥一旦可以画画了，还能有个参照。"

"你用的是哪种相机？"

我从挂包里把一次性相机拿出来给他看。

"如果您会用，绝对没问题。拍完之后，第二天就能去小岛集市上取照片。我怕不够用，所以这次买了两台。"

"那你想拍什么样的照片呢？"

"我打算去铁丝网另一侧拍些近景，还想在门廊上拍几张。"

"我猜，这不是你第一次从底下爬过去了吧？"

"既然您在，那我也能光明正大点了。"

"你想让我跟你一起过去？"

其实我不想，但我知道有好处。如果沙尔利·科金斯跟我一起从铁丝网下面爬过去，走到门廊上，对我而言不仅是保护，也是掩护。如果小鬼孩正在某个有利角度观察我们，他就应该知道，就算我和他现在关系还不错，但这次我也不是来看望他的。他应该知道，既然我旁边有人，这次就不能露面。这么多年来，为了检查房屋状态，科金斯也应该来过许多次。除此之外，拉着科金斯一起，我就有勇气进屋了，不用害怕会有其他鬼魂出现，也不用担心自己一人招架不住。

30

我不需要害怕。小鬼孩绝不在那儿。我让沙尔利·科金斯帮我拿着相机，先从铁丝网底下爬了过去，然后又帮他拿着帽子和眼镜，看他哼哼唧唧一扭一扭地爬过来。

我先一步踏上摇摇欲坠的台阶，跟他说："您来抓着这段扶手。您再看，门廊是斜的，感觉很神奇。"

"你都成专家了啊。"

我在门廊上拍了小屋的正面，没有窗户，也没有门。东边有些暗，我还开了闪光灯。"我还没进去过呢，"我说，"既然您在，那就一起进去吧。"

"我也很久没进去过了……天哪，每走一步之前都得试试那些木板，如果你受了伤，拉希科特一定会……呃……要我好看的。"

我站在那儿，给没有门的屋门口拍了几张近景。其实，这更多是拍给我自己的。以后，如果我偶尔翻到这些照片，就能想起这一切：11岁的时候，我看到有个男孩站在这里；他的双手撑着门框，一根根手指指节分明；他的眼睛仿佛黑色的葡萄，直勾勾地注视着我。就是这样。

我一边把胶卷往前卷，一边问沙尔利·科金斯为什么不换门。"有了门，不就可以防止别人进来了吗？"

"几乎所有人都进去过了，几乎所有值钱的东西也都被搬走了，所以没必要再换了。我们最后一次装门是……我想想……10年前？我得去确认一下。岁数越大，感觉时间过得越快。有一天，医生问我知不知道上次做肠镜检查是什么时候，我说5年前。但他查了查病历，发现竟是11年前了。"

"有什么值钱的东西被搬走了？"

"水龙头、铜管子、旧柏木板、木头门闩、原来的铁物件，还有一个马桶……"

"马桶？"

"是啊，有人买不起新马桶，洗脸盆也拿走了。注意，这不是一次搬完的，而是在这几年趁着天黑偷偷摸摸用卡车一趟趟拉走的。"

"您不能锁上门吗？"

"我们锁了，但锁也被偷了。门装了至少有十来扇，后来没办法才放弃了。最后一次装门的时候我爸还活着——哇，那都是20多年前了。是啊，对时间的感觉越来越模糊了。我爸还说：'最好还是让干净的海风吹进来吧，看看到底会怎样。指不定整个屋子都能倒得早点儿、快点儿、干净点儿。'当然啦，历史学会那边一直在筹资和重建的问题上喋喋不休，但就是搞不来钱。我爸建议先围上铁丝网，挂上警示牌，之后就顺其自然。那时，海滨地块的地价已经上来了，我们肯定，一定会有人来抢买黄金地段，老房拆建也自然不用管。可事与愿违，一直到今天，都没人买下它。"

我们真就进去了。我终于迈过了那道门槛。对于这一刻，我曾期待体验一种喜悦与恐惧交杂的激动，但事实上并没有。悲伤小屋里的房间跟其他正常的房间没有任何区别。可能是有人陪我来，灵异的氛围被打破了吧。屋里的各个角落都堆满了沙尘和废弃物，木头上和墙壁上结满了摇摇晃晃的蜘蛛网，光秃秃的地板上还掉了许多鸟粪。一束阳光穿过破屋顶，恰好打在一张几近透明的蛇皮上。以前，我只在威瑟奶奶后院的灌木丛里见过一次蛇皮。"快看！蛇的下颚都很清楚！"威瑟惊呼道，"它是想蹭着灌木开始蜕皮吧？它像从自己嘴里爬出来一样，慢慢就蜕完啦！"

我慢慢地转圈，开着闪光灯照了几张相。在屋子中间，有一处用木板围起的壁炉，但壁炉台已经拆掉了。"原来的壁炉台很漂亮，"科金斯说道，"是当地一位老木工的得意之作。想知道它去哪儿了吗？你进门时有没有注意门口的蓝色油漆？我给你讲讲蓝色油漆的来历吧。你听说过盘眼吗？没有？盘眼是嘎勒人[①]最最害怕的幽灵，而这种蓝色油漆就可以阻挡盘眼进门。直到现在，一些嘎勒人还会这么做。盘眼不仅会以男人的形象出现，也可能是像狗或牛的生灵，甚至

---

① 译注：Gullah，嘎勒人是美国南卡罗来纳州、佐治亚州和佛罗里达州东北部沿海或附近海岛上的黑人民族。

是多一条胳膊、脑门上长眼睛的女人。盘眼是最恶毒的那种幽灵，无法获得救赎。"

"为什么无法获得救赎？"

"说实话，我也不知道。或许他们有什么永远无法完成的任务吧。这得找个嘎勒人问问。"

"我不太了解嘎勒人。"

"这里以前有水稻种植园，嘎勒人是园里奴隶的后代。他们一直保持着非洲的古老传统。"

"他们在这小屋里住过吗？"

"没有，他们有自己的小屋，就在主人家旁边。70年代的时候，我爸卖掉了最后一批奴隶小屋，那时我跟着进去过，看到门框上有蓝色油漆。有一次参加万圣节派对，我还涂了那种油漆。那是岛上举办过最棒的一场万圣节派对了，就是在这栋小屋里办的。记得是1968年，从日落到日出，歌声和乐声就没断过。那时，屋里的壁炉台还在，马桶、水龙头也都在。有乐队表演，我负责打鼓，还有姑娘们做的怪味潘趣酒。有一个小伙伴特别牛，打扮成了三条腿的盘眼，还用透明胶带把一只恶心的眼球贴到了脑门上。不过他还没进门，我们就把他的行头都扒下来了。我是打算用蓝色向夜间幽灵致敬的，后来油漆干了，我就用钢丝球胡乱擦擦，打造出一种奴隶小屋般古老的感觉。很多人都还记得那场派对。"

"咱们能上楼吗？"

"我觉得还是别上去了。唔,特别小心的话也可以。上次上楼,楼梯已经很危险了,但不过你也轻。踩之前试一试,也扶着点墙。你来当煤矿里的金丝雀吧①,我跟着你慢慢走。上去就知道了,里面一团糟。门廊烧毁之后,后来的房主在南边用木板围成一面墙,却在楼上留了一堆垃圾。一直以来,也没人想着收拾收拾。"

"门廊烧毁之后?黑兹尔飓风时的那场大火?"

"是的。哦对,你对那家失踪的人很感兴趣。飓风走了,火熄灭后,巴伯把小屋卖了,新房主原本打算把它改建成度假别墅,但后来还是决定再转手。后面的几任房主甚至都没提过要住一住,只想把它拆一拆、清一清,再快速倒手,好挣上一笔。他们把门廊前的那块地弄平,又用木板围成南边的墙。但后来,由于资金短缺,小屋卖给了我爸。这些我都是从他的文件里看到的,毕竟黑兹尔来的时候我才两岁。"

"火灾是烟蒂引起的吧?"

"可能是一根烟,也可能不是。大家总想把各个环节都弄清楚,这样故事才算完美。我爸说那火也可能是飓风过后才起的,但又有谁注意这种事呢?都忙着收拾自己破破烂烂的家呢。"

"南边的墙围得一点都不好,连个窗户都没有,什么都

---

① 译注:煤矿里的金丝雀(Canary in the mine),指某人或某物是危险将至的预警标志。煤矿工人过去带着金丝雀下井,这种鸟对危险气体的敏感度超过人。如果金丝雀死了,矿工便知道井下有危险气体,需要撤离。

看不见，感觉惨兮兮的。"

"我刚才说啦，他们没钱了。你现在看到的那些小木板还是科金斯地产友情赞助的。是我弄的。他们就是破产前在墙上随便糊了些焦油纸而已。科金斯可受不了那样，那样没人买啊。所以我找了一些适合这栋老屋的二手柏木板，一一钉了上去，让它美观一些。那时我还在上高中，刚开始接触家里的生意。哎！——嘿！小心台阶！"

他猛地抓住了我的胳膊，都把我抓疼了。"看着点！立板中间已经碎了。你要是再胖点，肯定直接就摔下去了。孩子，要不别上去了。"

"我没事，咱们再小心一点。"已经走到一半了，我铁了心要去楼上看看。他说得对，楼上是一团糟。我完全不想在这里浪费一张照片。但此情此景，让我想起在朱厄尔找公寓时见过的一些地方，悲伤的情绪旋即涌上心头。"上个租户走后没打扫卫生，"妈妈会这么说，"这种人就是自私得不得了。"尽管如此，我还是拍了一些照片，正好用完第一卷胶卷，换上第二卷。

"这些房间都没有门啊。"我说。

"是啊，最后一拨人住在这里时还是有门的。但门很容易就能偷走，有把平头螺丝刀就够了。岛上有卖旧门旧窗的地方，但价格很贵。这栋小屋的整体布局都是改过的。你从这儿往上看，屋子斜得厉害。当然了，我是不会跟买家说这个的。"

"是怎么改的？"

"把楼梯改建到了北边。"

"建的时候怎么没考虑这个？"

"一开始建的时候，整个方案简单明了：一层四个房间，门廊面朝大海，屋子中间再塑一个H形的烟囱。因为有一家种水稻的会在这儿住到十一月，所以要确保四个房间都暖和。过道那边是厨房，单独安了烟囱。后来，其他房主接二连三地改建。'咱们再搭条门廊、加个卧室，加两个卧室吧。咱们把厨房跟主屋连起来。要不把通道和外屋纳进门厅里改成浴室？再建个二楼！'后来有人发现，'天哪，一楼新建的卧室把北边的空间都占满了，我们得从南边打通房顶建楼梯。'所以说，这小屋虽然位置没变，却早已不是原来的样子了。"

科金斯生动地把那些改建描述了一番，我好像都能看见小屋在一点点变化，错误在一点点累积——直到变成我们现在看到的这片废墟。

"岛上还有原汁原味的房屋吗？"

"有啊。有一栋小屋保存完好，也没有随意扩建，拿到了国家史迹名录[1]的标记。虽然房主有点挑剔，但还是一直往外租着。不得不炫耀一下，那小屋也是由科金斯地产负责的。再有，就是你家邻居的房子了。那房子从建成之后就没

---

[1] 译注：国家史迹名录（National Register of historic Places）于1966年设立，是美国政府认为值得保护的建筑财产的官方列表。

换过主人，但后来厄普丘奇先生把原来的砖基柱子喷涂成了格子状，简直是乱来。后来，厄普丘奇太太还建了个奇丑无比的斜坡。当然了，不是她的错，毕竟要坐轮椅嘛。但时机合适的话，完全可以把它拆了。她也是个极品啊。你见过她吗？"

"我们是朋友。"

"啊，好吧……那，替我向她问好。"

毫无疑问，如果我不那么说，他肯定还会继续说厄普丘奇太太。

"你可以拍一下海边的那个房间，但不能进去。着火之前，南边的墙上有一个不错的老虎窗，但也跟门廊一样烧得不成样子，后来趁着拆门廊，就把它也拆掉了。好了，拍个照吧，但别进去。我还想把你好好地带出去呢，千万不能摔下去。你也能看出来，楼上其他房间里都堆满了垃圾，就别浪费胶卷了。之前，我都不知道二楼的地板还可以。看看咱们能不能安然无恙地下楼吧。再看一眼厨房，就可以结束小屋爬行之旅了。好在，那些房主没把厨房里的砖石地板盖起来，小偷也没拿什么工具把它们撬走。砖石地板挺好的，过去人们就在壁炉那儿做饭。除了查尔斯顿博物馆，在其他地方是见不到那种地砖的。"

31

"姥姥,什么是肠镜检查?"

"一种短时间内你还用不着的东西。怎么了,谁要做?"夏洛特姥姥靠右脚平衡着身子,正准备用左手从冰箱里拽一盒酸奶出来——她的左手已经拿着一根香蕉了。

"沙尔利·科金斯,那个房产经纪人。他举了个肠镜检查的例子,跟我解释人越老时间越捉弄人什么的。他觉得自己5年前做过一次肠镜检查,但实际上是11年前了。"

"你在哪儿碰上他的?"

"我去悲伤小屋给您拍照,在那儿遇见了他。我们还去屋里转了一圈,他说是小屋爬行之旅。"

"你们进去了?"

"嗯,楼上一塌糊涂。我还差点从楼梯上掉了下去。"

"马可!"

"啊,没事儿。他抓着我了。我用一次性相机给您拍了两卷照片,明天就能去取了。等您能画画了,就能用上。"

"希望关节还能活动自如吧。"

她肯定又在电脑上浏览那种可怕的病例了。

"肯定能。"

她扭过头来,却是愁眉苦脸的。"帮我剥根香蕉开瓶酒吧。对了,我的床单、被罩放在洗衣机里了,可以等衣服多了一起洗。新床单也已经换上了。"

"您自己弄的?"

"对啊,一条胳膊也得学着铺床啊。"

"那您的……秘密项目怎么样了?"

"要么真有所进展了,要么就是在自欺欺人吧。我也做不了什么实际的工作……你说的肠镜检查啊,就是把一个小小的摄像机塞进直肠里,沿着肠道检查是不是有胃肠道息肉或其他恶性病变。我做过一次。如果你还想知道更多,可以在电视上看看。"

"您看过吗?"

"当然看过了,我可以看那种场面。摄像机在里面动,就像是沿着一根软软的粉色管道向上走,不过管道里坑坑洼洼的。我那次没检查出来有什么严重的隆起。马可,能帮我开瓶酒吗?我好回去继续专心研究了——也可能是痴心妄想。嘻,管它呢。"

接下来,我又去"改建后的"厄普丘奇家找罗伯塔要购物清单了,准备过一会骑车去商店。路上,我脑子里一直有两个小人在争吵：如果"不改建"，不搞白色小格子，那些古老的砖基柱子会不会更好看？可是，至少白格子让小屋看上去更稳固更整洁了啊。

到了厄普丘奇家，罗伯塔却说："马可，今天没有需要你买的啦。我们下午要去美特尔海滩给她做头发和指甲，我就顺道在小猪扭扭①买吧。"。

"要参加什么特殊活动吗？"

"比利先生明天差不多就到了。"

"可——怎么——？"

"我们怎么应付？就跟毛毛虫慢慢爬一样吧，"罗伯塔一边活泼地拱着手背，一边描述，"一次挪动一点距离。她也不傻，只是想慢慢消化。她知道比利先生不会来了，但她想用自己的方式纪念一下。明天，你还跟往常一样来家里就好，这也是她所希望的。"

"那，我该怎么表现呢？"

"和以前一样，其他的事就交给她吧。"

骑车去小岛集市的路上，我绞尽脑汁地盘算着可以给夏洛特姥姥做点什么好吃的。我还在脑子里挑挑选选，忽然意识到，有一个问题一直困扰着我，它就像一个小恶魔，随时

---

① 译注：小猪扭扭（Piggly Wiggly），美国自助连锁商店，诞生于1916年，开创了自助购物理念，被称为现代超市的前身。

准备把我奚落一番。

夏洛特姥姥在吃上不讲究。自从搬来跟她一起住，我也变得不讲究了。我俩都有更有意思的事情要做。我又想起那段破晓前奇奇怪怪的时间，我简单吞了一把干燕麦，就急急忙忙跑到了北边那仿佛被下了魔咒的海滩，然后看到了悲伤小屋门口的小鬼孩。

我和妈妈享受吃饭的过程。我们只有晚饭在一起吃。虽然她下班之后总是筋疲力尽，但吃晚饭的时候，还是会跟我聊聊天。聊天嘛，就是说一说今天都做了什么，发几句牢骚，再畅想一下未来。我和夏洛特姥姥不怎么聊天，我们的交流更像是简简单单的你问我答——"你在哪儿碰上他的？""您的项目怎么样了？"要不然就是直截了当地要求帮忙——大多是她出事后需要我帮忙，剪剪头发、剥根香蕉、开瓶红酒什么的。

"机会终于来了！"那个小恶魔尖叫着，从空中俯冲下来，用爪子钳住我的后背，"你终于说'瓶'这个字了！"

每隔一段时间，都会有八箱酒送到家门口。我把它们搬进来，摞在食物储藏室里，需要了就拆一箱。八箱九十六瓶，一天喝三瓶，可以喝三十二天。如果提前喝完了，就再订八箱。以前，储藏室里从没有八箱这么多的酒，但自从我五月中旬到了这里，送酒的也来得更频繁了。她订的多是波尔多和勃艮第的葡萄酒。每次给美特尔海滩上的红酒商店打电话，她也比平时更加健谈，跟电话那头的人聊很多，听上去像是她经常要招待客人,而客人又恰好懂这两种酒有什么不同。她还说,如果要定博若莱的红酒,一定要选年头好的那种。

我一直告诉自己,等夏洛特姥姥拆了石膏,可能慢慢地就不喝这么多酒了。但仔细想想,她触手可及之处,好像总有那么一瓶。我来了之后她几乎天天画画,边画边喝。只有一次,做完第二场手术后,她担心忘记"吃止疼药不能喝酒"的医嘱,才戒了几天。所以,到底出现了什么问题?她喝了那么多年的酒,画了那么多幅画,也那么享受独居的生活。为什么现在要放弃呢?

可能只是我的问题吧。就是全部与我有关。我有点担心,如果她又开始每天自斟自饮,常常不省人事,真的会很伤身体吧。这样,她也不再是合格的监护人了,而我就要被送回寄养家庭去。

可是,跟她对峙的场面让我发怵。"夏洛特姥姥,您是不是少喝点比较好?"她大概会摆出今天那副酸臭的脸,对我说:"马可,别废话,快打开。"然后我肯定乖乖就范。我如果把她惹烦了,也会被赶出家门的。她可能会说:"小孩挺好,就是跟拉希科特似的,老有意见,搞得我的生活都不能自己做主了。"

当然,每月那份"不错的津贴"就没了。不过也没关系,她以前也没有。此外,我们还要上法庭,还会有律师,法庭可能还会指派受托人管理我的基金——不过这些法律细节我不太清楚,尤其是在这个州,规定应该也不一样。我会被送到另外一个家,但我没有其他亲戚了,所以肯定不是亲戚家。如果没有可以接纳我的家庭,我可能就得去福利院了。

我没再想下去。我得相信她在拆石膏之前会安然无恙的。她应该能完成那个秘密项目,然后继续接单画画。既然她乐此不疲,我又何必改变她的旧习呢?我忽然又好奇,不知拉希科特以前总唠叨她什么。

"恭喜啊,"小恶魔骑在我背上嘲笑道,"你虽然不怎么聪明,但也不笨嘛。"

拉希科特的名片我一直放在挂包里。每次差点要用集市外面的付费电话打给他的时候,最终都放弃了,还是觉得这种偷偷摸摸的告状行为似乎是对姥姥的背叛。

我先拨了他的办公电话,是一位女士接的,她的声音很好听:"复古汽车行,请问有什么可以帮您的?"

"海斯先生在吗?"

"他暂时不在,您要他的手机号吗?"

"不用了,谢谢,我有他的名片。"

"您要留言吗?"

"也不用了,谢谢,我打他手机试试。"

"嗨,"电话里传来拉希科特的录音,"下面是语音信箱,请留下号码,我会尽快回电。"

可直到挂了电话,我还在组织语言,试图不着痕迹地表达自己的意思，却最终一言未留。

我要说什么呢？"嗨，我是马可。我需要您的建议。夏洛特姥姥……夏洛特姥姥她……"

"你暂时脱身了，但我一直在。"小恶魔在我身后不情愿地说。跟小鬼孩不同的是，它的模样是一清二楚的——它有着爬行动物的那种皮肤和尖尖的大耳朵，咧嘴一笑，便露出两排小锯齿牙。

我和威瑟会花上好几个小时，在电影形象的基础上，一起丰富恶魔的特征。"你有没有觉得，"威瑟说，"一定有比小发明①更有想象力、更聪明的高级魔怪。为了平衡一下，也会有更可怕、更邪恶的小精灵。""为什么好坏总是要平衡呢？"我问。"因为有规则啊，"威瑟回答道，"规则不是我定的。就是这样，有好人就会有坏人。如果有特别复杂、特别有趣的好人，就会有同样复杂、同样有趣的坏人。"

快到集市的时候，我看见一个跟我差不多大的小男孩也在朝集市奔去。他皮肤晒得黝黑，精瘦精瘦的，还戴着一顶头盔，跟我的很像。猛的一下，我意识到，那竟然是我在玻璃门上的影子。我什么时候成这样了？跟沙尔利·科金斯一起踏着悲伤小屋颤巍巍的楼梯上二楼的时候，他就说我是个"瘦小子"，最好走在他前面。我当时还纳闷呢，现在知道他

---

① 译注：小发明（Stripe），美国 DC 漫画旗下超级反派，是少年泰坦（Teen Titans）的敌人，恐怖五人组（Fearsome Five）的成员，先后共有两代，均为天才发明家。

说的没错了。胖子是绝对上不去的。

"多要几版吗?"我把一次性相机递过去的时候,那人问道。

"要加钱吗?"

"一卷加一美元。"

"那就只要一版吧。"

回家的路上,我想应该多要几版的,可以寄一些好的给沙尔利·科金斯,向他表示感谢。我仍然生活在两个世界里,以后也可能依旧如此:在其中一个世界里,我为了省40美分要放弃带蝙蝠侠图案的铅笔盒;而在另一个世界里,拥有妈妈死后留下的基金,我可以多花2美元换一版照片。

32

"一条路别走两次。当然了,最好去都别去。不要执拗地追寻,也不要过多地谈论,时机到了,它自然就发生了。除非发现其他人也有同样的经历,否则你提都别提……"

我怎么能把教授忘了呢?他那些关于在现实与超自然之间来回穿行,关于在秘密面前守口如瓶的明智建议我都还记得。他就一直躺在某个箱底。

那天下午,我先把买来的东西放好,去检查了小海龟的温度(还没有变化),洗了衣服,洗了姥姥的床单和被套,打扫了洗手间,然后动手把最后一个箱子收拾了。箱子里大多还是要进垃圾袋的东西:洗眼杯、过期的药、急救用品、妈妈晚上用来缓解静脉曲张的弹力绷带,还有拔完牙后牙医给她开的一小瓶山金车酊。箱子里还整整齐齐地放着去年夏天我穿着就小了的衣服,他们似乎是觉得我不会长大,可以直接拿来穿一样。箱底塞着一双去年夏天就有点挤脚的运动鞋，旁边是一套《纳尼亚传奇》，看到这些，我感觉内心悲喜交加。我和妈妈都对这套书爱不释手，读了一遍又一遍，我们既给对方朗读，也独自默读，既讨论过里面的人物，也思考过深层的含义。

我瘫倒在吊床里，把书都放在大腿上，漫不经心地翻看着，根据插图回忆故事情节。就在那时，一阵脚步声从门外的台阶上传来。拉希科特·海斯来了，臂弯里还夹着一个纸袋。"我给你们带了点西红柿。我从后面过来的，就不用敲门扰人了。"

"她在画室里。我从集市上回来后还没见到她。"

"我是来找你的。《狮子·女巫·魔衣橱》呀！外甥女小时候，我给她读过。真不知道我俩谁更喜欢这故事呢。"

"是我在图书馆见到的那位吗？"

"没错，她叫阿尔特亚。你打电话的时候，我在陪她看房子。"

"您知道是我打的？"

"接待员说有个小伙子打电话来，但说有我的名片，没要手机号，我就知道是你了。我查了一下语音信箱，可你什么话都没说就挂了。"

"我不知道说什么合适。"

拉希科特把那包西红柿放在夏洛特姥姥用来撑脚的板凳上，然后问我："要不要去海边散散步？我父亲过去总说，如果一夏天都没让脚指头碰碰海水，要么是太忙，没时间对自己好，要么就是太老，没精力对自己好。现在七月都过了一半啦，走吧！"

拉希科特在木栈道的最后一级台阶上坐下，把裤腿卷起来，把袜子脱掉，分别塞到两只船鞋里，然后整整齐齐地摆在台阶下面。我也照做了。自从有了自行车，我还没光脚在沙滩上走过呢。我把运动鞋放在他那双鞋旁边的时候，忽然想到，如果有陌生人经过这里，看到并排摆放的两双鞋，可能会认为是某对父子去海边散步前留在这儿的。

已经在退潮了，宽阔的海面波光粼粼。我们慢悠悠地走着，任由涌来的海浪在脚边绽放。

"马可，你喜欢这里吗？"

他说话的时候没停下脚步，也没看我。我不由得高兴。

"挺喜欢的。但一想到妈妈不在了，就还是有些怪怪的。我说不清楚，但经常感觉她还在我身边，甚至比过去的感觉还强烈。我总是想起她，也总有一些新发现。"

"孩子，你说得很清楚了。人不在了，所有的噪声和冲突也就不见了，心里会留给她更多空间，让她充分地展现自己。我母亲已经走了十年了，但我感觉现在对她的了解比过去每天相处时都要多。"

这时候，或许要来句"感激夏洛特姥姥收留我"这种话了。"但我喜欢这儿的生活。来这儿之前，我都没见过大海。

我也很喜欢那辆自行车。夏洛特姥姥对我也很好。她我行我素的，不说教，也不打听、干涉我的事，让我随心所欲地生活着。"

"她的确如此。我第一次见到你姥姥是在我朋友的五金店里。我正在把一些不要的东西放回架子上，她以为我是售货员，就过来问我能不能帮个忙。我点了点头，她说她要在洗手间里铺点瓷砖，店里推荐她买贵的那种砂浆，她也动心了，但不确定值不值得，那种砂浆有什么特别之处。我给她读了一下砂浆罐上的信息——这种砂浆防霉。但要想效果好，最后还得刷一层防潮的封填剂。'有必要用封填剂吗？'她问，'您不会就想让我再买点东西吧？'那时，老板走了过来，先是拿我那高级的外国车打趣了一番，然后转身问你姥姥有没有什么需要。她才意识到，我其实不是售货员。"

"那后来她怎么说？"

"她似乎有点尴尬，好像犯了什么忌讳一样。她正式跟我道歉，然后就走掉了。她把我留在那儿，感觉一切好像都是我造成的。"

姥姥那么刺儿——我不费吹灰之力就能想象当时的场景。"那她买了吗？"

"我不记得了，我感觉自己像个白痴似的。没过多久，我就知道了，她刚来岛上，买了'流氓小屋'，正在修缮它。很久以来，那儿都是年轻人聚众酗酒的地方。"

"她后来怎么样？"

"跟现在差不多吧,也是惜字如金,处事直率,待人诚恳——前提是她觉得对方也不错。她身材瘦削高挑,有种飞扬跋扈的帅气。那时她还是一头黑发,好像还会涂一点口红。"

"惜字如金是什么意思?"

"就是不怎么说话。她跟我认识的其他女人都不一样。对我这种南方人来说,直率的人是很少见的。后来,我家的狗有点跛脚,我带它去兽医院看脚,在前台又见到了你姥姥。那是我们第二次见面。检查结果出来之后,确诊是骨癌。我什么都做不了,内心无比悲痛。从检查室里出来去前台结账,我整个人都是恍惚的。我一边翻信用卡,一边想趁自己崩溃前赶紧离开。她低头看到了兽医的诊断,'海斯先生',我听到她说,'不如您先带黛娜回家吧。我们有您的地址,回头可以把账单寄过去。'她自始至终都没有抬头看我,说完还飞快地把身子背过去了,假装忙着收拾文件。"

"黛娜是条什么狗?"

"噢,它是条完美的混血狗。一身浅棕色的短毛,腿长长的。兽医说还以为它有金毛猎犬和德国牧羊犬的血统,指不定还是灵缇犬的后裔。它在沙滩上撒欢的时候,姿态轻盈,好像不用着地一样。它端坐在车里,跟我去过各种各样的地方。最后一次去兽医院的时候,它也是那个姿势。但我知道它一定很疼。"

"那次我姥姥在吗?"

"不在,前台换了个人。但没过多久,她就来我店里了,说是为黛娜的事情感到难过。我带她看了几辆改造到不同阶段的汽车。她说自己对车一无所知,所以也想学点车辆工程的知识,还问我知不知道哪里可以上这种课。我说我教得比谁都好,她还问我怎么收费。我说教她是一种荣幸,不需要收费,她就提出要在店里做兼职,当作交学费了。"

"那兽医院那儿怎么办?"

"那也是一份兼职。不过很快她辞了,开始全职在我店里工作。有一段时间,我俩还合伙做过出租车生意。她跟你提过吗?"

"她说做得很成功。她拿到分红之后,就可以全心全意地画画了。"

"画画是她一生中遇到的最美好的事。其次就是你了。"

"但我真的不——"为了掩饰声音中的颤抖,我侧身走到一边,踩着浅浅的海水,看着浪花飞溅,直到心情平复才回去。"我没能好好照顾她。您说,我也要做她的监护人,所以我就给您打电话了,但留言的时候又不知道怎么说才合适。"

"所以我来了。不留言也没事儿。"

"她整天把自己关在画室里,忙她那个秘密项目。她说自己做不了什么实际的工作,所以项目要么是真有进展了,要么就是在自欺欺人。她不让我进去,床单也不让我换了。出事之后,那一直都是我去换的。还有就是,我要给她开酒,但开的酒越来越多。我想过劝她少喝一点,但我知道她肯定不乐意。所以我想，您是不是也跟她表达过类似的想法，您劝她会不会更有效果。"

"没什么效果，相反，她更不欢迎我了。比方说原来用毯子欢迎我，后来就只是手绢了。人有了坏习惯，一般不想被别人拿来说。得他们自己想清楚才好。"

"但如果等自己想清楚的时候已经太晚了呢？"

"马可，我在努力。我在路上再好好想想。"

"抱歉。"

"那个项目，据你所知，跟画画有关系吗？"

"那天我给她剪指甲的时候，看到了一点颜料的痕迹。但不多。画室里有一个单独的洗衣槽，她可能在那儿洗过了。"

"好，找机会看看那儿是什么情况。下周我们要去查尔斯顿看医生，再拍些 X 光片，听听医生怎么说。我了解那医生，不到拆石膏，他是不会给准话的。等拆了石膏就要做复健了，挤挤网球什么的，慢慢找回手腕的感觉。我也在网上看了腕舟状骨受损的案例了，不过我更倾向于看看乐观的那种。从医院回来再看看她精神状态怎么样吧。如果医生认为状态还行，咱们就可以任由她完成她的秘密项目了。还是有可能朝有利方向发展的。马可，你认识其他对某些东西上瘾的人吗？"

"唔，我妈不喝酒，也反对喝酒什么的。可能是她工作太累了，而且红酒啤酒都要花钱。我好朋友的奶奶抽烟上瘾，最多只能坚持42分钟不抽烟。我俩还给她记过时呢。在福斯特维尔的时候，我们的房东每天早上上班前都要去匿名参加酗酒者协会办的戒酒聚会，才不会酒瘾复发。还有朱厄尔那家细木工厂的老板，在工厂倒闭前不久染上了毒瘾，妈妈说再见到他的时候，他牙都坏掉了，脸上满是疮，还不停地挠。对了，还有妈妈在福斯特维尔时崇拜的那位夜校老师，特别关心学生，但不知因为什么服药过量死了。记得妈妈说，如果能有人及时恰当地帮他一把，可能就不会发生这种惨剧了。我从来没有见过他，整件事都发生在我出生之前。可以说，这些人都离我很远，而夏洛特姥姥是我人生中第一次近距离接触的对什么东西特别上瘾的人……如果她没能及时得到适当的帮助，那该怎么办？"

"不会的，咱俩都在，而且还有地方可以治疗。"

"但她不会去的吧？"

"暂时是不会。"

"那我也得换地方了。我还未成年，他们不会让我一个人住的。"

"可以找个人跟你一起住，就像科拉尔·厄普丘奇跟罗伯塔·杜马在一起住一样。不过，咱们还是先听听医生下周怎么说吧。我第一任妻子总说，人生中唯一一件可以确定的事情就是一切都不确定。有时，这种不确定也会带来好事。"

"可不一定总是好事啊。"

"是的，不总是。这点我不否认。"

33

"谜题解开啦！"我和拉希科特坐在木栈道上穿鞋穿袜子的时候，艾德·波尔顿忽然出现，欢欣鼓舞地冲我俩喊着。那辆二战吉普停在他检查海龟窝时习惯停车的地方。"我认出你的运动鞋了，马可，但想破天都没想出来船鞋是谁的，现在可算知道啦！拉希科特，很高兴见到你。"

"艾德，我心爱的吉普车怎么样了？"

"一切都好，多亏了你啊。"

"把你那吉普的'大浴盆'换了，现在后悔吗？"

"我唯一后悔的就是没早点听你的。我那时候感觉破破旧旧、锈迹斑斑的才原汁原味。对了，马可，小海龟的温度好高啊，今晚可能就是时候了。"

"但我之前看的时候还没有变化呢。"

"多久之前？"

是在我洗衣服、收拾箱子之前。"差不多三个小时？"

"那更是好兆头了。温度升得很快啊。马可，你能去照看一下小海龟吗？接下来一个小时，我得去找几个志愿者来。一旦沙子里有什么动静,你就呼我。"

"什么样的动静?"

"一开始,沙子会往里陷。"

"是代表它们要出来了吗?"

"不是,一般要等日落之后一个小时沙子凉一些的时候,它们才会孵出来。但也可能代表它们准备好了。今晚条件不错,新月早早地就出来了,潮水也涨上来了,小海龟不用跑太远就能下海了。拉希科特,你见过小海龟沸腾似的孵出来吗?"

"还没见过。如果不需要去萨姆特市找顾客试驾,我也很想在这里待着。好了,我得走了,其实我一小时前就该上路了。马可,有事儿再联系。"他抛给我一个"你知道我说的是什么"的表情,就急匆匆离开了,还一边走一边拍拍裤子。我忽然意识到,他是因为跟我散步才晚走了一小时。

我跟艾德说,我得回家去了,先去给姥姥留个字条。

"嗯,你去吧,我在这儿等你回来,正好给志愿者们打电话。我们得先把扩音器安好,再把小路挖好。这下头有一大窝小海龟正等着沙子一变凉就往外冲呢,想想是不是很激动?"

"您说的大浴盆是什么?"

"什么?哦,吉普车的大浴盆啊。你注意轮子上的底架没?它在地上搁着的时候,就像个大浴盆。拉希科特缠了我15年,非让我换个新的,我原本担心一换,会把过去的感觉也丢了。但事实上，只不过丢了一堆铁锈而已。"

亲爱的夏洛特姥姥：

　　我去海龟窝那儿了。小海龟今晚可能就孵出来了！太阳落山后，沙子一凉，它们就会出来。冰箱里有鸡肉沙拉、黄瓜沙拉，还有拉希从菜园里摘来的西红柿，已经给您切好了，可以直接吃。

　　酒在老地方。

马可

　　我心里盘算，"告密"之后，我的行为举止会不会有什么细微变化？下次夏洛特姥姥看到我，会不会发现呢？

　　我本来打算把字条从画室的门缝里塞进去，省得她不出来吃饭，就看不到了。我也跟她说过，如果小海龟看着要孵出来了，就会告诉她。但如果我一塞进去她就发现了呢？她可能会说："马可，你随时敲门就好，没必要偷偷摸摸地往门缝里塞字条。有什么不好意思的吗？"想来想去，还是把字条放在了桌上。

　　我已经准备好了，就算接下来一小时，就只有我一人在那儿陪着小海龟。当然，还有静谧安详的淡淡月光和浪花冲刷海岸的声响，以及几乎空无一人的海滩。这件事让许多人望眼欲穿，我却要成为先行者了，成为第一个小沙洞出现时唯一的见证人，可能还会看到第一个小脑袋探出来再缩回去。然后，志愿者们会三三两两地赶过来，聚在这渐渐变得凉爽的黄昏时分。在我的想象中，艾德会是第一个到的。他会对每一个新来的志愿者说："马可一直像只小鹰一样在这儿盯着。他一发现有小海龟探头，就打了我的呼机，我这才回来。他真的看到小海龟的脑袋了。小海龟探出头来，四处望望，就回去报信了，跟大家说，再等一等，时候还没到呢！"

在我回家写字条这会儿，艾德一定已经马不停蹄地打了好多电话了，他还会开车去拿工具，准备在沙滩上给小海龟挖出一条赛道来。很快，志愿者就会把车子停在我家附近，一个个出现在沙丘上。可现在，太阳还没完全落下去，沙子没开始塌陷，没有任何反常情况出现，我也就不需要跑回家打艾德的呼机。后来，有几个志愿者打着招呼过来了，还有人叫出了我的名字。大多数人到了就直接开始干活，看样子都是提前安排好的。在这个队伍里，各个年纪的人都有，有艾德这种退休人员、穿着及膝短裤的中年妇女、还没脱工作服的年轻男人，还有几个小孩。

两位女士小心翼翼地把木桩拔出来，又把海龟窝四周的橙色塑料围栏卷起来。一个男人跪在海龟窝边，把一个东西插进沙子里，然后另一个男人在上边安了一个扩音器。小孩们则忙着为准备赛跑的小海龟标记路线。

"如果今天晚上孵不出来怎么办？"我问其中一位看上去比较友好、刚刚叫出了我名字的女士。她回答说："那就得再围起来了。"

"艾德对这些小家伙有感觉。他说过去三个小时温度快速上升,可能已经有许多小海龟堆在那里面了。看那边,艾德来了,你可以问问他。"

太阳刚刚落山,天上一抹粉色的薄雾朝着北边飞斜。朝北望去,艾德的吉普车跃入了大家的眼帘。副驾驶窗户那儿伸出来一把类似秸秆的东西,一开始我还以为是用来清理赛道的扫帚呢。但车开近一点之后,我发现那是一头淡黄色的头发。直到那人从吉普上溜下来,我才看清是个比我高一点的小男孩,两边头发剪得很短,刘海却把额头都盖住了。他穿一件橙色的T恤,胸口处有大大的白色熊爪印花,一条卡其色工装短裤,一双前卫的橙灰配色的运动鞋,手腕上还戴着一只大大的黑色手表。他的脸被太阳晒得黝黑,但其他地方倒挺白。

"马可,这是皮克特,他的奶奶是我邻居。现在放假了,他在这儿住一段时间。皮克特,这是马可,就住在沙丘后面的那栋小屋里。马可,我跟皮克特说了,让他跟着你,你来跟他说说咱们工作的详细情况。"

可一开始我就感觉,皮克特不是那种会跟着别人的男孩,也不会仔细听同龄人讲任何事情的详细情况。一直到艾德说话那会儿,他连看都没看我一眼,我跟他打招呼,他倒是也回应了,还无精打采地扫了我一眼。

"如果愿意,你俩就去帮忙铲小道吧,"艾德建议道,

"皮克特，去把咱们带的耙子和铲子拿过来。"

"你该上几年级了？"干活的时候，我问皮克特。我主动提出用铲子，好让他用耙子。

"我上的学校不分年级。我算是第二组了，也就是八年级。"

"好巧啊，我也是！"

"真有意思，感觉你比我小啊。"

"嗯，我跳了一级。"

但他没有任何回应。"这条小道要弄成多宽的？"

"再宽一点儿？记得要在两边堆点沙子，省得它们跑偏了。"

"为了几只小龟就这么大动干戈啊！"

"可不是几只。这一个窝就有110颗蛋。红海龟是世界上最大的硬壳龟，但现在却濒临灭绝。它们这样朝着大海奔跑，已经4000万年了，而我们在这儿才不过20万年。"

他一边听我说，一边慢悠悠地把脚尖戳进沙子里，问道："没人给挖小道的那几千万年，它们是怎么过来的？"

"所以它们才慢慢走向了灭绝啊。人们把海龟蛋当早饭，用它们做珠宝，还……"

"我就是开玩笑，"他说，好像在向一个反应过度的小孩子澄清，"你一年四季都住在这里吗？"

"嗯，我跟姥姥住在一起，我妈去年冬天去世了。"

"啊，不好意思。"

"冒昧问一下，你为什么要到这儿来呢？"

"什么意思？"

"我是说，感觉你对海龟没太大兴趣啊，为什么要来？"

"哦，海龟啊。爷爷奶奶不怎么爱热闹，爷爷紧盯着总统竞选，奶奶就在厨房里幻想美食。差不多下午三点，他们就睡下了。艾德说我指不定会喜欢这个。是指不定。"

我们默默地一块儿挖了一会沙子小道，各自想着各自的心事。我无法想象他有什么心事，也不想去想。等到了新学校，肯定也会有一两个皮克特这样的同学——机智狡猾、不声不响地偷偷打量你，甚至暗地奚落你。唉，那种被别人指指点点、令人备受折磨的感觉又来了。

其他志愿者似乎被包裹在同一个肥皂泡里，他们意趣相投、轻松愉快，彼此叫着对方的名字，朝着共同的目标努力工作。只有我和皮克特在肥皂泡的外面，陷入一场竞赛似的僵局。可这场竞赛是为了什么呢？为了争个高下？为了论个输赢？为什么要把皮克特强加在我身上？艾德·波尔顿一直是我的朋友和导师，也让我爱上了小海龟，但现在，仅仅因为觉得邻居的小孙子"指不定会喜欢"，就把我俩从海龟小团队里踢出去了？是因为久久走不出丧子之痛，所以才到处向小男孩们示好吗？

天色渐渐变暗，一轮新月徐徐升上夜空。志愿者们也变成了模模糊糊的人影，在暮色中持续工作着。这种感觉让我想起那个天色似明未明的清晨——我走到悲伤小屋，看见他靠在门口，等待我的反应。

接下来，干活的节奏加快了，大家前呼后喝，声音也提高了。随后，大家聚集在安放了扩音器的基柱那儿。一位女志愿者趴到海龟窝边，把脸贴在沙子上试探。

"哎，"皮克特说，"我想去你家上个洗手间。"

"沙丘后面不就可以吗？"

"我要大便。"

"能等等吗？我感觉海龟马上就要出来了。"

"不行，我等不了了，"他捂着肚子说，"你告诉我洗手间在哪儿，我自己跑过去就行。"

当然不能让他自己去了。如果夏洛特姥姥恰好在厨房，看到一个陌生的小男孩闯进来要上洗手间，那怎么行？

"不行，来，我带你去。咱们快点儿。"

我们俩往木栈道跑去，艾德在后面大喊："孩子们！你们干吗去？小海龟马上就孵出来了！"

"他要上——我们马上回来！"

"啊，真可恶，我坚持不住了！"皮克特呻吟道。

"穿过厨房，然后左转，走廊尽头就是洗手间。"我推他先走，他夹着屁股，尽可能快地往前跑去。他橙色 T 恤的后背上写着"克莱姆森大学老虎队"的字样。如果他结束得快，我们还能看到多少激动人心的时刻？等等啊，小海龟，等我回去。

我留给夏洛特姥姥的字条还在餐桌上。酒却不见了。

"快去!"我说。洗手间的门猛地一关,旋即传来爆炸似的声音。在脑子里,我已经开始清理马桶了:先用马桶刷刷一遍,用"朗白先生"解决飞溅的污物,再用"派素"除臭消毒剂消除异味。

冲厕所了,又冲了一遍。水流了下去。皮克特出来了。他还蘸水湿了湿刘海。"把里面搞臭了,实在抱歉啊。"

"没事儿,你先过去吧。"

"你不去吗?"

"我还有事,你先去吧。"

"你确定?"

"嗯,我一会儿就到。"

然后我开始打扫。好像是提前设想的噩梦变成了一模一样的现实。

在强光下对着白色马桶盯了一会儿,等再出门,眼睛都需要重新适应黑暗了。志愿者们大都蹲着,零零散散地围在我和皮克特帮忙挖好的那条小道两边。我到的时候,眼睛已经适应了。我看到一群黑色的小动物争先恐后地从彼此身上爬过去,尽可能快地摆动着小小的四肢,奋力冲向大海。

一双大手抓住了我的肩膀。"啊,马可,你错过了它们沸腾的场面……"艾德·波尔顿不无难过地说。

"我知道。但没办法。"一滴眼泪顺着我的脸颊滑落，但周围太黑了，艾德没有看到。

"没事，明年还会有。"

"从窝里出来多少只？"

"我们数的是99只。收成不错。有些小海龟没能出来。它们还没把蛋白吸收完就破壳了，所以比较虚弱，活不下来。你怎么不去找皮克特？他在那儿帮忙把跑偏的小海龟引到正道上去。只需要用手指轻轻地碰一下它们的背就可以了，就像这样——"艾德用手指轻轻地点了一下我的脸。

可全世界我最不想找的人就是皮克特。他正跪在沙滩上，专心致志地盯着小海龟，防止不听话的捣毁沙堤跑出来，再小心翼翼地把它们引到正道上去。他就那样跪着，钛金表壳的腕表在黑暗中烁烁发光。

"很酷吧！"我走到他身旁跪下，听他惊叹道，"看看它们，拽着屁股往前赶呢！一分钟之前，它们都还在奋力从窝里往外爬。我亲眼看见第一只小海龟像个小侦察兵似的爬出来，先从沙子里探出来一只小小的鳍状肢，然后是小脑袋，再然后是另一只鳍状肢。它看上去像是在挖什么东西一样，一出来，就朝大海飞奔去了。那一只出来，其他小龟呼噜噜一股脑儿全出来了，就有了这么一大群活生生的史前生物。简直是太酷了！"

34

"马可,你没事儿吧?"第二天一早,夏洛特姥姥就在我门口问道。

"啊。"

"我可以进来吗?"

"嗯。"

她跳了进来,靠在门框上。"你昨天晚上不舒服了?"

"您是说洗手间里有臭味吗?"

"那是小事,人人都会遇到这样的情况。"她眼睛里有网状的红血丝,看上去有些憔悴。

"不是我弄的。是另外一个小男孩。昨天我俩一起跟着海龟巡逻队在沙滩上等小海龟孵出来,他说憋不住了,想上洗手间,我就带他来了。"

"我看到你的字条了。小海龟孵出来了吗?"

"嗯。但我错过了。"

"全都错过了吗?"

"不是,是错过了它们沸腾的样子,没看到它们从沙子里涌出来。皮克特说挺酷的。我回到那儿之后,就看着它们爬到海里了。"

"皮克特——就是那个男孩吧。"

"嗯,艾德·波尔顿带来的。他跟爷爷奶奶住在这里。"

"等等。为什么皮克特看到了小龟沸腾的场面,你却没看到呢?"

"因为——"我心里一阵难过,把身子转了过去,"我需要留下来打扫洗手间。实在太脏了。"

"噢,马可,好抱歉啊。孩子,我能坐在你床上吗?"

"这是您的床……当然能了。"

她尽可能地大步跳了过来,清瘦的身子一落下,可以感觉到床陷下去一点。"真可恶!马可,我真的好抱歉啊。"

泪水毫无声息地滴进了枕头里。

"你是多么期待那一刻啊。你要去见证大自然的奇妙,我都替你激动。你一直在等,一直那么尽心尽力地看护海龟窝。有时候我从窗户往外看,就看到你在那儿,坐在沙地上,抱着膝盖,好像在鼓励它们快快长大一样。但因为给一个陌生人擦屁股,就错过了小龟沸腾的场面。真是好心没好报啊!"

我泣不成声,根本无法回答。

"噢,孩子,"她用没受伤的左手紧紧抓着我的肩膀,"拿你怎么办好呢?你做事太周到了,却总让自己受委屈。我该怎么保护你呢?"

我屏住呼吸，咬住下嘴唇，强忍着不让自己哭出来。

她把手收了回去，发出一声干瘪瘪粗粝粝的笑，"一定臭得不得了吧。"

"什么？"

"皮克特拉的东西。"

"是挺……"我咯咯咯地笑了，她也笑起来。"现在几点了？"

"十点多了。你一般不起这么晚，所以我担心了。我头疼得很，应该是昨晚弄多了。"

"项目吗？"

"不是，是赤霞珠喝多了。下次去商店的时候，能再买一瓶强效的泰利诺吗？上一瓶好像吃完了。"

她自己提到酒了。拉希科特会觉得这是"有所好转"的迹象吗？

骑车去集市的路上，我的心情一塌糊涂。结束了，我盼了一整个夏天的事情就这样结束了。我错过了。"你一直在等，一直那么尽心尽力地看护海龟窝……但因为给一个陌生人擦屁股，就错过了小龟沸腾的场面。""猜猜我见到什么了？你永远都不会相信的！"皮克特大概会跟学校里的同学这样说，"那些小海龟超级酷……它们那样朝着大海奔跑，已经4000万年了，而我们在这儿才不过20万年。"夏洛特姥姥从窗户那儿看我了，看我在沙滩上坐着。不知怎么，我从来都没想过她会停下手头的工作，看看窗户外头的我，但她看了。"就看到你在那儿，坐在沙地上……"

"我该怎么保护你呢？"她似乎在为我悲痛。住在一起这么久以来，她只抓过我的肩膀两次。但这一刻，我想，可能以后我们要开始保护彼此了。

照片洗好了。去买东西之前，我又去了一次海边，逐一查看成像的效果。在海滩上拍的那些还可以。看到小屋远远立在晨曦中，夏洛特姥姥会像过电影一样，感知它一步步变成如今这片废墟的过程。她会挑选其中某几个画面来画——最初无人问津却景色优美的样子，最后摇摇欲坠且危机四伏的样子，或是中间的某个状态。虽然在门廊上拍的那些光线不好，但如果以后偶然再翻到，也足以让我想起小鬼孩靠在门口的场景。

在屋里拍的那些让人大失所望。每一张都黑乎乎的，甚至看不清被偷了的壁炉台在哪里，沙尔利·科金斯描述的用来阻挡盘眼的蓝色油漆也成了灰色。在二楼拍的那些似乎二次曝光了，也是黑乎乎的，只是有一道光从中间部分把南面的墙隔成了两半。我很庆幸没再要一版，如果科金斯拿到这些照片，也肯定不会给任何人看的。

集市上有一个纪念品区，商品琳琅满目，但只有一个绘有鹈鹕伫立码头图案的塑料烟灰缸抓住了我的眼球。我把它买了下来，准备今天见科拉尔·厄普丘奇太太的时候送给她。

"您看上去状态不错。"我对厄普丘奇太太说。她穿着一条带白色蕾丝披巾的白裙子,搭配一头刚刚精修过的白发,还涂了珊瑚色的指甲油,戴了同色系的项链。不管怎么看,状态的确挺好的。空气中有一丝若有若无的香气,我想,应该是她喷了香水吧。

"谢谢你,马可。今天是个特殊的日子。"

"是的,太太,罗伯塔跟我说了。他一般几点到?"这句话是我提前想好的。

"从华盛顿来,只有一班飞机最合适。如果坐飞机,他下午四五点钟能到美特尔海滩机场,然后再租辆车开过来。不过,他有时直接回家,有时也会先逛逛,所以晚上不一定能到。有一次,他凌晨才到,竟然还一大早举着餐盘来叫我起床。"

"他真好。"

"是啊。不过我更希望能梳洗打扮好了再见他。但他那天早晨心情特别好,可能都没意识到自己把我吓了一跳。"

"他住在这里的时候,你们会一起做什么?"悲伤小屋的照片就静静地躺在我工装短裤的口袋里。现在拿出来还太早了,我要等一个合适的时机,好把话题引到约翰尼·戴斯身上去。今天,门廊桌子上铺了一块蕾丝桌布,我们用的瓷器和银具更显精致。原来的烟灰缸也升级了，换成一只淡绿色的水晶烟灰缸，跟盛冰茶的水晶壶是一套的，这让我买的鹈鹕烟灰缸显得格格不入。桌子中间摆着一个瓷质蛋糕架，小丘比特正冲着枝丫上的鸟儿吹笛子。蛋糕架上要放比利最喜欢的李子干波本威士忌蛋糕，现在还在楼下烤箱里烤着，一会儿就端上来了。

"我还能走路那会儿，我们经常去绿溪公园。比利特别喜欢那里，去多少次都嫌不够，成年后也还去。马可，你一定要找人带你去看看。那里有万紫千红的花儿，华丽美观的雕塑，舒适怡人的游船，热热闹闹的动物园，静谧的林间小道，难得一见的小鸟，200多岁的古树，甚至还有鳄鱼呢。公园里的活动也特别丰富，一天是转不完的，所以可以买周票。比利小时候，总是玩得不想走。到了他50多岁的时候，我们还会去那里怀念过去。还有啊，我们经常一起出去吃饭，就算我坐了轮椅也没耽误过。比利喜欢吃本地菜。我睡午觉的时候，他就开车过桥，到查尔斯顿买点老古董家具，带回华盛顿的家里用。"

"他家是什么样的?"

"唉，马可，我一次都没去过！我们每年都计划着去，但年年有事，年年落空。后来，比利把一切安排妥当，我终于可以成行了。我拿着一张头等舱机票，在机场排队安检，却忽然倒在了地上。从那以后，我就坐上了轮椅。脊椎罢工了。细节挺无趣的，我就不说了。这成了我一生的遗憾。那么多年里，比利总是说，'妈妈，您什么时候过来看看？看看我住的地方，见见我的朋友。我想让您了解在华盛顿的我。'可是现在，我再也没有机会了解在华盛顿的比利了！"

"他在华盛顿做什么？"

"在一家保险公司身居要职，主要负责军人和军属的相关工作。他爱自己的工作。不过有时可能跟他身上的艺术气质有冲突吧。艺术家如果不能直接接触艺术，就总会闷闷不乐的。比利会去上声乐课，收集古董家具，还去法国和意大利旅行，所以他没事。他是唱男高音的，嗓音嘹亮迷人。"

"拉希科特说，他的母亲去世十年了，但感觉现在对她的了解比过去每天相处时都要多。他还说，人不在了，所有的噪声和冲突也就不见了，心里会留给她更多空间。或许您跟比利之间也是如此。"

"噢，马可，如果是这样，就再好不过了。我多么希望比利可以占据我的心，让我真正了解他啊！可我们对自己都不太了解，更何况是别人呢？"

"您说要研究自己的过去，现在怎么样了？"

"呀，你还记得呢。上次我说什么了？"

"您说不想要家族姓名、社会关系什么的了，连科拉尔这个名字都不要，一切回归本原。"

"还是保留名字比较好吧。唔，后来我两次又走进 cul de sacs，现在有了一些发现，所以妥协了。"

"cul de sacs 是什么意思？"

"就是法语里'死胡同'的意思,那样说起来更高级一点。我在想,等我逐渐度过每一个特殊的阶段,不再是别人的女儿、妻子、母亲、邻居或朋友的时候,我又是谁呢?如果没有这些角色,我自己本身到底是什么?这是第一个死胡同。我想,可能什么都不是吧,我就是这些角色啊。就算我死了,也会有角色——殡仪员眼中'厄普丘奇太太的遗骸'。如果人们想起我,想起的也是我的某个角色。不得不说,我泄气了。"

"为什么泄气了呢?"

"打个比方吧,如果你去考古发掘,发现了一些还不错的硬币啊、珠宝啊、陶器啊什么的,就想,哇,如果现在就能挖出这么多,那底下肯定还有更好的!但事实上,当你真正挖到底的时候,就会发现,除了泥土,一无所有。"

"您说这是第一个死胡同,那第二个呢?"

"嗯,我说说第二个吧。如果没有这些人际关系、这些角色,我就什么都不是,这让我无法接受。那我的独立意识呢?又该何去何从?毕竟我会从一个独一无二的角度体验世界,就像森林里的每一棵树都会拥有不可替代的体验。我遇到的第二个死胡同也不能说是死胡同吧,可能只是难过的一个原因。我想到比利,想到他说'想让您了解在华盛顿的我'。我意识到,除了在人前的样子,我们都还有一个隐藏起来的自己,那是任何人都无法真正了解的。不管两人之间的爱有多深,都无法完完全全地让对方了解自己。这让我黯然神伤，也默默地流了好多眼泪。等泪干了，我想，那好吧，那我最后还有什么？我看了看，在内心深处，也就只有爱了。"

我内心还在纠结着要不要告诉她，在心底发现爱并不是坏事，因为爱也会激发某种痛苦，也就是我安慰夏洛特姥姥手腕会好时，她表现出来的那种痛苦。这时，斜坡上传来罗伯塔坚实的脚步声，打断了我的思绪。

"烤好啦。"说着，罗伯塔把香喷喷的蛋糕从盘子里顺到蛋糕架上，"第四代李子干蛋糕。对吧，第四代？"

"没错，第四代。配方是阿奇的曾祖母传下来的。最初只是用普通的蛋糕盘烤，后来阿奇父母结婚的时候收到一个环形蛋糕模具，他们就开始做环形蛋糕了。糖霜一直是用朗姆酒做的，但后来家里没有朗姆酒，就开始用波本。阿奇和比利都是吃这种蛋糕长大的。罗伯塔，香水玫瑰到了吗？"

"放在厨房里了。我刚剪了剪花茎，摇了摇花苞，您就等着花开吧。"

"马可，你走之前，我带你看看比利的房间吧。罗伯塔，记得用那个苹果绿的花瓶。"

"好的，科拉尔小姐。"

"她故意叫我科拉尔小姐，算是报复我呢。"罗伯塔走后，这位老小姐偷偷对我说道，"我不应该提醒她用绿花瓶的。她当然知道。马可,咱俩都吃点蛋糕吧。别客气。举着蛋糕碟,直接咬就成。给我切一片薄的吧,你多来点。"

"为什么是报复呢?"

"这一叫,我就是庄园的女主人啦,她就仿佛回到了过去受歧视的苦日子。我们南方人有段特殊的历史,人们得需要一段时间才能真正释怀吧,我这辈子是等不到那一天了。但我和罗伯塔·杜马这样,算是做个小尝试吧。"

她刚才说要在我走之前带我看看比利的房间,这让我感觉我马上就应该离开。于是当她一点上烟,我就迫不及待地把照片拿出来了,说起跟着沙尔利·科金斯去悲伤小屋探险的故事。

"从远处拍的照片效果最好,"我说道,"拍这些是给夏洛特姥姥画画用的。都是悲伤小屋最新的样子,她一旦可以画画,就能有选择性地去创作了。"

"我懂你的意思。把其他小屋照进去的那些也不错。哎,我一看到这些照片就想起阿奇那副悲伤的模样。每年夏天,他都会走到那里去,每每看到小屋还在,就无比伤怀。后来百般努力,终于让那些人搞了铁丝网。咦,我是不是跟你说过这个?"

"您好像说过。"

"到了我这个岁数,刚发生的事儿更容易忘。"

"在屋里拍的就很差劲了。"我一边说着,一边把照片铺开来,"太黑了,颜色都没显出来。"

"那么不安全的地方,沙尔利·科金斯竟然还让你进去了啊。"

"您以前……进去过吗?"我抛出了事先准备好的"预热性"话题。

"没,我跟阿奇都不是那种擅长社交的人。一来岛上,他就喜欢宅在家里。但巴伯跟那些严守家门的房主不同,他更喜欢把小屋租给别人。一整个夏天,他家都是租出去的,有时会到十月份。不过可怜的戴斯一家是个例外,那也让巴伯后悔莫及。"

太好了!她的话匣子被打开了。

"我好像也跟你说过,巴伯家被戴斯先生的什么堂姐告上法庭,还赔了钱。"

"那比利有没有跟他……朋友进去过?"

"我觉得肯定去过吧。因为他总会跟我们汇报戴斯夫妇的一言一行,指不定还是他跟小戴斯在他们的秘密据点偷听到的。"

"秘密据点在小屋里吗?"

"那个地方啊,我印象中要从小屋外头走过去,但里面的人丝毫不会察觉。比利还单独跟我说过一些事。戴斯一家原来住在肯塔基州,过得不太顺利,来海边之后也跟大家格格不入——我好像也跟你说过。他们害怕大海,总是一起挤在溪边的一个房间里。他爸爸每天早上都跟大家一起去钓鱼,一家人就吃点鱼肉、玉米面包,还有自己带来的大米和豆子什么的。比利说戴斯恨他爸妈,他们年纪大了,什么都不让他做。看孩子越来越不好管教,戴斯夫妇几次要把他关在屋子里,一家人会哭成一团,然后和好,然后再把他关起来,这样反反复复。他们来海边之前,比利已经休学了。比利后来告诉我,飓风过后,虽然大家都听说了戴斯夫妇失踪的事情,但他还是给戴斯寄过车费,想要帮他逃到哥伦比亚去。这是他俩计划好的。等到了哥伦比亚,戴斯再跟比利一起上私立高中。可他要靠什么生活下去呢?天知道他俩是怎么想的!挺有意思的吧。如果不是你问,我都想不起来了。"说完,科拉尔·厄普丘奇发动了她的奇妙机器,带我去看比利的房间。如果腿脚利索,坐着它兜上一圈一定感觉特别棒。这小机器发出嘶嘶的声响,走得越快,声音越大,拐弯时比人都要灵活。

比利的房间很"比利"——至少符合我印象中比利的形象。推拉门外就是大海,现在门开着,有阵阵海风吹进来。床已经整理好了,铺着轻柔的床单。扶手椅上搭着与坐垫配套的印花布,旁边是一张我见过的最好看的书桌。我想,如果赞美蛋糕时没有用那么多高级的形容词,现在就可以多说一些了。桌子上放着一个相框,里面是一张在照相馆拍的照片,照片中的年轻男子发丝飘逸,外形完美。我想看到他的人,都会止不住地夸赞他。"那时比利差不多 20 岁,"科拉尔说,"帅吧？这张书桌是普罗旺斯的古董桌,是比利找人直接从法国运来的。"桌子上还有一个苹果绿的玻璃花瓶,一大束浅橙色的玫瑰含苞待放。

"那我先不打扰了。"罗伯塔·杜马说道。

"对了,最后跟马可说说那个大篮子的事吧。"厄普丘奇太太叫住了她。

"嗯,多亏了太太,我把佣金还给那些人了。现在,我们多了一个大号的草编洗衣篮!"罗伯塔说完,轻轻笑着走开了。

35

从下午在科拉尔·厄普丘奇太太那儿参观过比利的房间之后,一直到夏洛特姥姥看完医生之前,我都沉浸在悲伤的情绪里。一些事已经接近尾声了,但另一些事还尚未发生。对我来说,这是一段表面风平浪静内心却万分焦虑的日子。太阳开始慢慢升得晚落得早,仿佛夏天知道最好的日子已经过去,便毫无反抗地偃旗息鼓了。每天早晨,我还是戴上头盔骑车去悲伤小屋,每每路过到达目的地前最后的那几座房子,我就低下脑袋,紧蹬几下骑过去,以免被皮克特看到。我跟小鬼孩之间什么都没发生,没感觉他看到我了,也没感觉他听到我说话了。一切都是那么苍白单调,我甚至开始怀疑之前的感觉是否真实存在,好像沙尔利·科金斯用来驱逐盘眼的蓝色油漆把小鬼孩也驱逐了。我还是会跟他说话,跟他讲讲最近发生的好玩的事情。"比利·厄普丘奇的妈妈说,比利曾经怂恿你离家出走,跟他一起去哥伦比亚上学……她说你俩有个秘密据点,可以偷听屋里的人说话……那天为了帮一个男孩清理卫生间,我错过了小海龟沸腾的场面,但看到它们往大海里冲了……"

我俩之间的空气平静如常、毫无波澜，我的话没有激起他的什么兴趣，也没有引起任何反感。就只是一个小男孩坐在破破烂烂的门廊上，用声音搅动着那片静谧。

艾德·波尔顿跟我道歉了："那小男孩总是一副无所事事的样子，我就觉得这事可能会让他兴奋些，却没想到让你吃了亏。"艾德回到夏洛特姥姥家门前的沙丘上清理海龟窝，清点死了的海龟和没破壳的龟蛋，带回去给海龟护理员们用作研究。"马可，对不起。皮克特也十分惭愧。不知道这样，你心里会不会好受一些。"

我怀念跟小海龟聊天的日子。它们是可以帮助我沉思的。

科拉尔·厄普丘奇因为"欢迎比利回家"这事过度操劳，在家里卧床不起。我还是每天过去拿购物清单，但总是没有几项要买的。我问罗伯塔，是不是我让厄普丘奇太太累着了。罗伯塔却说："没有，她是真正开始伤心了。也是时候了……"她一边说着，一边在一只小巧漂亮的面包篮上飞针走线。

我和夏洛特姥姥还是在一起吃晚饭，但她吃得越来越少，酒喝得越来越多。有时她让我开酒，会露出那种掂量似的神情，好像在试探我是不是要"唠叨"她了，我一旦开始，她就可以抛出话来反击——"开就行，别废话。"

我跟她说了科拉尔欢迎比利回家的那一套"仪式"，说了她在机场摔倒的经历，还有再也不能去华盛顿看望儿子、见他朋友的遗憾。

"你有没有想过，她可能不想见她儿子和他的朋友？"

我说没有，没想过。

"人如果不想面对某些事，就总能想出办法，却又总是自讨苦吃。"

那几天晚饭时，夏洛特姥姥说的话常是这种刻薄的评价。之后，我自己还想，她在厨房里遭遇小事故，也是为了逃避某些事情吗？如果的确如此，那她意识到了吗？

拉希科特带我去他常去的理发店理发——自从见过皮克特，我就一直要求去理发店。上次还是寄养家庭的妈妈给我剪的，时间已经太久了。理发师分不清我头发的正常长度，就问我想剪成什么样。我说两边和后面都剪短，前面留一点刘海，侧着梳一下。讨厌一个人，但喜欢他的发型，这也是有可能的。理完发之后，我们去买校服，我知道该怎么买，就让拉希科特坐在店门口的凳子上等着。妈妈曾说，时尚最容易过时；是你穿衣服，不是衣服穿你；衣服要合身，不能太紧、太松，也不能太张扬；在力所能及的范围内，要买好衣服。选好之后，我叫拉希科特过来刷卡付账，然后找夏洛特姥姥报销。拉希科特说我比他想象中花得少。我过得这么好，如果妈妈能知道该多好啊，一想到这，我就感到难过。

在试衣间里试衣服的时候，我站在全身镜前仔细打量自己。在学校里，同学们看着我从走廊那头走过来的时候，就会这样打量我。在海边遛弯、骑车确实让体形更好了。我脱下内衣，把自己前前后后从头到脚检查了一遍。我不再是妈妈最后见到的那个样子了，我在慢慢变成一个男子汉。这值得期待吗？

去年这个时候，我和妈妈一起去买文具时，我在期待什么呢？如果妈妈的车胎下面没有冰，她就不会死。如果她没死，那我们现在在做什么呢？可能还住在烟藤街恶魔太太楼上的公寓里吧。我这个跳级的书呆子、矮矮的小胖子也该上八年级了，期待着新课本、新课程，期待着变得更坚强、更不怕同学的欺负。妈妈可能要多打一份或几份工，好支付涨起来的房租。但不管怎样，妈妈一定会坚定地安慰我说，生活会越来越好的。如果一切按计划进行，我们五年后还会一起上大学。

夏洛特姥姥收到了查尔斯顿艺术商店寄来的包裹。她让我用锯齿刀把包裹划开，我却不小心把上面一个包裹里面的东西拽出来了，几沓标着东方文字的纸散落出来。"啊，是我的和纸！"她开心地叫出来，一把把纸从我手里抓了过去。然后，她就站在旁边看着我拆包裹，我也不能再往里瞥了。拆完包裹，她把东西抱在胸前，跳回了画室。夏洛特姥姥还给我布置了一项任务，让我帮她在网站上回复问题。"只回答那些正经问题就行，有不确定的就来问我。"网站上有一些潜在买家问价，大多是冲着悲伤小屋来的。还有一位女士问，能不能把自己的孙子画在前景里。

"简单回复她,说我不画人。"夏洛特姥姥说。

"落款怎么写?"

"夏洛特·李的助手,马可·哈肖。下次,指不定会有人让我把那个南方军的幽灵画进去呢。"

艺术商店寄来各种东西,网页上弹出各种询价,除了在洗手间里飞快地冲个澡,她就抱着和纸跟其他寄来的东西整天在画室里待着。在我看来,这都是非常好的信号——她在推进秘密项目,也在准备复工。

去查尔斯顿看医生的两天前,夏洛特姥姥又让我帮她剪头发、洗头发。我一小撮一小撮地剪,刚剪到一半,她就问我剪得帅不帅。然后,她又提起我跟拉希科特的学前购物之旅:"他以为你会多花一倍的钱呢。"

"我和妈妈以前买东西总是精打细算,我也习惯了吧。"

"唉,原本不存在的贫困与痛苦啊……全是为了逃避魔鬼造成的。如果她没离家出走,上完了高中,跟着布伦达循规蹈矩地生活,那么……算了,我还是别这样回想了。如果她没跟别人私奔,也就没有你了。"

先不考虑我存不存在吧。我顺着她的思路想,想到那位让布伦达和夏洛特都逃走的魔鬼父亲,也就是我妈的外公。我还想多知道一点,但知道多少算合适?在梦里,我问垃圾工,悲伤小屋前面的垃圾桶里都有什么?他却冷笑着回答:"我可以告诉你,但那之后,我会杀了你。"

我给夏洛特姥姥剪好头发,洗净吹干,她说:"马可,你让我更利落啦,我们的查尔斯顿之行一定会不错。"我心中涌起一种油然而生的好感,又想起她为我错过海龟沸腾的场面而无比伤心,便不由得说道,我很期待查尔斯顿之行。

可夏洛特姥姥说:"不,马可,你不用去。我就是去看看医生,没时间跟拉希科特一起去玩啊、买东西什么的。"

"但我还以为——"

"你以为什么?"

"您一直说我们一起去查尔斯顿,就连拉希科特也……"

"好吧,'我们'是指我跟拉希科特,这不是家庭出行。"

不知道我有没有听错,她是略带轻蔑地说了"家庭"二字吗?

"如果你去,也就只是跟拉希科特在等候室里枯坐着。"

"嗯,我很可能也会碍事吧。"

"我会跟你说实话,如果是坏消息,我不会假装开心的。我会一言不发地开车回来,不开心就不开心好了。"

"但我不会……"

"好了,孩子,我就想这样。"

现在,我每天不需要采购很多东西,下午不需要去看望悲伤中的厄普丘奇太太,也不需要看护海龟蛋了。没有小海龟陪我,我没办法念叨每天的流水账,确保自己还神志清醒。箱子也都收拾完了。有一个人顶替了那个垃圾工,沿着他原来的线路收垃圾。他是回去上大学了吗（如果他有学上的话），还是犯事儿丢了工作？当然，我还得做家务，去商店采购。每天早晨及某些午后，我都会一如既往地骑车北去，去空无一人的悲伤小屋探望他。我好像电影里坚守信念的那种人，当爱人不在身边或远去打仗的时候，独自一人默默恪守老习惯。

自从夏洛特姥姥明确告诉我查尔斯顿之行的安排后，我不想让她觉得我百无聊赖，就一直在找事做。我把校服上的标签剪下来，在水里洗了好几遍，让它看上去不那么新，没机会去喊"我是新的哦"。如果我穿着太新的校服走在走廊里，是比较危险的。我怀念有箱子可以收拾的时候，但现在可以打扫原来堆箱子的车库。我原本还担心夏洛特姥姥会把这些当作让她改变主意的小策略，却发现她好像对此反应不错，说从没见过车库这么干净，接着又夸我简直太好了，让她找回了对人的信心什么的。这些赞美又忽然让我想到，如果她意识到我其实没那么体贴、没那么坚强，可能也不会有那么大压力吧。

她没提出来要看悲伤小屋的照片，我就把照片搁在藏止疼药的地方了。她要么是在忙更重要的事，要么就是有点迷信，不能在下笔之前看到那些照片。

36

"马可,我从医院带回来的助步器放哪儿了?"

"在我的壁橱里。"

"能去取一下吗?我想尽量不靠着拉希科特。"

去看医生的那天,夏洛特姥姥扶着助步器,在我和拉希科特的帮助下走下台阶,坐进车里。一坐进去,姥姥就问:"怎么这么好闻?"

"我跟你说过啦。"拉希科特回答道。

"说过什么?"

"有一家刚开的店,提供特色服务。你把车放那儿一天,他们就里里外外给你翻新一遍,包括蒸汽清洁车垫、给皮子打蜡什么的,各种项目一应俱全。"

"里里外外翻新一遍,不错啊。那我该给你多少钱?"

"你把车给我开,就当我谢你的吧。"

"你已经给我换了四个新轮胎了。"

"那也是谢谢你。"拉希科特说道。

"马可,你乖乖在家。当然,也没必要交代你这个。我俩傍晚前就能回来。"

好闻——是因为她还记得车里有过虾类呕吐物的味道。今天，他俩可能会去某家不错的餐厅吃个早午饭，菜单上也可能有虾，让她回想起我刚来那天发生的事。夏洛特姥姥可能会跟拉希科特讲讲具体细节，再类似大发善心地加一句："那可怜孩子羞愧得不得了。"她可能还会说："我不饿，我刚吃了一份沙拉，喝了一点红酒。但拉希，你可以来一道特色菜啊。"这是今年夏天她第一次不用带着我这个"拖油瓶"一起出门。

他们走后，白天显得那么漫长，好似一场忍耐力测试。现在去隔壁找罗伯塔要购物清单还太早。早上为了给他们送行，我没去悲伤小屋。现在再去就有点儿晚了，海滩上满是尖叫的小孩，光线也不合适。于是，我就静静地在屋里走来走去，想象自己偷偷摸摸跨进姥姥画室禁区里的样子。我把早饭时的餐具洗干净，一低头，竟然看到地板上有一些磨损的痕迹，瓷砖上还有一些沙子——难道是皮克特夹着屁股上厕所时留下的？看来地板需要好好刷一下啦！我跪在地板上，拿着硬毛刷认认真真一圈一圈地擦洗起来，不禁回想起我和姥姥一起打扫房间迎接斯特克沃思的场景。那时，夏洛特姥姥也跪在地板上猛烈地擦洗，还评价说："这要是个人，非死了不可！"当她听说我妈也是16岁就离家出走的时候，就坚决地命令我去外头玩，"马可，赶紧走，别让我再说一遍啊。"我擦完厨房地板，拖了门厅，清理了洗手间，又把已经很整齐的房间整理了一下，最后扔了垃圾。

我正要把门前垃圾桶的盖子盖上，抬头竟看见一辆救护车转着红色警示灯安静地驶进街区，停在厄普丘奇太太家门口。

罗伯塔站在救护车旁边，看着两位男性工作人员从车上搬下来一副担架，然后带他们迅速上了二楼。她没往我这边看。很快，他们就抬着担架出来了，担架上躺着一具瘦小的身躯，盖了一床毯子，露出脸和呼吸器。他们沿斜坡下来的时候步子更稳一些，尽量避免颠簸。他们把病人搬进救护车，跟罗伯塔商量了几句，就猛地关上车门，打开红色警示灯，同样安静地开走了。罗伯塔还是没往我这边看，扭头就回家了。我跑过去追上她。

"罗伯塔！发生什么事了？"

"他们说她可能得了肺炎。我早晨进房间的时候，发现她呼吸特别乱。"

"夏天犯肺炎？"

"什么时候都有可能。健康的人携带细菌，自己没事，却会感染别人。我猜是在美容院染上的。发型师好像对着她咳嗽了，要不然就是旁边那个吹头发的女的。到了她这个年纪，这都不是开玩笑的。她还发着烧呢，我不能有侥幸心理啊，就叫了救护车。"

"她会没事的吧？"

"求上帝保佑吧。自从她坐上轮椅，我就跟着她了。我们之间是——是友情吧。"说着,她就流下了眼泪。

"您需要我从集市上买些什么吗?"

"不用了,我要收拾一些要用的东西,然后去医院等消息。"

"告诉她,我希望她能快点好起来。"

"一定。她以前很喜欢你的。"

我穿过一尘不染的厨房,走到门廊上。中午前,整栋小屋都处在阴凉处。我习惯性地走到沙丘那儿,坐在沉思的老地方。木栈道底下没了海龟窝,就像悲伤小屋门口没了鬼魂,感觉孤寂寂的。"她以前很喜欢你的",可为什么不是"她一直很喜欢你"呢?太阳下山之前,很可能会变成"她生前很喜欢你"吧。

刚才的场景,就像是一只小小的外星生物被身材魁梧的人类恭恭敬敬地搬进了救护车。她戴着氧气面罩,无助地躺在毯子下面,某些地方微微凸起,却什么都没露出来,就连一丝白发也没有。现在,她不能像考古学家一样研究自己的过去了。不对,她好像说已经完成了,仅在最深处发现了爱。我还没来得及告诉她:"在心底发现爱,并不是什么坏事情。"

我坚持不住了,就像寄养家庭里那个小男孩的脸垮掉一般,我能感到内心的防线在逐渐瓦解。我抱紧膝盖,把自己变得更小更紧,把脸埋在胳膊里。如果妈妈还在,她应该会说:"马可,你一这样埋头坐着,我就连想死的心都有。"

嗯,你确实死了。我等你回来,你却再也没有出现。但我还停泊在这里,渐渐地松开绳索,准备远走高飞。

小海龟的尸体和没孵化的龟蛋都拿去做研究了。或许做一只没有孵化的海龟蛋也挺好的,没有痛苦,无须奋斗,也不会感到恐惧。只会在实验室里被一个善良的人轻轻敲开蛋壳,好奇地研究一下,好帮助以后的小海龟顺利孵化。

寄养家庭的妈妈以前说过,如果开始顾影自怜了,就想想让你心存感激的好事情。那今年夏天有什么好事?大概是我的自行车、我自己的房间、没回避我的小鬼孩,还有拉希科特、科拉尔·厄普丘奇、夏洛特姥姥。

对于威瑟来说,"真相"就是真正发生在某人身上的故事,越是震撼、越是动情,就越好。比如,凡·高割下自己的耳朵送给街头的妓女;威瑟那才华横溢的叔叔样样精通,却在老鼠乱窜的拖车里饮弹自尽。

有一种人,不管你在哪儿,他都会一直惦记你、思念你,你也丝毫不用怀疑。威瑟把这种人叫作"可靠的贴心人"。我俩像分享稀奇的弹珠一样展示、讨论自己的"贴心人"。我妈是我的贴心人,威瑟奶奶是他的贴心人。我俩都只有这一个,但威瑟说很多人连一个都没有。他的爸爸、妈妈、哥哥不跟他住在一起,都算不上是。用威瑟的话说:"他们一连几个星期都不会想起我。"他还说:"谁知道呢,指不定某天,咱们也会成为别人的贴心人。"

或许是傻吧,但我慢慢觉得,夏洛特姥姥和拉希科特可能也是我的贴心人,科拉尔·厄普丘奇可能也是吧,毕竟比利已经不在了。

在烟藤街的那间公寓里,我和妈妈只有一个房间,房间里又只能放下一张床。如果那块冰再往左一点或往右一点,别正巧滑到妈妈的车胎底下,我们现在就可能还睡在同一张床上。不知道我得到什么年纪,妈妈才会说:"马可,你是个大孩子了,我可能没钱再租个房间,但你也得自己睡了。看看我们能不能分期买个沙发床什么的,可以放在墙角。"

躺在妈妈身边,我发现自己有时会想,"如果她永远都不说这些话,那该怎么办"。那时,我就试着转移注意力,但下一个想法还是不受控制地蹦出来了:"我该怎么摆脱她呢?"

"我可不想再跟着你胡思乱想了!"小恶魔忽然跳出来说,"我是个不断进化的小恶魔,一直在让自己变好呢。别搞错方向,你还是适合跟别人在一起。"

"什么人?"

"可以平衡咱俩性格的坏人。是一个刚组装好的加强版小恶魔,我把他叫来了。看,他来啦,我走啦!"

我可能已经垮掉了。为了摆脱脑海中的小恶魔,我顶着炎炎烈日沿着海滩跑回家。我不想见到什么加强版的小恶魔,看都不想看到他一眼。我把厨房门猛地关上,门框上如果涂满了蓝色油漆那该多好啊。为了再多一道屏障,我又跑进了自己的房间。

可在房间里又有什么用?我把穿卫衣的小黑熊抱起来,放在脸边摩挲着。窗外是海天交接的地平线。刚才在外面,我感觉自己快要融化掉了,可现在又感觉皮肤在一点点收紧,有一种难以承受的压力把我紧紧包围。我汗流不止,胸口上下起伏。糟糕的是,我不想体验的那种感觉在身体里不断膨胀。

我打开妈妈的马口铁罐,从一堆宝贝里找出夏洛特姥姥的止疼药。我以前只从里面拿过阿司匹林。可能一颗就够了吧。就算不能完全消除不适,但至少能在它们再次袭来之前让我平复一些。我回到厨房里,一冲动,从平常藏酒的地方拿过来一瓶开了的红酒,酒把药丸冲了下去。这酒喝起来感觉有点浑浊,还发酸。她是怎么一杯接一杯喝的?如果我也正儿八经地喝酒,一定会选口感轻盈清爽、酒劲上得快的那种。我绕着厨房一圈圈地走起来,止疼药什么时候可以见效啊?我的种种思绪并没有"你追我赶"地往外蹿,但每次要认真思考的时候,大脑就会自动退缩。无论我想接近什么,似乎都可以触碰到痛苦和恐惧。

我打开夏洛特姥姥的笔记本,看看网站上有没有新邮件。没有问价的，一条问价的都没有。我清空了垃圾邮件。

"你是不是觉得……"支离破碎的声音传来，"你是不是真的觉得可以把我关在那扇破门外边？跟你说点不爱听的吧。我是加强版的小恶魔，你是挡不住我的。我们从里边下手。我不是说屋子里边，而是你身体里边。这也有好处，有唯一一条好处，就是你不需要面对我，也不需要想象我长什么样。我不需要有什么样子，因为我在你身体里，就可以伪装成你。"

37

"屋里有什么?"

"我不能进去。"

"谁说不能?既然我在你身体里,你就得跟我去。"

止疼药一定开始在血液中循环了,因为一切都感觉那么的……不是更好了,而是一种疏离感模糊了难以承受的痛苦。很快,他们就要在查尔斯顿吃早午饭了。现在可能已经坐上桌了。夏洛特姥姥可能会说:"这道虾让我想起马可刚来的那天……"有拉希科特在,她肯定能及时赶到康复中心。他们会互相照顾的。没有什么相互承诺,感情却胜似家人。他们可能还会成为彼此最可靠的贴心人。不过跟前一阵子相比,这种想法已经没那么让我伤心了。

"去,去开门,好孩子。还是该叫你坏孩子?这可是禁区啊。走,去看看里面都有什么。"

画室里干净整洁,大画架还摆在原来的位置,毫不碍事。洗衣槽也是干干净净的,两边晾着染了各色颜料的布。那块齐墙高的软木板上原本钉着她喜欢的风景名画、她画的云朵草图、印着她画作的明信片和刊登了对她专访的当地报纸。后来，这些都让我取下来了，取而代之的是许多大小一样的小幅画作。那天，罗恩·斯特克沃思来搬那幅 1.1 米乘 1.4 米的画时，我记得夏洛特姥姥说，"我特别喜欢 10 厘米乘 15 厘米的小画，跟手掌差不多大的那种"，她还举起手心比画了一下。我摊开自己的手心，跟那些小画比了比，发现我的手已经跟她的一样大了。

"这是什么东西？"小恶魔问道，"是连环画吗？"

"你怎么会想到那个？"

"笨蛋，因为画里的故事是从左往右讲的啊。"

"你怎么会觉得这是个故事呢？"

"我读书很快，一眼扫过去就知道了。哇，你姥姥真不害臊啊，手法这么笨拙，画得这么糙，竟然还有人把她当成艺术家！"

"她右手受伤了，所以肯定是用左手画的。除了前几笔，指不定后面还是用手指头画的呢。"

"你姥姥真恶心！"

"请你闭嘴。"

"要不是整个故事都慢慢吞吞、别别扭扭的，我才不这么说呢。"

彩画前的几张素描画得很不好，我都感到有些难为情。画家的胳膊可能一直在抖，拼了命才抓住笔似的。整体看上去，画面乱得就像拉希科特带我买完自行车后夏洛特姥姥用左手签的支票。但那签名还练了一天呢。

尽管画面拙劣，但显而易见的是，夏洛特姥姥已经开始画画了。在其中一张画里，一位男子双腿打开坐在床边，一个小女孩紧紧靠在他腿上。奇怪的是，由于线条颤抖不稳，画里的人物仿佛也在微微移动。画面中的男子体形硕大，跟小女孩比起来就像是一个巨人。小女孩外面的那只手里，松松地抓着一个布娃娃，另一只手则伸向那位男子。在第一幅画里，小女孩的手画到手腕处就不见了，但在后面几幅画里，她的手一点点地伸向男子胯间，可墨色的线条又被斑斑点点的颜料盖住，最后完全看不见了。在软木板上的其他地方，也都钉着与这两个人物有关的画。在后面一张画里，床边放了一个行李箱，小女孩的娃娃被丢在地上，松软的四肢摊开着，男子胯间露出了向上弯曲的阳具。那东西一眼看去，顶部仿佛是个小蘑菇，不太能看得清楚。他用一只大手按住小女孩的脑袋，埋在"蘑菇"凸起的地方……

夏洛特姥姥主要用了粉色和绿色的颜料。小女孩是粉色的，男子是绿色的。一张张画看过去，只见颜料一层层叠加，他俩的身形都变了，更像是出现在噩梦里的怪人。男子的脑袋扭曲成铁砧的形状，还长出又短又粗的绿角；小女孩的面容也变了，做起邪恶的鬼脸。这种一层覆着一层的绘画手法，这种邪恶的鬼脸，好像似曾相识。在哪里见过呢？

能看出来，随着左手越来越灵活，夏洛特姥姥的画也越来越清晰了。在软木板中间的位置，她用手指蘸着蓝色颜料写了一行字，还把边缘勾勒为黄色。她写道：谨以此画，献予爱纸。

难怪这些画看着眼熟！一层层水彩覆在厚重的和纸上，不就是那位被纳粹禁画的德国老画家的做法吗！他的"未绘之图"也是这样小小的，必要时可以藏起来。

"我得走了！"一句话从耳朵里某个空荡荡的地方传来。我一边说出这句话，一边感觉到思绪在四处漂浮、尽力搜索，终于找到了同样的一句话——是的，那天威瑟在我家看到那张禁照时，也说了这句话。

"你们人类为了粉饰内心的邪恶，真是大费周章呵！"小恶魔得意扬扬地说道，"你数数，那玩意儿一共画了多少张？"

"你闭嘴！"

"你回答我，我就闭嘴。"

"我走了！"我猛地转身出门，

"糟糕，看着点儿！"

我一下子撞在了夏洛特姥姥的搁板桌上。

"啊，说晚了。天哪天哪天哪……这下可怎么办？"

原本进来的时候就没注意，这下直接撞上了。桌子上有一幅没画完的小画，我这一撞，把一个装满水彩的塑料瓶撞翻了，水彩全洒在了画上，滴滴答答地往下流。我赶紧跑去拿纸巾，小恶魔也一直在身后紧跟着我——或许是在心底紧跟着吧。

"你完了，你自己知道的。"回画室的路上，小恶魔若有所思地说。

"你什么意思?"

"你要我一五一十说出来吗?你越界了,做得过分了。你不再是乖宝宝了,你这么坏,没人想要你了。就连恶心的姥姥也不要你了。对,尤其是恶心的姥姥不要你了。她一旦发现你看到了那些恶心的画,就再也不想见到你了。在她发现之前,我们得赶紧溜。毁了就毁了吧。毁灭呀,我们在毁灭中臣服。"

在那幅被我毁掉的小画里,小女孩孤零零地坐在那张床上,背景黑乎乎的,似乎有一只巨大的绿色面具在慢慢显现。可不幸的是,打翻的水彩恰好也是黑色的,把一切都模糊掉了。

"傻瓜,你那样一点点地擦,只会搞得更糟。再说了,等她到家你怎么说?'对不起,恶心姥姥,刚刚无缘无故地起了一阵邪风,我听到您画室里有动静,就进去检查,竟然看到瓶子歪了,画也湿了。我试着拿纸巾擦了擦。保证没四处乱看。'"

"你能不能闭嘴?"

"我控制不了。只有你不说,我才能住嘴。"

"但如果我不说话,那就是死了。"

"我等你接茬呢。计划是这样,你给恶心姥姥好好地留张纸条,不用写太长,也别太夸张。感谢她收留你。说说自己也没那么好——心里还有个小恶魔呢。别,笨蛋,后面那句别写，写完自己是个坏蛋就行了。最后再加一句——我决定离开这里。"

"你可能不爱听，但我还是得说。一开始她肯定很震惊，但到后来就如释重负了。"

"嗯，很可能。"

"我就知道我说得没错。你别争了，都听我的吧。你现在去装点止疼药，带瓶水，然后把自行车推过来，戴上头盔。我可不想路过小屎孩爷爷奶奶家门口的时候让他发现你，说什么'该死的小败类，他竟然要跑，竟然还模仿我的发型'。"

"马可，既然咱们都出来了，那你说说，沿着老路往北走，你没感觉这才是正确的方向吗？终于能直面自己的不堪，是不是挺轻松的？以前没人需要你，现在没人需要你，以后更不会有人想你。早在你妈妈发现自己没来月经的时候就不想要你。等你长成豆子那么大的时候，她还恐慌过，'我做不到，我自己不行啊……没有爸爸，也没有钱，他过不好的，还不如流掉算了'。但等你长到小海龟那么大，她才意识到已经太晚了，肠子都悔青了。

"还有，你真以为恶心姥姥听到自己是你唯一的亲人之后，会开心地跑到海边跳舞去吗？这不仅让她牺牲了独居的生活，还丢掉了唯一一间卧室！

"等等，还有更糟的，还没说到你一直都在逃避的那个想法。那想法对可怜的进化版小恶魔来说太复杂了，所以就让它回归虚无了。再蹬快点儿。你没必要抗拒,毕竟那想法已经写在你粉色的灵魂里啦,也刻在了你内心深处。当然,我会保持高标准严要求,脆生生地替你大声说出来!"

"先不要,求你了!"

"在我字典里可没有'求'这个字。"

38

"我会陪你在那个脏兮兮的门廊上待着,等你把药吞下去,还可以再思考思考那个卑鄙的想法。恶心姥姥给你留了多少药?一瓶止疼药有七颗,你在家已经吃了一颗。剩下的也够了。不不不,别这么狼吞虎咽的,要一颗一颗地吞下去,再喝口水冲一冲。万一噎着了,再吐出来,就都白费了。你太容易吐了。你现在可以思考了吗?思考是最重要的。"

我全程捂着脸,听小恶魔把那个卑鄙的想法像火山喷发一样一股脑儿说了出来。我听着确实想吐,但努力遏制住了。

"你现在了解自己最卑鄙的一面了吧?也知道现在需要做什么了吧?"

"无论是谁听到这些,都会活不下去的。"

"你明白我的意思了!那我完成工作啦。走咯,去找下一个!"

"你不跟我一起进屋看看吗?"

"跟你坦白了吧。你知道 DNA 是什么吗?"

"当然知道了。"

"那跟你说吧,我跟盘眼有些 DNA 是一样的。如果我从涂了蓝色油漆的门里过,就会灰飞烟灭的。要进,你就自己进吧。"

刚走进去,悲伤小屋里一片死寂,感觉比小恶魔的声音还可怕。毕竟他刚刚一直在陪我。

我在布满蜘蛛网的前厅里来回踱步,等着药效上来。忽然,一股透明的黑色物体向我席卷而来。我一下子就明白要怎么做了,也明白为什么要那么做了。我知道,最好快点跟约翰尼·戴斯说话,否则就没时间了。

"我没想到你会出现,也没希求任何回应。但我必须告诉你,你陪我度过了整个夏天。每次我来找你,你都在。我也是一样的。你是我可靠的贴心人。如果你不介意,我还想说,你是我的生命。

"万一你在听呢,万一你想听我讲完呢……我虽然不知道鬼魂喜欢什么样的方式,但还是会把最新发生的事情都告诉你。今天早晨,姥姥去查尔斯顿看医生了,看看手腕的恢复情况。想想以后再也见不到她了,还是有点怪怪的。你还记得比利·厄普丘奇的妈妈吗?嗯……她被救护车拉到医院里去了。医生说是肺炎,对她这个年纪的人来说,肺炎可不是闹着玩的。她可能坚持不到半夜了。现在我跟你一样,无牵无挂。自从小海龟孵出来之后,我就感觉很孤单。虽然有的小龟没能从壳里出来，有的没力气爬完16公里游进大海，有的被吃了，还有的被捕虾的抓了，但其他的小海龟都好着呢。

"我多想再多了解你一点，再多了解比利一点啊。你们的秘密据点在哪里？

"等我上了八年级，指不定你会是我的好朋友呢，我会在学校走廊拐角处忽然遇见你。我见过你，瘦长的脸颊，深陷的眼窝，紫色的眼睛，白白的脖子，有点弯的鼻梁，还有弓形的腿。你穿着牛仔裤、黑靴子，双手撑在门框上。我离你那么近，可以清楚地看到你的手指关节。你的手好大啊。

"你有过我这种卑鄙的想法吗？我一直逼自己忘记，不去想它，是不是很神奇？妈妈买比萨还没回来的时候，我就饿了。房东太太家晚饭的香味从楼下飘上来，让我感觉越来越饿，终于忍不住扒拉了一些燕麦，一边狼吞虎咽一边恨自己——也恨妈妈——搞坏了我的胃口。我看了电影，看了一整部电影。但因为脑子里还有一个单独的小剧场，所以很多内容都没注意。在那个单独的小剧场里，她死了。我在脑海里想象，如果她不在了我会怎么样。我看到所有的选项摆在我面前，但没有夏洛特姥姥。在所有的场景里，都假定只有我一人：马可，没了妈妈，孤苦伶仃。我可以自己过下去，却孤零零的。从我身边走过的人都会放慢脚步，轻声细语地询问我的感受。

"我把自己从那个小剧场里拉了出来，为自己放纵地想了这么多而感到可耻。这个时候，电影正演到老太太毫未察觉地帮偷金贼搬金子。这个时候，我感到怕了，担心自己的想法会让她有所不测。我拿了一条毛毯、一个枕头，把电视机的声音关掉，躺下来继续默默地看。我想，等她回来看见我和衣躺在地板上，就会后悔回来晚了。

"但后来我真睡着了，直到州警察敲门才醒。

"我觉得我现在可以睡了，就在悲伤小屋里睡。但我不想待在这个满布蜘蛛网的房间里，我想和你睡在一起。你告诉我在哪儿吧，等我站起来，你就把手搭在我肩上，从后面推着我走。我想和你睡在一起。"

我差点儿就错过了。半睡半醒中，我感到肩膀上有了一股压力。我怎么能害怕他的触碰呢？我摇摇晃晃地站起身来，沿着楼梯走上去。记得沙尔利·科金斯曾在这儿冲我喊："哎！嘿！小心台阶！"

当所有的嘈杂都停止，一切会是多么安宁啊。

我感到他那大大的手掌引领着我拾级而上，带我右转再右转，迈进沙尔利·科金斯不让我进的海景房。

我听到自己在说："我曾经见过你，也可以感觉到你，这样就够了。我很高兴，你不会像别人一样吵吵闹闹……"

我可能刚说完"我很高兴"，就听到噼里啪啦一阵破裂声响，有什么东西重重地砸在了我身上。我虚弱地呼喊一声，就堕入了无边的黑暗。

39

我还没走进新学校之前,"骨头孩男"的名字就在同学们之间传开了。那一学年,他们都叫我"骨头"。这个外号一直跟到我高中。随着知道的人越来越少,它的存在感也就越来越淡了。后来,我又有点怀念大家叫我"骨头"的日子。这两个字似乎可以带来敬畏和尊重,还有点坏坏的感觉。它确实也达到了一定的效果,不至于别人只是看我一眼,就把我当成那些冷酷无情、自私自利的人。

与其说"走进"学校大门,倒不如说是"挂着拐晃进去的"。那天,我胫骨螺旋状骨折,打了夹板、钉了 11 颗螺丝。

"您知道作为房产经纪人,最怕遇到的是什么事吗?"沙尔利·科金斯到处跟媒体诉苦,"那就是在屋子底下发现人骨头!"

"消防员赶来把墙撞开,医护人员才进去了。他们发现你昏迷着蜷缩在那个狭窄的小隔间里,"拉希科特说,"赶紧把你的腿放平,帮你稳住呼吸,然后才敢抬你。在医院里也遇到了问题。因为你吃的止疼药还有一些残留在血液里，手术前医生就不知道该怎么做麻醉。最后选了脊髓麻醉。"

因为我偷吃了夏洛特姥姥的止疼药，还擅闯了她的秘密画室，我们之间一片静默。可能我们都在等某一方先说话吧，但感觉"一言不发"更像一种默契的共识。

我拄了好一阵子拐，定期去美特尔海滩看心理医生。这位心理医生是拉希科特做临床医生的第二任妻子推荐的，说她在治疗未成年人心理问题方面很有一套。夏洛特姥姥还不能开车，所以每次都是拉希科特带我去。那时，她的脚踝和手腕都在慢慢好转，但后来她总说右手没有完全康复、不如以前灵活。有一次去美特尔海滩的路上，拉希科特忽然问道："马可，我跟大家说在你口袋里发现了药盒，也是没办法的选择。有那么倏忽的一瞬，我想过闭口不谈。但这似乎对谁都不太好。你明白的吧？"

"倏忽是什么意思？"

"接近于无的一刹那。"

"我想，您应该是对的吧。"

在医院里，他一直为揭发我而内疚，我也恨透了他的背叛。可是我知道，不管怎样，我最终总会原谅他的。

看心理医生之前，我下定决心坦白一切，包括那时揍比利的真实感受。什么都说，但不会提见到小鬼孩的事。自从他们发现了约翰尼·戴斯的骸骨，我更要保守这个秘密了。之前，我不想让大家觉得我精神失常，得进医院。但现在，我是不想让大家觉得我在编故事、搞噱头。就像飓风来临之前人们谈论海边徘徊的"灰衣男子"时，夏洛特姥姥说："人总是看到自己想要看到的东西，或是幻想着自己看到了。还有人说是看到了，其实只是想让人觉得自己有特异功能、自己与众不同。"

可以想象，那位心理医生会鼓励我谈谈我妈。为了避开这个烦人的话题，我选择聊聊她出事那晚我自己在家构想的画面，聊聊我最终的想法，聊聊不想再活下去的感受。医生跟夏洛特姥姥差不多年纪，性情可爱，机敏风趣，是一位值得尊重的老太太。她戴着金银丝细工耳环，一笑起来，耳环就在及肩长的白发旁边荡漾。她穿着质地精良的衣服和鞋子，口音跟拉希科特一样，只是更显沙哑。我描述完那晚构想的画面之后，像好学生讨好老师一样地注意到，她对这样的开端感到很满意。我甚至都可以看到她在想："这正是咱们要共同面对的问题。"

我并非要迁就她。后来，我也选择了这份职业，非常清楚要小心翼翼地对待年轻的病人，要在无法通过表面信息窥探病人内心的情况下，依据医疗指南行事。每次面对新病人，我们都会重新经历这个过程。这也是我们应该做的。

我在上一位心理医生那儿学到了几招保守秘密的方法，看到"老师心满意足"，就以为自己把她"耍得团团转"

了。小鬼孩还在我心中。为了不走漏一点风声，11岁的我使尽了小把戏。我知道，要想守住那个想守的秘密，最聪明的做法就是将另一个秘密和盘托出。

在我需要的时候，那位医生恰好在我身边。而在她送给我的所有东西中，最值得纪念的是那些小小的笔记本。笔记本都是她让我去买的，小小的，可以放进口袋，随时能把对自己重要的事情写在里面。

"任何扣人心弦的事情都可以写。看你心情，可以不写，可以一天写一行，也可以写很多很多。任何值得纪念的东西都可以写，比如读到的某一段文字，听到的某一段话，等等。要趁着记忆新鲜，把它们记下来，别回头再使劲去想。这个小本子只有你能看，要放在别人不知道的地方。写满之后，就再去买一本。"

"可以只写我的想法吗？"

"当然可以啦，"她微笑着说，"还可以写你不想有的想法。"那时，她已经根据表面信息窥探到了我的内心。

"您知道房产经纪人最不喜欢听什么话吗？"沙尔利·科金斯在记者面前总爱这样，"留住那块地！对，就是这五个字！但在当时的情况下，那却成了保护现场的意思。"

"多亏拉希科特·海斯从案发现场拿手机给我打了电话，'现在消防队员正在破墙，你最好过来'。等我到那儿的时候,医护人员还在忙着稳住那孩子的呼吸,没有动他。我知道发生了什么。我跟他说过不要进二楼那间朝南的房间,可他还是进去了。地板一裂,他就直接摔了下来。消防队员破墙破得比较顺利,是因为那堵墙其实不是真正意义上的墙,只是用木板临时搭起来的,又钉了一些瓦片。他从二楼摔下来,掉进了楼梯下的一个小隔间里。以前,就连我都不知道这还有个小隔间,直到热心肠的历史学会工作人员拿来老规划图,我才搞明白是怎么回事。最初,那只是一个嵌入南墙的木储物柜,可以放柴火,省得冬天还要往外跑。到了11月,岛上就冷了,不过稻农还没走,就需要取暖。

"后来的房主决定在南边建楼梯,再搭个二楼,就用板子把隔间从里面封上了,拔掉了凸出来的门闩,然后用白色涂料把整扇门刷了一遍。

"1954年黑兹尔飓风袭来的时候,南面门廊莫名其妙地被烧毁了,小屋的其他部位却完好无损。新房主喜欢简易修缮,直接拆了南面门廊,用木板凑合着围成了南墙——也就是消防员们冲破的那面墙。后来,这家人破产,我爸把小屋买了下来,还让我往那面已经腐朽破败的墙上钉了些老式的柏木瓦片。

"就像我之前说的,我到的时候,医护人员还在忙着稳住那孩子的呼吸,还没有动他。但一动,我们就看到了他身下的那摊白骨。从死人的姿势来看,死时是缩成一团坐着的,小孩恰巧摔在上头,看上去就像坐在了死人的大腿上。

"然后就炸锅了。岛民们是受不了悬念的,一定要把故事了解清楚。大家纷纷开始猜测,这是某件谋杀案的受害者吗?在这儿埋了多久了?犯人还活着吗?我第一反应是——完了,除非确认死者身份或抓住杀人犯,否则这房子永远都脱不了手啦!然后我想起不久之前,我跟小男孩到小屋里来过,他说了好多关于黑兹尔飓风时另一个小男孩失踪的事情,我才意识到这摊白骨的可能身份。在那种情况下,我越早确认越好,所以当即要求'谁都不要碰,也不要动那些遗骸,我们一起等法医来'。谁能想到呢,房产经纪人成了下令保护现场的人!那样一来,通往木储物柜的内门就保持了原样,18世纪的门闩、折页,甚至锻钉都还在。我打算把它们都送给查尔斯顿博物馆。"

"她一定特别生气。"医院里,我逐渐摆脱半昏迷的神游状态,虚弱地对拉希科特说。

"为什么这么想?"

"……那她为什么没来?"

"她不知道你还想不想见她。"

"为什么不想?"

我真想不出来为什么。好几周过去了,每次回想起整件事,首先浮现在我脑海里的都是被小恶魔逼着骑车去悲伤小屋的画面,然后是一片空白,再然后是身体里骨头碎裂的痛,又是一片空白,最后在汪洋的奔涌声和前呼后喝的人群中顶着大太阳被抬到车里……当时,我也是有意识的。我想:千万不要把我丢进丝兰丛里啊。

"唔,是因为你留的那张字条。"拉希科特说。

"我写什么了?"我不记得写过字条。

"你感谢她收留你,说自己不是个好孩子,要离开这里。"

这些话听上去挺耳熟的,但我为什么要这么写?

然后我想起来,他们那天去看医生了。"她的手腕怎么样了?"

"医生说得比较保守,但还算不错。毕竟跟大多数医生一样,他不会过于乐观。马可,你姥姥特别关心你。她在乎你,只是没有全部表露出来。她最不希望的就是让你感觉被困在了她身边。"

我困惑不已,不由得问道:"我为什么要离开这里呢?"

直到后来,我才想起夏洛特姥姥的秘密项目——被小恶魔称为恶心姥姥画的连环画,以及我闯入画室之前的一系列事情。但我记得跟她道了歉,承认自己没守规矩。她点点头,然后正式邀请我进了画室。我记得最初,她要求在信任问题和津贴问题上"把一切都说开"时,也是这种态度。

她用那种一如既往平淡的口吻,简单地跟我讲了儿时被魔鬼父亲侵犯的故事。5岁时，她抱着洋娃娃跟父亲一起出差，遭遇噩梦，16岁便离家出走。她说："你知道这些就够了。马可，你的想象力超级丰富，一定能想明白都发生了什么。你看过的那些小画儿也是线索。"

后来，那些画再也没出现在我们的对话中，真正成了她的"未绘之图"，下落不明。软木板上又钉满了以前的那些东西：她喜欢的风景名画、她画的云朵草图、印着她的画的明信片和刊登了对她专访的当地报纸，连位置都没变。她又让我把大画架移回老地方，让我帮她换洗床单、打扫画室，为她复工做好准备。

我有一本美国刚上市的鼹鼠皮口袋笔记本，橡皮筋捆边，线缝书脊，让人爱不释手。在笔记本的扉页上，写着那位心理医生给我的建议：

> 别对任何外人说起，除非你发现他们也有过类似的奇遇……
>
> ——C. S. 刘易斯
> 《狮子·女巫·魔衣橱》

那些年里，我用了好几个笔记本，在医学院读书的时候又摘录下一笔宝藏：

可以说，所有人类由于本能受挫，导致心灵在体内变得不那么确定，因此时常感到绝望或无价值，并且需要忍受一段时间心灵和身体之间没有联系的状态。……关于鬼怪和幽灵的观念，源于心灵在身体内缺乏基本的固定，鬼故事的价值就在于它引起了对身心固存状态不稳定的注意。

——D.W.温尼科特

《人类本性》，"寄居身体的心灵"

"灵魂在身体里固定的状态的确是不稳定的，"我在第二页上写道，"我确定我那个时候看到他了，只是不确定其他同龄人有没有这种经历。如果他们也有，那是不是我对灵异事件太过敏感了？我精神失常了？还是因为我的过去、我的性格、我的需求都与小鬼孩密切相关，所以这段经历也独一无二？我知道，他既与我息息相关，也独立存在。但两种情况怎么能同时存在呢？我需要一个成熟睿智的人，一个可信赖、理解我、指引我的人，帮助我从更宽广的层面理解所有不可理解的问题。"

"您竟然都没告诉我！"虽然腿还打着石膏，但我感觉状态特别好。已经住了三天院了，今天真没必要再待下去了。

"这不现在告诉你了吗。"拉希科特耐心地回答。

"但太晚了!他们把东西都搬走了。天哪,他是我发现的啊,是我摔到他身上的啊。您怎么现在才说呢?"

"我们找到你的时候,你已经没有意识了,能不能活下来都不好说。"

"但我都没能看看他。"

"现在还能看。骸骨就在约翰逊殡仪馆里。等你一出院,我就带你去。"

"但没机会看看他那时的——"

"他们拍了很多现场照片,你也可以看。沙尔利·科金斯头脑够清醒的,为了保护现场,大喊着不让碰也不让动。后来,那些骸骨就按顺序排列好了。"

"他为什么在殡仪馆呢?"

"因为法医很快就检查完了啊。他是窒息死的,日期和时间也都对得上。飓风来的时候,他就藏在小隔间里,大概是想等风暴过去吧,可丢在门廊上的烟头烧了起来,屋里一起火,他就呼吸困难了,再也没能出来。现在,要由他堂姑决定如何处置那些骸骨。"

"什么堂姑?"他是我发现的啊,但他们竟然把我蒙在鼓里做了这么多事,也太不公平了!

"就是戴斯先生的堂姐,现在年纪很大了。50年前,她还跟巴伯家打过官司呢。巴伯提供了一个老地址,没想到她竟然还住在那儿。DNA检查发现,她跟那堆骸骨真有血缘关系。沙尔利·科金斯就自掏腰包买机票,让她从路易斯维尔赶了过来。"

"科金斯?为什么?"

"她说如果见不到小男孩,心里是不会安稳的。哪怕是见到骨头也成。"

"拉希科特,我需要见他。这很重要。您能说服医生让我出院吗?"

"孩子,不是医生非把你留在这儿。但允准你出院之前,他们得确保你不会再伤害自己了。如果当时你再多吃几片药,我们现在可能已经在给你准备葬礼了。"

我又一次陷入了妈妈去世时的那种境地——得先按规则来。不管怎么说,我感觉自己遇到了小偷、叛徒。跟错过小海龟沸腾的场面相比,这一次要严重多了。虽然对拉希科特不太公平,但我忍不住拿他跟威廉比起来。记得当时,威廉瞬间就理解了我,还安排我在妈妈进殡仪馆之前跟她见了一面。

"您至少得告诉我,我们当时是什么样子吧?"

"你是什么样子的吗?"

"我们是什么样子。消防员破墙进来之后,您一眼看到我和他两个人的时候是什么样子?"

"马可,我只看到了你。"

"那他呢?"

"我当时都不知道你还能不能活下来。脑子里全是你。"

"我还是难以接受,竟然都没人告诉我。"

"好吧。不过我有个好消息,科拉尔·厄普丘奇就住在楼下的病房里,明天就可以出院了。虽然她还是很虚弱,但慢慢在好转了。"

这就是所有人都爱读的故事。在黑兹尔飓风50周年之际,长达50年的谜团终于破解了。当地一个小男孩从二楼跌落,正好摔到一副小男孩的骸骨上。在那座建于200年前的废弃小屋里,在小屋经年尘封的储物柜里,小男孩整整蜷缩了50年,苦苦等待重见天日的一天。时光飞逝,但他的一切完整无缺。记者在报道中还说,"是有腿的"。而我,马可·哈肖,11岁,小岛居民,正是死者遗骸的发现者。如今,我还能在电脑里输入"约翰尼·戴斯"这几个字,仔细查看法医拍下的原始照片。

我们把他葬在拉希科特教堂的墓地里。科拉尔·厄普丘奇坐着轮椅,在罗伯塔·杜马的陪伴下出席了葬礼。那位80多岁高龄的DNA认证堂姑成了全场焦点。显而易见,她的生活跟科拉尔·厄普丘奇完全不同,但身体也不太好,只不过还能走走路、聊聊天。记者的关注让她精神焕发,说起话来滔滔不绝,但话语之间越发前后矛盾,到最后甚至都不能自圆其说了。她不时地从手包里拿出几张约翰尼·戴斯的褪了色的拍立得相片，一一给大家展示。照片里的戴斯还很小，是一个让父母头疼的孩子。他曾经多次被送到顽童心理与教育中心，又多次被接回家。但这位老太太又说，如果管教得当，他会是个聪明贴心的孩子，跟她儿子没什么两样。她跟记者说猫王曾在路易斯维尔跟约翰尼·戴斯说"你都能当我的替身啦"，可问题是，约翰尼·戴斯在飓风中失踪的那年，猫王的事业才刚刚起步。马脚就这么露出来了。

沙尔利·科金斯适时凑上去，悄悄告诉她时间有点紧张，如果打算在返程之前去小屋看看，就得准备走了。沙尔利·科金斯还提出可以出钱把小男孩的遗骸送回肯塔基州，但她一口回绝，表示只要不让她出丧葬费，葬在小岛上就可以，还签字确认了。

戴斯下葬前，拉希科特带我去殡仪馆看他。他身高1.76米，生着弓形腿和大手掌。我本来想检查一下他的歪鼻子，但鼻骨没有了。征得同意之后，我还一点点地抚摸了他长长的胫骨。

我们去拉希科特家惯去的店里定制戴斯的墓碑。那家店开在海边，离乔治镇很近，我们坐着拉希科特刚弄来的1936年款宾利德比房车一路开到了目的地。我把拉希科特新做的天窗拉开，跟皮克特坐着艾德的吉普车来的那晚一样，让头发在海风中肆意飘扬。宾利的方向盘在右边，我坐在左边的副驾驶上，为了搁下打着石膏的腿，车座就一直往后放着。

在墓碑店门口，一个穿着短裤和 T 恤、晒得黝黑的女工正在为 1904 年去世的修道士刻碑。她跟我们说，1999 年弗洛伊德飓风肆虐期间，这里的修道院惨遭大水吞没。现在，修道院在地势较高的位置建了新墓地，要把所有修道士的遗骸挖出来重新下葬。原来那些大理石墓碑一移动就裂了，所以需要做新的。"这是我们接过最大的单子，81 块墓碑呢！每次旧单做完、新单还没来的时候就忙这个，一眨眼都快五年了还没交单。但修道院说没关系，这也算是对修道士们的一种磨炼了。"

看拉希科特兴致盎然，她就带我们去了后院。后院里的木架子上堆放着已经刻完的墓碑，只等着运到修道院去。所有的墓碑都是中规中矩的长方体，大小毫无差别，碑文也大同小异：最上面刻着 IHS，中间是修道士的名字，下面是他的出生年月、生前职级、去世日期。

"IHS 是什么？"我问道。

"是希腊语中耶稣名字的前三个字母。"她说道。拉希科特还亲切地给我拼读了出来：I-H-S-U-S。

买墓碑的钱由我和夏洛特姥姥、拉希科特一起出。我们反复挑选，不知道哪种更适合立在戴斯墓前。

"如果只写生卒年月，他就成了一个 1940 年出生、14 岁死掉的老男孩了。"

"是的，但如果留悬念，反而更复杂，"夏洛特姥姥说，"可别搞得哭哭啼啼的。"

"什么意思?"

"不要那种虚情假意、故作伤感的碑文,'1954年黑兹尔飓风期间失踪,2004年奇迹般被发现'这种。不仅事情没说全,字还挺多。"

"我们从他的角度想想,"拉希科特最终建议道,"如果他也在这儿,会怎么说?"

我跟拉希科特开着宾利德比来墓碑店的路上,就商量好了一套最简洁的碑文。

"那可能就够了,"我说,"我和妈妈以前讨论过葬礼的问题,她说希望自己的墓碑上只刻'爱丽丝·哈肖'这个名字和她的生卒年月,连娘家姓氏都不要。但我还没想好。"

"想好什么?你墓碑上写什么碑文吗?"拉希科特问。

"不是,我说还没想好妈妈的墓碑碑文怎么写。想好之后,北卡罗来纳州的代理人就能去办,反正钱也预备好了。"

墓碑店里的那位年轻女工在我们身边坐下来,把样稿画了出来。碑文只有"约翰尼·戴斯"这个名字和他的生卒年月。选碑文字体的时候,我和拉希科特都倾向于那种大写的方体字,拉希科特还说有点像拉丁文。

"要是再加点什么就好了。"我说。

"比如说?"

"嗯……比如在修道士的墓碑上,上面几个字像在守护他们似的。"

"那我们可以跟过去的罗马人一样,在墓碑上写STTL,"

拉希科特说道，"是 Sit Tibi Terra Levis 的缩写，意思是'愿你入土为安'。"

"我喜欢这句！对他来说也非常完美啊。"

"上寄宿学校的时候，拉丁文是我最不喜欢的课了。"拉希科特说道。

"那要不就只写英文的？大家也能知道是什么意思。"

"没问题。"拉希科特又说道。

"还有，我觉得我妈妈的墓碑上也适合用这句话。不过拉丁文和英文的版本都要刻上。她对拉丁文有一种特殊的情愫。"

"也没问题。"拉希科特最后说。

夏洛特姥姥成了她自己口中的"间歇性嗜酒者"，每天只喝一瓶半。她也严格认真地做手部锻炼，并重新拾起了画笔。不过据她自己所说，手腕的灵活程度一直不如以前。关于约翰尼·戴斯遗骸的报道又带来了一批悲伤小屋油画的新订单，她按照我拍的照片和残留的记忆，一幅幅画着。随着宣传报道偃旗息鼓，悲伤小屋也被夷为平地了。沙尔利·科金斯遇到了一位急切的买家，很快便将两块地成功转手，如释重负。艾德·波尔顿这些邻居建议新房主在盖房之前，先找几个水土保持专家看看。专家们称，由于小岛北端的侵蚀速度加快，不管在这儿盖什么，2025 年之前都很有可能被海水冲走。

夏洛特姥姥为新订单忙得筋疲力尽，又回到了每天喝三瓶的节奏。在我和拉希科特的劝说下，她同意去萨凡纳市一处风景优美的康复别墅里休息一个月。拉希科特也搬来跟我们一起住，给我做早饭，送我去学校，但总是不注意要把马桶圈放下来这种细节。后来，姥姥有两年滴酒不沾，并在那期间给家里加盖了一间卧室、一个洗手间和一个朝北的露天平台。这样一来，她在户外画画时，就不会有人围过来瞎看瞎说了。自从有了这间"平台画室"，她的作品似乎也大有不同了。画还是小幅油画，只是比 10 厘米乘 15 厘米的那种要大一些。乍看上去，你可能觉得："她是搞抽象的印象派画家呀。"但如果多看一会儿，可能就会反应过来："啊，等等，那一片灰紫色是日落后的云彩啊，她看透了云层和蒸汽，绘出了这幅景象。还有那儿，那是涨潮时的浪花，她摆脱线条的束缚，让飞沫也别有味道了。"

2008 年金融危机期间，我的信托损失了三分之一，但夏洛特姥姥还是继续抽取津贴，然后直接存进我的教育基金里。"马可，你要这样想，幸好咱们有钱那会儿做了不少事情——我拿存款建了房子，心理医生那么贵，你也看了四年。以后会好起来的。你是个聪明的孩子，肯定能拿很多奖学金，我卖这些'飞沫啊蒸汽啊'小打小闹的画，也不会差到哪儿去。这些画既可以让人心绪平和，又能激发人的一丝好奇。人们买来挂在家里，或是放大打印成铝画，都是不错的，我自己也很喜欢。哥伦比亚有个女律师一口气买了六幅，说是要挂在办公室里呢。"

2013年，拉希科特突然去世之后，夏洛特姥姥又回到萨凡纳市住了许久。为了减免房费，她给其他客人上美术课。课上，她用左手执笔，向大家展示绘画的治愈力。"你会全方位地发现自己，"她跟其他做康复的同伴说道，"虽然不常用的手不熟练、摇摇晃晃的，但总能画上一幅画。如果不尝试，就肯定不行。"但实际上她本不需要代课抵房费，因为拉希科特将他的所有遗产平分给了"我亲爱的外甥女阿尔特亚"和"我真挚的朋友夏洛特·李"。

"跟拉希一样……典型的、典型的……"每次我去别墅看夏洛特姥姥，她都会这么说，要么发一通脾气，要么来几声叹息。那时，我已经在州立大学上医学预科班了。"他虽然老了，但没那么老啊。如果不是傻到什么事儿都管，指不定还能过几年好日子。就因为那个男孩想开捷豹，他就同意换车，完全没有必要嘛。"

"那个男孩"是一个20多岁的年轻人。那天，他跟拉希科特开车一起去希尔顿海德岛送捷豹，却因为换车发生了事故。"我永远都不会原谅自己，"年轻人痛苦地说，"我想最后再开开那辆靓车。到了桥头休息站，拉希科特就把钥匙给我了，还嘱咐我'别忘了，捷豹的方向盘在左侧，但你还得靠马路右侧开'。可上路之后，谁知道路上窜出来一条棕色的狗，他急踩刹车，猛地转弯，却直直地撞在了桥墩上。我在他前面,从后视镜里看到了整个过程。如果忘不掉那些画面,我想我这辈子都不敢再看后视镜了。"

"他让我想起灾难目击者们接受采访时的样子,"夏洛特姥姥说道,"悲剧发生了,大家却全都围着这些人转。"她甚至还模仿一名目击者哀叹道:"当时,我正坐在露天咖啡厅里喝卡布奇诺,心里盘算着下午去哪里逛逛,可忽然之间,马路对面的那栋楼竟然爆炸了!爆炸点离我那么近,桌子都晃了,灰也掉进了咖啡里……"

我似乎可以听到拉希科特一边给年轻人钥匙,一边带着浓浓的口音说:"别忘了,捷豹方向盘在左侧,但你还得靠马路右侧开。"

事实上,我每天有十多次都可以听到拉希科特说话,说那些我俩并肩坐在车里、一起在沙滩上散步、一起吃晚饭时他很可能会说的话。往后余生,我会一直听见他说话,听他做出独树一帜却合乎时宜的评价。我的耳朵也记住了他说话的声调,他语言的节奏,还有他谦逊温暖的姿态。在我的梦想人生中,有些人是永远不会消逝的。拉希科特就是其中一位。

那场肺炎之后,又过了八个月,科拉尔·厄普丘奇才离世。死后,她与比利合葬在哥伦比亚。她把那张普罗旺斯的古董桌留给了我,现在是我最心爱的家具。罗伯塔继承了厄普丘奇在哥伦比亚的房产,后来为了支付孙子的大学学费卖掉了。至于那栋海滨别墅,由于古老的砖基柱被白格子盖住了,院子里还有丑丑的轮椅坡,就被厄普丘奇太太捐给了历史学会。没过多久,历史学会把它完好复原了,建成多功能的威廉·厄普丘奇社区中心,并对外出租,收益归学会所有。为了庆祝我大学毕业,夏洛特姥姥还在那里为我举办了一场派对,就在厄普丘奇太太过去抽烟的门廊上。

上大学和后来读医学院的时候,每次放假回家,我都会和夏洛特姥姥去看望埋在其母亲身边的拉希科特。

"混蛋,拉希,"夏洛特姥姥冲着墓碑骂,"是不是只要带腿的、带轮子的,你就都要管?"

有一次她对我说:"马可,你说奇不奇怪,一个人死了之后,我竟然喜欢回忆这人让我抓狂的地方。"

"我很想他。"我回答。

在墓地里,夏洛特姥姥通常会坐在拉希科特墓旁树荫下的长凳上待一会儿,而我就走进新建的那块墓地,去看看夏洛特姥姥口中的"我的朋友"。

看望约翰尼·戴斯,我也给自己定了新规矩。我做梦也不会想到,自己竟会沉重地坐在他的墓碑前,继续唠唠叨叨地用生者的喧哗打破死者的永寂。他不再是那个被遗忘在储物隔间里、下落不明的小男孩了,终于可以入土为安。他的骸骨整整齐齐地排列着,埋进小岛的泥土里,也终将随着时间流逝化为这泥土的一部分。他一直默默地听我述说,还两次独自出现在我眼前,我曾那么执着地想要了解他的过去,而现在,一切已时过境迁了。

后来我开始了住院实习，负责照看的病人中有几个小男孩，跟我刚到岛上时差不多大，让我想起当年夏洛特姥姥在机场接我的场景。她握握我的手，然后简单说了句"马可，你到啦"。

"太难过了。"她感叹说。

"什么事这么难过？"我问她。

"有些人在身边时不觉得好，可一旦离开，才发现有话未讲。可在一起时，又怎能预料到会有这种感觉呢？是不是很无奈？"

那一次，我跟夏洛特姥姥说起第一天见到拉希科特时的故事。

"您出事后去了医院，他去接您之前，先带我去买自行车。我们沿着堤道一直开，我跟他说了我妈的事情，说妈妈打算参加高中学力考试，然后去上大学、出人头地。他沉默了一会，说'她把你养得这么好，已经很了不起了'。"

"呵，一听就是拉希科特会说的话。"

"嗯，一开始我听听就过去了，但后来仔细想想，就感觉难过了。妈妈活着的时候，我从没这样去理解过她。如果我跟她说'妈妈，您是一名真正的战士，我为您骄傲'，可能她会很欣慰吧。"

夏洛特姥姥看向我："所以，你明白了我在说什么。"

福斯特维尔：尾声

14年后，5月末的晚饭时间，小岛上

"马可，你到啦。"

"您对我说的第一句话就是这个。"

"是吗？"

"您来机场接我，就说'马可，你到啦'，还握了握我的手。"

"真是忘事。除了有点害怕，我好像其他什么都记不得了。

"您害怕什么？"

"我怕你想，'天哪，不要啊，真要跟她住吗?!'直到现在，我都不确定要不要知道你对我的第一印象。"

"您瘦瘦的，穿着一身白衣服，五官硬朗，表情严肃，还留着短发。您跟我握手的时候，我感到可轻松了——终于不用歇斯底里地拥抱了。该您了，您对我的第一印象是什么？"

"马可，你可是要当心理医生的啊，难道不知道吗？两人见面时，想的都是对方怎么看自己啊。"

"但您一定也有印象吧。空乘把我带到您身边的时候，您是什么感觉？"

"我不太确定……唔，可能你没我想象中小吧。我以前没带过小男孩。我也不知道当时有没有想这么多，印象可能都是后来一点点积累起来的吧。当时我主要在担心你会怎么看我。抱歉啊孩子，实在说不出来什么。"

"没，没什么。当人觉得自己在为过去编故事的时候，那其实就是回想起来了。"

小岛上，次日清晨

"好啦，该动身了。"

"姥姥，天还没亮呢。您开车去萨凡纳，应该两个小时就够了。"

"我知道，但出发之前我容易焦虑，感觉这儿也不是、那儿也不是的。"

"您确定不用带三明治和香蕉吗？"

"不了，我拿了一瓶水和一包无聊的混合坚果。这种饮食习惯我要坚持住。"

"要不然我把面朝大海那边的坏瓦片换了吧。"

"马可，那个不急。好像自从认识你，你就没闲下来过。初中、高中、大学、医学院，年年如此。现在离你住院实习开始还有十天,为什么不利用这几天空闲时间好好放松一下呢?"

"我不确定自己能不能放松下来啊。美术课要用的材料都拿好了吗?"

"你把它们都搬到车上去吧。来,狠狠地抱一个吧,我走啦。我这个年纪了,还是早点动身比较好。"

她从窗户里伸出手来,一边打个响指跟我说再见,一边就左转上了海滨大道。我站在路牙子上,目送她小小的银色轿车逐渐远去。拉希科特去世之后,老奔驰也报废了,她买了这辆新款的日产小轿车,12万公里以内保修,需保养或出故障时商家会上门提车,还提供租车服务。夏洛特姥姥曾说:"最后几年开它应该够了。除了买买东西、定期去萨凡纳小住,我哪儿都不会去了。拉希科特受不了新车。不过,这次没必要告诉他。"

"感觉这儿也不是、那儿也不是的"——这是她早早动身的理由。我反复回想她打的那个响指,想起当年她摔倒之后,躺在担架上被医务人员抬出家门,漫不经心地冲我挥挥手,就是这个感觉。她还说:"乖乖在家,把前后门都锁好。"

"如果他内心已经抛弃了你,你会有感觉的。"我在见习期间接诊的一位年轻患者如是说道,"就算他站在你面前,你也能知道,那不过是貌合神离,只会让情况更糟糕。"她只有15岁,却已经三次自杀未遂。

"为什么不利用这几天空闲时间好好放松一下呢?"耳畔

又响起夏洛特姥姥的建议。我还站在路牙子那儿，盘算着一天该怎么过，却忽然被一种熟悉的恐惧慢慢包围。我本以为大了就不会怕了，可事实证明，我还是无力抵抗。

这种恐惧像是一团黑雾，在我的抗拒中越滚越大。我不欢迎它，它却一直在，与生离死别、人来人往如影随形，还有救护车——就像那辆转着红色警示灯驶进街区、把厄普丘奇太太带走的救护车。过去的伤痕与往日的恐惧被一一唤起，让人深陷其中，无法自拔。我知道，这团黑雾上有一个标签，上面用大号加粗字体写着两个字——"失去"。经过多年的心理治疗和专业训练，我对它了如指掌，却始终无法避免被它反复触动。可等到有一天，如果可以坐在黑雾中央，双手合抱，任由恐惧在心中肆虐，恐惧也就不复存在了。

我恍恍惚惚地走进家门，开始同样恍恍惚惚地检查家里的情况。厨房井井有条，洗手间也干干净净，夏洛特姥姥一定是拿她的毛巾把洗手盆和地板都擦干了，然后把毛巾丢在了洗衣篮里。

在我的房间里，堆满了少年时期的回忆。我特别想跟那时的自己汇报，告诉他这些年发生的事情。"嗯，上完医学院了，下面要换个地方做四年住院医生。再后面呢，如果能行，指不定可以当上青少年心理研究员。到那时，我们得30多岁了，但幸好你在朱厄尔跳过一级，所以我现在比同龄人早工作一年。"

通往画室的门是开着的,里面也收拾得井井有条,好像很快就会有人来参观这"画家的空画室"似的。那个大画架从画室中间挪开了,摆放着一管管颜料、几大桶画笔的搁板桌也搬到了靠墙的地方(拉希科特那个宝贝茶叶罐里还装着姥姥宝贝的黑貂画笔)。在齐墙高的软木板上,钉着一系列潮汐池的照片,是夏洛特姥姥用时一个月在晚间低潮时拍摄的。照片下面是她用和纸及粉彩创作的小画,呈现沙滩上的种种形状与色彩。她曾说:"我想知道纯粹的大自然写实能走多远。"

小屋的"新翼"是夏洛特姥姥的卧室——建成 12 年后我们依然还这么叫。我进去发现她已经把床收拾好了,本来还有点希望是乱糟糟的呢,这样就能凑一篮子床单、毛巾洗一洗了。

她总说:"马可,床单和毛巾可以等等再洗。"

检查完家里的情况,我就随时可以上床了,把四年学医少睡的觉都补回来,也可以再去海边转转。可伤感的是,少年时那种无拘无束的快乐已经一去不复返了。

这片沙滩还没夏洛特姥姥的小屋保存得好。当然了,大海还是老样子,以一如既往的节奏拍打海岸、抚慰人心,跟数百万年前一样吞吐着浪花,等待小红海龟疯狂地冲向深海。

有一段时间,岛民们极其不团结。在一场各执一词、互不相让的集会上,一位科学家解释道:"大海会没事的,沙滩也会没事的……都会没事的。沙滩一直都在，只不过是随大海换换地方而已。唯一受损失的，是与大自然无谓抗争、妄想海岸线静止不动的房主们。"不出所料，他在一片嘘声中被赶下了台。随后，岛民们从北到南沿着海岸线竖起了23根木桩，每根1米多高，等距离排列着。这样一来，视野开阔辽远的沙滩就不见了，人们必须绕过木桩才能去海边散步。除非潮水很低，否则自行车胎也会陷进沙子里。11岁的马可要想每天去看小鬼孩，就只得走海滨大道了。

离夏洛特姥姥家木栈道几米之外就有一根木桩，差不多位于我来岛上的第一年夏天，海龟巡逻队转移红海龟蛋的地方。我走到木桩那儿坐了下来。

潮水开始落了，但海浪冲上来，还是覆盖了大片沙滩。夏洛特姥姥走得太早了，这会儿正适合在海边看小狗嬉戏。主人们站在沙丘附近，把狗放出来，让它们在海浪里追逐打闹，痛痛快快地弄湿身子，然后飞快跑向自己的主人，一路把水珠和沙子都甩开去。它们让我想起了巴雷特——那条我在见到小鬼孩当天碰到的服务犬。它现在应该是条老狗了，它所服务的那位战士应该也步入中年了。他会为失去巴雷特而悲痛不已吧，但也要带着残疾的身躯和战时的记忆继续生活下去。他会拥有一条新犬吗？还是说他已经不在人世了？

我后兜里的手机震动了一下。我不禁纳闷，谁会在这个时候给我发信息？

是沙尔利·科金斯。他说：

有人让你给他回电话，说有要紧事。他在一堆关于悲伤小屋的报道里找到了我的名字，就给我办公室打电话问知不知道你在哪。下面是他的联系方式。他说是谢尔比的哥哥，你一听就能知道是谁。我还遇到你姥姥了，她夸了你好多句，真难得啊。

下面写着"安德鲁·福斯特"这个名字和他的家庭座机号码、手机号码和街道地址。过了一会儿我才想起来，安德鲁是德鲁，谢尔比就是威瑟。

我拨通了座机，一位男子接了电话。

"请问是安德鲁吗？"

"他还在睡觉，您需要留言吗？"

"噢，抱歉，我没意识到还这么早，真是昏了头了。我是马可·哈肖，现在在——"

"啊等等，是马可啊。先把你的电话号码给我吧，省得电话断线了。我这就去叫醒他。我们一直在找你呢。"

"喂，是马可吗？我是安德鲁，谢尔比的哥哥。谢谢你回电话。你还记得我吗？"

"嗯，记得。威瑟总叫你德鲁。"

"嘿，我都忘了他的小伙伴这样叫他了！马可，我们一直在找你。最初，我们在一本心理学杂志上看到了你写的文章，谢尔比还打赌说那就是你。后来，我们又找到一些旧新闻，讲了你在南卡罗来纳州小岛上发现失踪男孩的故事，所以就决定联系那个记者采访的房产经纪人。马可，你听我说，谢尔比，也就是威瑟，现在不太好。他得了淋巴母细胞淋巴瘤，第四阶段了——不知你明不明白。初期化疗的时候，他的反应很不错，我们都满心以为会好起来了，可没过多久又复发了，现在情况不太乐观，做骨髓移植也太晚了。我们让他出院在家，那样还能舒服一些。他一直在说关于你的事情。对了，你现在在哪儿？"

"我还在新闻里写的那座小岛上。你们在哪儿？"

"还在那个老镇子上，在奶奶的老房子里。你知道的。奶奶走了，但我们都还在她家住着。"

"我这儿还有一些事情需要料理，结束之后就可以过去。"

"那再好不过了。可是马可，不要太久啊。"

"我中午前就能出发。"

"你是说今天?!"

"如果中午出发，那下午晚些时候就能到。地址是什么来着？我好像记不太清楚了。"

"我们家是枫叶大道一号院，就在道路尽头。你来了就住家里，还有很多房间。哎，你会路过阿什伯勒吧？那里离家还有半小时车程，快到阿什伯勒你就打个招呼，我们可以趁这半小时叫他起床，快些准备好见你。"

"你会告诉他我要来吗？"

"当然会了，护士一给他洗完澡，准备好了我就告诉他。他也就有些盼头了。"

让一个病人"快些准备好"见人，感觉像是为了方便他走动，马上拔掉他的导尿管、输液管，把杆子、吊瓶、各种药通通抛到一边，还得让他在那段时间里保持机灵和清醒。但光靠猜没有用，我很快就知道了。

从小岛到福斯特维尔主要是走州际公路，从西北方向过盐沼、穿平原、上山麓，直插阿巴拉契亚山脉的丘陵地带。但一路上，我眼前多是沥青铺就的柏油马路和写着途中小镇名字的路标。我和妈妈还计划着去西弗吉尼亚"寻根"——至少是了解姥姥家那边的情况吧，她说："还是可以走回头路的，去看看大家生活的样子。……不过这条路要长一些，咱们慢慢来。"后来，我为她安墓碑的时候，又走过一次这条州际公路。

福斯特家宽敞的大白房子坐落在一条绿树成荫的街道尽头，我开着其貌不扬、塞满物品的小汽车，打到二挡上，费劲地爬坡。德鲁说了，他们家是枫叶大道一号院。以前因为骑自行车上坡费劲，我跟威瑟总是绕路走。可现在，看到这座"绿色小山丘"上的白色大房子，竟有一股气愤和自卑感涌上心头。他们盼着我、需要我，我现在可以跟他们平起平坐了，为什么还会有这些感觉呢？

"他家先搬来的,"傍晚和妈妈一起在福斯特维尔墓地里散步时,她跟我解释过,"所以当然可以选最高的地方当墓地了。"她最喜欢山顶,最好的照片也是在那儿拍的。她坐在福斯特维尔家的一块墓碑旁边,微微侧着身,脸颊贴在笔直的墓碑上,笑得特别好看。一直以来,这张照片都跟陌生父亲的大头照一起塞在我的钱包里。之前我想让她在山下流泪天使的大理石雕像前拍一张,她满足了我的要求,但动作有点奇怪,所以又回到了墓碑前。"这里景色更好呢。"她叫我也过去。

负荷过重的小汽车连续发出几声刺耳的尖叫,停在了入口处用白色砾石铺就的环形车道上。门开着,有人在等我。我认出他来了。他面容憔悴、身材瘦长,还有小学一年级时的影子。他穿着牛仔裤和 Polo 衫,戴一顶配套的卡罗来纳蓝色棒球帽,帽檐压得低低的。他的身子一边靠在门框上,一边撑着拐杖。虽然他一言不发,但似乎急不可耐,注视着我扭身下车,朝他走来。上台阶之前,我就感觉进入了他的领地。小时候,不管分开多久,哪怕是几个小时,等我再回到他身边的时候,他都会凝视着我,好似在说——"你是我的"。现在,棒球帽下面又是那种眼神。我慢慢地走近,他那瘦骨嶙峋的脸颊、清晰可见的锁骨和干枯羸弱的胳膊映入眼帘,我也看到了他为了站直身体而付出的努力。

"我就知道你会来。只要能找到你，你就会来。我知道的。如果你愿意，现在可以拥抱我了。"

我小心翼翼地抱了抱那副骨头架子，泪水悄然滑落，沾湿了他的上衣。那衣服闻起来很干净，像是刚从烘干机里取出来的。"嗨，"他成人之后的嗓音也变了，"小心点儿我的骨头。我瘦了快40斤了。马可，来，往后站站，让我看看你。真好玩儿，我一直觉得你会比我高呢，但你看，虽然我状态这么差，还是比你高了一个头吧。对了，进门之前，我得跟你说好了，你是来陪我的，我醒着的时候，咱们就互相分享一些重要的事。至于病情，等我睡着之后让他们来说。我都计划好啦，听我的准行。"

他一边拄着拐杖，一边倚着我，引我穿过不许小孩胡闹的灯光昏暗的正厅，走到他奶奶原先偷偷吸烟的门廊上。门廊上坐着三个人。他们假装在随便聊天，其实正焦虑不安地看威瑟是否可以独自迎我进门。

两个和颜悦色、有些谢顶的白人走上前来跟我打招呼，其中一个是安德鲁，他伸出双臂，亲切地跟我握手，向我介绍他的伴侣布莱森和住家护士托拜厄斯。托拜厄斯是一个身材魁梧的黑人，穿着绿色消毒服，充满活力地走过来跟我握手，随后一个流畅简短的动作，就毫不费力地把威瑟揽了过去。

"别着急，托拜厄斯，"威瑟说，"我还没倚够呢。马可，你能待多久？"

"我刚换了工作,去报到前还有十天的时间。不对,是九天,今天已经算是一天了。从我那儿过来,开车开了八小时。我还需要几天去那儿收拾一下,好准备上班。所以我能在这儿待三天。"

"算今天吗?"

"算今天。"

"所以你第四天一早走?那这样吧。让托拜厄斯带我去打针,打完我睡一会儿,让德鲁和布莱森带你去房间安顿一下,再吃点东西。咱俩今天晚上见,我晚上状态最好。"

我住在二楼德鲁住过的房间里。以前,他总是打开音响待在屋里,只有吃饭的时候才出来,一出来就锁好门,我也从没进去过。房间很温馨,床已经铺好了,一阵轻柔的风透过窗子吹进来,带来一股叫不出名字的花的香气。

"以前,房间里经常传来你放的爵士和蓝调。"我对德鲁说。

"你们一定觉得我郁郁寡欢吧。"

"那倒没有,只是觉得我俩很吵闹,肯定惹你烦了。你比我们大那么多——"

"那时竟然那么不开心,难以想象啊。这个房间是给家中长子或独子住的。所以以前我爷爷住这儿,后来传给我伯父,伯父死了之后,就是我父亲的了。威瑟应该跟你说过伯父的事吧。"

"那位才华横溢却因为过度服药而死的伯父?"

"嗯,就是他。威瑟生得晚,没见过他。亨利伯父染上酒瘾、喝烈性酒之前,可以说是全世界性情最好、最有魅力的人。记得我六岁的时候,他在人声嘈杂的房间里全神贯注地读书,我偷偷爬到他身上,让他读给我听。记得他说,'孩子,可你听不懂啊。'我还反抗,'不,我听得懂!听得懂!'我坚持要听,他就把我抱稳,让我坐得更舒服一点,然后用悦耳动听的嗓音读那些感觉很神秘的语言。读了一会儿之后,他问我还想不想听,我说想。他又问我是不是听懂了,我回答说没有字字都懂,但喜欢听。听了我的回答,他哈哈大笑起来,然后继续给我读,直到我被其他什么东西吸引了过去。后来才知道,他当时是用古典希腊语读的。他喜欢那个,就像咱们喜欢窝起来看侦探小说一样。"

当天晚上我没有见到威瑟。"他高估自己啦,"托拜厄斯说,"他一听您要来,就兴奋坏了,计划了一大堆事情。如果精力允许,他肯定都自己干了。他是一个完美主义者啊,总想当老大的。"

"六岁的时候他就这样。"

"淋巴瘤有很多种,但他这种淋巴瘤比较少见。"

"是比较少见,通常只发生在小孩子身上。我在肿瘤科轮岗的时候,见过几个得这种病的孩子。"

"您是医生?"

"嗯，到明天就一周了。我刚从医学院毕业，正要去纳什维尔住院实习。"

"很棒啊。恭喜！我已经想好了，等谢尔比不需要我了，我也去学习。只是还没想好要当助理医师还是职业护士，您有什么建议吗？"

"助理医师的工资高一些，当然了，也得看跟什么医生。但如果您有不少病患资源，又想自立门户，可以选职业护士。我知道，助理医师带着医师俩字，听上去更高级一点，但是……"

"不就是这样么。不管是什么，我们先看到的往往就是东西的名字。"

威瑟睡了整整一夜。这期间，安德鲁和布莱森跟我讲了福斯特维尔和家里人的最新情况。我和妈妈在朱厄尔烟藤街受着害人太太和恶魔太太百般欺凌的时候，福斯特家具厂也差不多倒闭了。

"福斯特家的没落，六个字就可以概括——中国货更便宜，"安德鲁说道，"跟其他厂子比，我们算坚持了比较久的。噩运来临时，像刮来一阵无情的狂风，瞬间卷走了一切。厂子倒闭后，爷爷一病不起。那是他的家具厂，更是他的家，工人们更像是他的孩子。他全程哭着亲手给大家发了离职金，回家后就倒下了，五个月后离世了。后来家具厂又有几位零零散散的租客，但总是适得其反。最终，不知是谁忘了关咖啡机，引起一场大火，把整栋楼都烧光了。那时奶奶也已经去世了。谢尔比饱经痛苦，又患了癌症——这些事跟病没有太大关系，他可能想自己跟你说吧，我先不说了。我和布莱森办过两次婚礼，第一次在北卡罗来纳州的政府部门里办的，第二年法律允许同性恋结婚之后，我俩又在家里办了一次。婚后不久，我俩一起去视察了空荡荡的厂房，检查了废弃的设备，商量着是不是要卖给别人，重建成公寓什么的。那时，布莱森想出一个好点子——建一所博物馆。现在，人们不希望什么东西都是真的，反而喜欢仿的、假的，喜欢把事实敲成碎片，再组装成自己想要的样子，饶有趣味地把玩一番。所以，我们就干这个了。布莱森还搞来了州政府的批文，让博物馆登上了史迹名录。我们俩都是会计，之前也是在做会计的过程中认识了对方。布莱森创意十足，下定决心要打造一所家具厂博物馆，让定制家具制造商租用摊位，在观众面前展示手艺，还可以开设木工课程，由社区学院授予学分。我们向公众征集福斯特家具厂过去生产的优质老家具，效果还不错，接下来打算举办木工大赛，让木工们像画家临摹老画一样，竞相仿制这些老家具。我们还翻拍了爷爷在90年代初录的一部老电影。电影里，工人们一边忙着手头工作，一边热烈讨论问题。来参观博物馆，就可以坐在舒适的影厅里欣赏这部电影。

"90年代早期，我妈还在福斯特家具厂上班呢。不知道里面有没有她。"

"回头我给你寄一盘。怎么样，够意思吧？"

第二天，也就是我在福斯特家的第一个整天，威瑟一直卧床不起。楼下的阳光房也成了他卧室的一部分，托拜厄斯住隔壁的客房。躺在床上的威瑟没戴帽子，头顶若隐若现地长出了一层细绒毛。

"来，马可，过来摸摸！"

我坐在床沿上，伸出一只手，心里带着一丝敬意，慢慢抚摸新生的头发。我自然而然地想起上次碰到他头发的时候——抓着头发把他拽过来，一拳揍在他脸上。

"布莱森说感觉像小兔子的绒毛，你觉得呢？"

"我没摸过小兔子。不过感觉像是新冒头的小草。"

"让我想想……德鲁和布莱森是不是跟你说过我的'悲惨经历'了？不过可能他们中有一个会说，'不，先别说，这跟病没关系，还是让他自己说吧。'"

"你怎么知道？"

"我虽然在这儿躺着，但是懂别人的心思。德鲁曾经是多么特立独行的一个人啊，也开始尽全力让自己融入进来，策划每顿饭吃什么、负责付每一份账单，还要考虑家具厂博物馆的事情。布莱森呢，就整天忙活着给他制造温暖的小惊喜。托拜厄斯一开始还担心自己能不能按时修读秋季学期的课程，知道我的事情之后，就为自己的想法感到内疚了，于是跑去给我端了一杯新做的刨冰慕斯什么的，还问我要不要背部按摩。"

"你确定不是因为太了解他们，所以才这样揣测他们的想法吗？"

"不管怎么着，马可，我是想说，思想的能量是无穷无尽的。它可以在同一时间蔓延到所有地方，沿着我们完全不了解的方向发展下去。我生了这病，要吃很多药，还依赖过可卡因和海洛因，甚至选择自杀。一路走来，渐渐明白了这个道理。"

"天哪，威瑟……"

"是的，这就是我的'悲惨经历'。嗨了的时候，眼前就会有闪现美好的瞬间——我讨厌承认这点，但事实的确如此。这也是为什么很多人戒不了毒。你还记得我们说过要跟彼此分享发生的事吗？"

"当然记得。"

"以前，你会正儿八经地挖点故事出来，让我震惊一番。比如凡·高把自己耳朵割下来扔给一个妓女什么的。嗯，这就说到了我想说的。我大学辍学之后，我妈破天荒地母性大发，邀请我去波卡拉顿跟她住了一年，试试当地的社区学院。但那一年过得糟糕透了。简单来说，就是没几个月我就又辍学了，开始跟着一个承包商打工，做点儿枯燥乏味的基础性工作，上房顶揭旧瓦，跑腿儿买咖啡、买物料什么的。但我喜欢室外的工作，也喜欢挣工资。承包商有一位16岁的女儿，叫'小蟋蟀'，年纪还小，开不了车，就每天骑着自行车来给他送午饭。那时她上高中，正值青春年少，长相俊俏、聪明伶俐，让人难以拒绝。很快，我俩就相爱了。可她吸毒、贩毒，也让我接触了毒品。有天晚上，我俩一起嗑药过了量，她没能醒过来。等我有了意识，整个人都崩溃了。她死了，我也不想活了，但没割对……如果真的想割腕——你是医生，你肯定知道的。总之，我妈说她先养了一个怪人，又养了一个瘾君子，还是放弃算了。不过事实是，她从没养过我。我内心沮丧，也不愿反驳她。后来奶奶把我接回了家。再后来奶奶也死了。那时，德鲁已经跟布莱森在一起了，已经在筹备家具厂博物馆的事情，我就跟随他俩雇来的承包商做些旧物翻新的活计。我刚才也说了，室外工作更适合我。如果我没得这种小朋友的癌症，一定还在干活呢。"

"一般30岁左右就不会得这种病了。但我也见过60岁的患者。"

"他还活着吗？"

"说实话，我也不知道。没过多久，我在肿瘤科就轮岗结束了。"

"你自己开诊所前还得上几年学？"

"还有四年的住院医生实习期，包括两年的普通心理课程和两年的青少年专业培训，然后再做两年研究员。虽然感觉很久，但至少我知道自己想做什么，也正在朝那个方向努力。"

"我本来想读你发表在心理学杂志的那篇文章。什么文章来着？我记不清题目了，超自然什么的。但读之前我得先了解一些知识，可时间又很紧张。所以还是得找你。"

"文章的题目是《儿童的灵魂与躯体：超自然的经历》。其实，这篇文章是我跟导师一起写的，要不然也不会被杂志社选中。等我回去收拾好就给你寄一本。"

"马可，你一直都很聪明的。"

"你是我最好的朋友。一年级的时候，我偷偷观察你，学着怎么取悦你。后来总是会梦见你，直到现在还是。如果梦是一个剧院，你就是常驻演员，而整个剧组也不过十来个人。"

"我有件事不知要不要问。"

"想问就问吧。"

"你听了可能不舒服。"

"不会的，别担心，问吧。"

威瑟坐直身子，努力回想着，脸上的肌肉都有些抽搐。他略显夸张地深吸一口气，说道："那好吧，是这样的。那天中午去你家吃饭，我做错什么或说错什么了吗？你第二天像要把我杀了似的。"

"是你在学校说了一句话。"

"什么话？我知道我一定是哪里错了，但不记得了。"

"跟我妈有关的。说我俩睡在一张床上。第二天你跟其他小伙伴说，'马可是他妈妈的小丈夫。'"

"我这么说的？是第二天在学校里说的？"

"嗯。"

"奇怪啊，我一直在努力回想，还以为是在你家惹了你呢。我没去你家吃午饭吗?"

"来了,但没吃。我妈还没把比萨买回来,你就气冲冲地走掉了。"

"我一点儿印象都没了!我为什么气冲冲地走了呢?"

"我给你看了一张妈妈保管在抽屉里的照片。我说照片里的人是我爸爸,长大之后妈妈就会告诉我他的名字。"

"为什么我一点儿印象都没了呢?"

"谁都有可能遇到这种情况。有时是因为太过压抑,有时是因为被其他记忆挤走了。你把照片拿过去,晃了晃相框说,'这是从书里剪下来的,'然后说,'这是谁都有可能。你和你妈都疯了吧。我得走了'。"

"我没留下来吃午饭?"

"没有。我妈拿着比萨回来的时候,我跟她说你哮喘病犯了,跑回家吃药去了。"

"你知道还有什么比较奇怪吗?就是被你打了一顿以后,我再也没挨过打。可能你是世界上唯一一个叫我威瑟的人了。那,后来她告诉你你爸是谁了吗?"

"没有。我跟你说过,她在我 11 岁的时候出车祸去世了,我爸的身份也就不得而知了。但现在,这种不清不楚的感觉没有以前那么折磨人了。跟姨姥姥住的那几年,我很幸运地认识了一个人,他像父亲一样照顾我很久。他现在也去世了,但那几年的陪伴让我明白了有爸爸是什么感觉。"

"哇,那你可得跟我说说,我就没有这种经历。不知道德鲁有没有告诉你，我爸为福斯特家具厂在外奔波的那几年，又在弗吉尼亚州的罗诺克市有了一个家，还生了几个孩子，后来才跟我妈离婚。所以有一阵，他可是犯着重婚罪的。不过，我十几岁之后才知道这些事情。我经常幻想能开车到罗诺克去，向那些同父异母的孩子介绍自己，但一直没抽出时间来。可又有什么意义呢？我现在这个样子，都没跟我妈说。如果她知道了，出于责任一定会从佛罗里达飞过来、在我床边坐一坐的，德鲁和布莱森得照顾她吃饭，指不定还要听她说些伤人的话。不过你想啊，你生在福斯特维尔，妈妈又在福斯特家具厂工作，如果按她说的，你爸姓哈肖，那一定也是附近的人。"

"但不管他是谁，都早在我出生之前就死了。我妈就跟我说了这么多。"

"你还有那张照片吗？"

"就在我钱包里，放在楼上了。"

"不用，不用现在就拿。我们需要充分利用我醒着的时间。德鲁比我大那么多，指不定认识照片里的人呢。见鬼，我感觉嘴巴里像下水道一样，可还有好多问题想问！马可，能把托拜厄斯找来吗？他可能在洗衣服。跟他说我想擦点柠檬汁。"

"我来就行。棉签在哪？"

"不用，马可。我嘴巴里一塌糊涂，不想让你看。"

"我肯定见过更糟的。再说了，我也想给你擦。我保证给你弄好。"

"好吧。棉签在桌子的上层抽屉里,是一包一包的。万一我睡着了,你能不能确保我醒来就能看到你?"

安德鲁和布莱森正要去家具厂博物馆,来叫我一同去。

"他通常一睡就是几个小时。"安德鲁说。

"不过,我答应他醒来时就能看到我。"

"明白。"他俩说。

"马可,关于小蟋蟀,我跟你说的就是事情的全部了。她16岁,我22岁,不过大6岁也很正常吧。你呢,你有过这种爱情吗?"

"我14岁的时候,爱上了我的心理医生。51岁。"

"你都做过什么?"

"我总是顾影自怜、痛苦不堪,幻想着把她从险境中解救出来,幻想着她丈夫突然死亡或弃她而去。最终我没坚持住,告诉了她。她说这种情绪叫作'情感转移',很多病人都会这样,但如果处理得当,就会有转机。她还跟我说,我们面前有两个选择,要么把我推荐给其他医生,要么在治疗期间共同解决这个问题。我们把问题解决了。后来我也一直爱她,如果今天见到她,指不定还会有感觉。"

"就这些？14岁时的心理医生？后来还有其他人吗？"

"我还跟一个女同学住过一个学期。是一时兴起吧，砰的一下就开始了。我邀请她搬来跟我一起住。但兴致消退之后，我俩也就结束了，成了单纯分担房租的室友，还不怎么待见对方。"

"所以那方面的事你都还不知道？"

"……还早吧。红海龟都到30多岁才性成熟呢。"

在福斯特维尔的最后一天

"马可，托拜厄斯刚给我打了一针，今天感觉应该不错。"

"类固醇？再往后会难受的。"

"没事儿。昨天晚上你说，有件跟谁都没说过的事要告诉我。"

"我跟谁都没法说，否则他们一定觉得我精神不正常，得去看医生，或者认为我为了显得有超能力、不是普通人，就瞎编乱造。就是那个小男孩——嗯，那堆骨头的事。在那篇文章里，我也提到了。"

"当你摔在他身上的时候，感觉恶心还是害怕？"

"我直接摔晕了，在医院醒来之后才知道发生了什么。我得从那年夏天开始讲。那年我11岁，妈妈死了，我被送去跟姥姥一起生活，就在南卡罗来纳州的一座小岛上……"

我有点惊讶，说实话也有点失望——关于悲伤小屋的整个故事，不过20分钟就讲完了。怎么会这样呢？我已经按照时间顺序把14年前那年夏天每周发生的事情都讲了，包括各种重要的支线故事、飓风中失踪的一家人、科拉尔·厄普丘奇对约翰尼·戴斯半世纪之前的记忆，等等，可还是很快就讲完了。我一直很注意，不要夸大小鬼孩现身时的情境。第一次是在门廊上，我感觉后面有双看不见的眼睛在望着我；第二次是在门口，他真真切切地出现在我眼前；最后一次我吃了止疼药之后，感觉被他的大手从后面推着走上了悲伤小屋的二楼。

"等会儿，我们再过一遍，"威瑟说道，"第一次你在门廊上睡醒、感觉身后有人的时候，知道那家人失踪的事情吗？"

"不知道，后来姥姥才告诉我。"

"好，我们来辩一辩。你说第一次见他的时候，午后的阳光很刺眼。你确定不是阳光造成的幻觉吗？"

"不是，他就站在门口，看上去跟真人没什么两样。他背着光，脸藏在阴影里，就那么看着我。他还穿着一件红T恤。"

"那正式现身呢？那天早晨，天还没亮你就到了，周围的一切都朦朦胧胧的，让人感觉毛骨悚然。他就靠在门框上，像是要向你冲过来一样。你又看到了他的红T恤，这次没系扣，还有断过的鼻子、隐晦的嘴角、弓形的长腿、牛仔裤、靴子，对吧？后来厄普丘奇太太说从没见他在海边脱过衣服，还穿着一双可能是靴子的鞋，没错吧？"

"嗯，完全没错。"

"可是然后！一切都变了！你去了太平间，看到了弓形的腿骨。虽然没有鼻子，也没有衣服，但你知道那就是约翰尼·戴斯的骨头，飓风中失踪小男孩的骨头，DNA鉴定结果也证实了。马可，似乎你可以跟他的灵魂沟通。好像他需要你，你也需要他，然后小屋地板在某个合适的时间、合适的地点塌了，让你拯救了他，也拯救了你自己。他从狭窄的小隔间里解脱出来，入土为安，你也摆脱了噩运，重获新生。这一切肯定离不开时间与灵魂的交互，但只有你才能为咱俩解开谜题。马可，你肯定有超能力，我愿意让你在我身上试一试。"

"你这是什么意思？"

"是这样，如果你都能跟一个死了50年的陌生男孩通灵，为什么不能跟我呢？咱俩关系这么好，对你来说肯定是小菜一碟！"

托拜厄斯走了进来，手里端着一个托盘，盛了一份蛋白质奶昔和一杯刨冰。他建议威瑟休息一会，保存精力，好参加我的告别晚宴。晚宴是威瑟要办的,还打算着穿戴整齐走路亮相。托拜厄斯收拾了一通,准备帮威瑟上洗手间,然后建议我去太阳底下走一走,也休息一下。

从第一天晚上停好车、拎上包进门开始,我就一直待在威瑟家里,还没出过门。按照托拜厄斯的安排,我出门去散步。可刚走上马路,就感觉体力不支,像在医院连值了24个小时的班一样。我每天与患者面对面,专心了解他们的需求,却把自己放在一边,只在换班时才看上一眼自己,我就像病恹恹的宠物一样,蜷缩成一团,压抑着不快。为什么要这样对待自己?

我绕着后院走了一圈、两圈、三圈,试着回想童年时它的样子,回想童年时对它的印象。我走过一排黄杨树,就是在这丛枝丫间,威瑟发现一张蛇皮荡了下来。他冲我喊:"马可,快看!蛇的下颚都很清楚!它是想蹭着树枝开始蜕皮吧?它像从自己嘴里爬出来一样,慢慢就蜕完啦!"嗯,应该就是这排黄杨树吧。但应该比以前更高了吧?在威瑟家的后院,我清醒而庄重地祭奠着过去。黄杨叶在眼前随风摇曳,我想起威瑟奶奶站在树下的样子,想起她吐着烟圈一步步走回房间。熟悉的小路向前延伸着,我想起威瑟教我骑老自行车的场景,想起他说:"马可,你什么都别想,骑就行!"

后来,我渐渐地意识到,没必要让自己沉湎于过去。夏洛特姥姥跟我说过,我也明白,思绪不着边际的时候,人就好像站在通道里,而过去已经逝去,未来还未到来。我躺进室外的马车里,闻着帆布枕头散发出的淡淡霉味,睡眼蒙眬。睡梦中,我梦到自己飞在半空中,像地图雷达一样,俯瞰着明天开车前往纳什维尔的路线。

至于告别晚宴,所有人都坚持到了最后——几乎算是所有人吧。德鲁、布莱森、托拜厄斯、威瑟都出席了。威瑟穿戴得整整齐齐,独自拄着拐杖出现在晚宴上。托拜厄斯紧随身后。威瑟没戴帽子,露出兔绒般的新发。德鲁在室外烤了三文鱼和蔬菜,还为喝酒的人准备了红酒,为不喝酒的人准备了冰茶。甜点是新切的水果,装在一只银碗里。在我餐盘旁边,放着一份书本大小的礼物,用白金相间的纸包着。

"现在就拆开吧。"威瑟命令道。他脸色苍白,已经坐了下来。

拆开后我发现,那是一本精致的皮质笔记本,空白的首尾页上写着娟秀的意大利文。这种特别好看的笔记本总是让人不忍心破坏,一般很久之后才会用,甚至永远都不会用。"这是大家一起送给你的,"威瑟说,"每个人都写了留言,但我是第一个。"

打开笔记本,扉页上方写了字,笔迹幼稚,却让我倍感熟悉:

  我写这些话的时候,咱俩还在同一个屋檐下、同一个地球上、同一段时间里。以后,也不要忘记!

后面还有一些。

我们还在吃水果的时候,威瑟就坚持不住了:"我觉得我还是躺下好一点。"然后,托拜厄斯就把他抱回了房间。

后来,我们围到了他床边。他对我说:"马可,让德鲁看看那张照片,他比咱们大得多,指不定能认出来是谁。"

我上楼取来钱包,把照片递给德鲁。他只看了一眼,便扬起了眉毛。

"我可能真认识这人,但还得确认一下。马可,照片能放我这儿一会吗?"

说罢,他就走进了鲜有人去的正厅。厅里传来他忙碌着的沙沙声。忽然,似乎有一本书砰地掉在了地上,德鲁咒骂一句,连着打了三个喷嚏。

"怎么着也得偶尔掸掸这架子上的灰吧。"他一边说着,一边夹着一本书朝我们走来,"好了,我查完了。这是亨利伯伯在1976年哈佛年鉴上的照片,确切地说,是他大二辍学那年照的,然后被剪了下来。"

他把书翻到那一页。

缺口旁边的空白处写着一串名字——亨利·亚瑟·小福斯特(*Henry Arthur Forster, Jr*)。

"再看,"德鲁说道,"马可那张照片跟缺口恰好吻合。好了,现在谁能告诉我是怎么回事?"

"马可会跟你说的,"威瑟兴奋得眼睛发光,几近耳语道,"这回一定很有趣。好了,我要睡一会儿了。等我醒了,肯定又是生龙活虎的,别忘了给我一五一十地讲讲你们都说了什么。记着啊,要一五一十地讲。"

致　谢

感谢编辑南希·米勒（Nancy Miller），一共陪我出版了六本书。正是因为她不厌其烦地研读我的手稿，才让《悲伤小屋》这本书更加丰满。感谢经纪人摩西·卡多纳（Moses Cardona），始终兢兢业业打理一切。南希拥有很强的专业素养，总能一针见血地指出文意的缺失之处。摩西则具备罕见的天分，能够一眼窥破故事的核心，帮我看得更清、想得更透。

感谢卡佳·梅日博夫斯卡亚（Katya Mezhibovskaya）设计了完美传达《悲伤小屋》情绪与情节的封面。

感谢埃维·普雷斯顿（Evie Preston）的指导与鼓励。

感谢我多年来目光敏锐、孜孜不倦的读者罗布·福曼·迪尤（Robb Forman Dew）和她的儿子杰克·迪尤（Jack Dew），为"鬼魂"部分提出了许多宝贵建议。

感谢林恩·戈德堡（Lynn Goldberg）总在正确的时间向我抛出正确的问题。

感谢南卡罗来纳州历史档案馆的埃伦·福莱（Ehren

Foley）为我提供200年前海滨小屋的构造细节和规划图纸，也感谢他的热诚。

感谢哈库庄园（Hobcaw Barony）的李·布罗金顿（Lee Brockington）让我接触到许多有用的资源。我把她的鸿篇巨制《帕利斯岛：百年历史与影像》(*Pawleys Island, a Century of History and Photographs*)同图像编辑林伍德·阿特曼（Linwood Attman）的照片放在一起，一直陪伴我写完《悲伤小屋》。

感谢詹姆斯·R.斯波提拉（James R. Spotila）的优秀指南——《拯救海龟》（*Saving Sea Turtles*），让我和"马可"踏上了一段红海龟发现之旅。

感谢姐姐弗朗谢勒·米兰德（Franchelle Millender）邀请我到南卡罗来纳州棕榈岛上的海滨别墅同住。在那里，我开始构思《悲伤小屋》。

夏洛特姥姥生活的小岛以帕利斯岛（Pawleys Island）和棕榈岛（Isle of Palms）为原型。